[redacted]nero

Maurizio de Giovanni

Gli occhi di Sara

Rizzoli

Pubblicato per

Rizzoli

da Mondadori Libri S.p.A.

Published by agreement with The Italian Literary Agency

ISBN 978-88-17-15572-4

Prima edizione: marzo 2021

Gli occhi di Sara

A mia madre.
Tutto il mondo per una tua carezza.

I

A vederla, era solo una donna che guardava da una finestra lungo un corridoio.

Nemmeno in piena luce, anzi, di lato, nell'unica ombra sfuggita al neon e al sole pallido, un cono di terra di nessuno che non consentiva di distinguerne i lineamenti. E d'altra parte, chi mai poteva interessarsi all'espressione di una che guardava pigra dalla finestra, nel luogo dell'attesa, nel luogo delle sentenze e del silenzio prima e dopo la frenesia, nel luogo dove vita e morte si avvinghiavano in una lotta senza fine e senza vincitori se non provvisori. Vittorie di tappa, si sarebbe detto. Non dell'intera corsa. Si poteva immaginare di vincere una singola battaglia, certo.

La vincitrice della guerra, invece, era ogni volta la stessa. Ma nessuno pareva pensarci. Non in quei termini, e non in quel posto.

L'attesa. Questione di tempo. Era sempre questione di tempo, e il tempo si poteva anche ingannare guardando dalla finestra.

Due piani più in basso, al di là del viale, c'era una tettoia. Un parcheggio forse, quando era stato consentito alle auto di arrivare così vicino al padiglione; adesso bisognava percorrere a piedi un centinaio di metri dal piazzale riservato alla sosta dei veicoli – eccetto quelli di servizio – che arrivavano, scaricavano il dolore e tornavano al mondo di fuori.

La tettoia ospitava dei grandi recipienti per le foglie morte, tracce dei numerosi alberi forti e malinconici che circondavano lo stabile a rispettosa distanza. E alcuni posacenere su piedistalli, a evidenziare la persistenza del vizio e il supporto che gli si concedeva in un luogo che avrebbe dovuto invece disincentivarlo; ma la donna che guardava dalla finestra immersa nel suo piccolo spazio di oscurità capiva che, pur di prendersi una pausa dal dolore, persino un professionista del bene poteva decidere di farsi del male.

Attorno agli steli di metallo brunito c'erano due gruppi di persone che più diversi non avrebbero potuto essere: tre e due individui, bianchi i primi e neri i secondi, in un raggio di sole i primi e all'ombra i secondi, in piena chiacchierata i primi, pressoché in silenzio i secondi.

Il trio era formato da un uomo e due donne, in camice. Il maschio era un bel tipo sulla quarantina, dai capelli castani ondeggianti nel vento. Raccontava qualcosa, una mano nella tasca e l'altra con la sigaretta a sottolineare i concetti. Davanti a lui, la più giovane ascoltava rapita, le braccia strette in grembo e il capo inclinato; la più anziana, una figura alta dalle forme generose e la capigliatura bruna, fumava a propria volta guardandosi intorno, anche lei con una mano affondata nella tasca dell'indumento da lavoro.

La donna che osservava nell'ombra strizzò gli occhi, e fu come se calasse in volo per atterrare in mezzo ai tre. La conversazione divenne palese, e palese diventò il flusso dei pensieri nascosti, quasi ci fossero sottotitoli cubitali più diretti e manifesti rispetto alle frasi pronunciate.

L'uomo cercava di affascinare la più adulta. Lo rivelavano la postura del busto, piegato verso di lei, e gli sguardi in tralice che le mandava fingendo di parlare con la giovane, la quale pendeva dalle labbra dell'unico maschio: lo dicevano le spalle, erette ad accentuare il seno, e le dita, che salivano ad aggiustare i capelli e a sottolineare alcune parole dell'interlocutore. Lui però mentre la guardava si sfiorava il naso, un segno di netto rifiuto.

L'osservatrice si chiese, con superficiale interesse, se il tentativo di blanda seduzione dedicato alla più anziana fosse personale o professionale. L'uomo lanciava sguardi espliciti al viso, ma quelli involontari erano concentrati sul corpo di lei: seno, pube, gambe. Da due piani sopra, la donna si rese conto che tra loro c'era stato qualcosa di fisico, non una relazione ma un incontro, forse un paio. Lo tradiva la fame senza rimpianto, una voracità priva di malinconia. L'uomo ci sperava ancora, anzi, ci contava. Il gesto lento con cui si ravviava il ciuffo fluente in corrispondenza delle occhiate, per la donna alla finestra era un messaggio chiaro quanto lo sarebbe stato una carezza.

Dal canto suo, la bruna appariva disinteressata. Un sorriso di circostanza ogni tanto, la concentrazione rivolta agli alberi attorno. Per l'osservatrice l'atteggiamento si tradusse in un messaggio secco: quello che è stato è stato, bello. Ti conviene accettare la disponibilità di questa ragazzina, perché le mani su di me non le metti più. Punto.

La donna che guardava spostò poi l'attenzione sul secondo gruppo, quello nero. Due persone, di età indefinibile sopra i cinquanta, avvolte nei soprabiti. A fumare era lui, le dita a coppa e la sigaretta all'interno, di tanto in tanto una boccata nervosa e uno sbuffo che la brezza disperdeva all'istante.

L'atmosfera era diametrale. La coppia stava in silenzio, le spalle curve, i visi in direzioni diverse.

Il dolore, disse fra sé la donna alla finestra, quando è immane non si condivide. Che sciocchezza illudersi di trovare conforto nella compagnia, che idiozia il detto "mal comune, mezzo gaudio". Il dolore, quando è immane, diventa una dimensione. Ci si vive dentro, e non c'è nessuno che possa venire a farti visita, nessuno a farti compagnia. Nessun compagno al duol che scemi la pena, caro poeta. Proprio nessuno.

Mentre osservava i segnali emanati dai due, dei cui sentimenti avrebbe potuto scrivere la storia recente senza margine di errore, la donna pensò al dolore che pure lei aveva vissuto, quando aveva smesso di credere nella guarigione dell'uomo amato per tanti anni, quando aveva compreso che nessuno avrebbe tentato altre cure, e niente sarebbe cambiato se non che le avrebbero portato via quel corpo adorato, diventato poco più di niente.

Al pari della donna fissa sul vuoto a una ventina di metri, lei aveva fissato la vita che l'attendeva nella certezza che non sarebbe mai più uscita dal proprio dolore. Che stava imparando a conoscere una condizione dalla quale non sarebbe riemersa, che si stava avviando un conto alla rovescia destinato a terminare con un tuffo nelle tenebre.

Un figlio, pensò. È una coppia, hanno lo stesso infame destino, portano lo stesso dolore. Ma ognuno il suo, e se non lo capiranno, si allontaneranno l'una senza perdonare l'altro di essere la causa della propria solitudine. Lo aveva visto succedere. Conosceva bene il colore e il sapore amaro di quel sentimento.

La coppia non si parlava, e non si guardava. Stavano vicini per consuetudine, per necessità, ma non erano in grado di comunicare. Incapaci di ammettere di odiarsi per un distacco che non erano pronti ad affrontare insieme.

La donna alla finestra si risparmiò considerazioni filosofiche derivanti dal contrasto fra le pause dei due gruppi. Finito il tempo della sigaretta, sarebbero tornati nei luoghi dai quali in realtà non si erano mai allontanati, spazi di risate e lacrime, di amore e morte, di dolore e sesso. Tutto uguale. Tutto sempre uguale, mai niente di nuovo.

Avesse potuto, li avrebbe riuniti e avrebbe detto: ascoltatemi. Se volete proteggervi davvero, se non volete puntare i sentimenti alla roulette, scappate. Datevela a gambe, adesso, senza prendere niente con voi, senza neppure dirvi ciao.

Scappate, così non inizierete ad amarvi senza criterio, credendo che tutto quello che seminate fiorirà senza spine, che potrete mangiarvi l'un l'altro rigenerandovi senza fine, come se i vostri cuori fossero cannibali impuniti.

Fuggite, ora: perché l'uomo in camice si vendicherà sulla ragazza della porta che la bruna gli sta chiudendo in faccia, sperando in una gelosia che non ci sarà; perché la ragazza potrà averne il cuore spezzato e precipiterà in un inferno di sofferenza; perché voi due non sarete più genitori, e il dolore diventerà un album di fotografie che sarete condannati a sfogliare per l'eternità, invecchiando di un anno ogni mese, di un mese ogni giorno, di un giorno ogni minuto.

Fuggite ora, voi che potete, prima che l'inferno vi inghiotta, e il pallido sole di questo giorno inutile in mezzo a una settimana qualsiasi diventi l'ultimo giorno di un indimenticabile paradiso.

La donna si staccò dalla finestra, e il neon illuminò i capelli grigi raccolti sulla nuca.

Andò verso la stanza in cui il suo nipotino che non aveva ancora due anni stava morendo.

II

Marzo 1990

La stanza era ampia e disordinata, invasa da una canzone popolare e ingenua cantata da una donna, in una lingua dolce e melodiosa. Una cantilena allegra, un ritornello ripetuto ogni quattro versi, che aveva qualcosa di ipnotico.

Un ragazzo massiccio dai capelli ricci e neri stava seduto davanti a una grossa radio, dalla quale proveniva la musica. Era concentrato sull'altoparlante, come se avesse dovuto decodificare un senso occulto nelle parole del pezzo. La posizione era strana, in bilico sull'orlo della sedia, i gomiti sulle ginocchia, le mani intrecciate sotto il mento. Una rada barba copriva un colorito bianchiccio e malsano.

Non era il solo occupante della stanza. Sul lungo e malridotto divano che prendeva quasi tutta la parete opposta, un altro ragazzo dormiva a bocca spalancata, gli occhiali storti sul naso e i lunghi capelli unti sulle spalle. Al contrario del primo, era magrissimo: le gambe non riempivano i pantaloni, le mani ossute erano appoggiate inerti sul maglione a collo alto dal colore indefinibile, tra il grigio e il beige. Il respiro pesante sembrava andare in perfetta sincronia con la canzone.

Seduta a una scrivania malandata addossata all'altra parete, c'era infine una ragazza che cercava di studiare, lanciando ogni tanto una malevola occhiata alla schiena del ragazzo che ascoltava la radio. Era molto carina: ovale scuro, capelli neri setosi, lineamenti regolari, naso sottile che reggeva a stento le lenti da vista. Doveva sistemarle di continuo con le dita affusolate che emergevano dalle maniche di una maglia rosa troppo grande. Da come vestiva, pareva fosse difficile per lei trovare indumenti della giusta misura; era talmente minuta che i piedi a fatica toccavano terra, eppure la sedia che occupava era più bassa del normale.

All'ennesimo ritornello, sbuffò e disse nella stessa lingua della canzone:

«Costi, ma è necessario sentire a questo volume? Maledizione, non riesco a concentrarmi! Lo sai che ho l'esame tra poco, e...»

Il pezzo terminò. Il ragazzo alzò una mano per zittire la giovane. Dopo un attimo la stanza fu riempita da una breve introduzione di violini e poi da una voce tenorile che parlava di montagne e laghi nel tempo perduto.

Costi girò appena il viso.

«Non ti avvisano quando danno le notizie, Miha. Lo sai. All'improvviso interrompono la musica e dicono qualcosa.»

«Come se quello che dicono contasse. Informazioni di regime, filtrate e pesate e false come Giuda. Non capisco che senso ha ascoltare, tutto il giorno, per continuare a non sapere niente. Secondo me ti piace la musica, Costi. Perché non lo ammetti?»

«Anche la musica racconta qualcosa. Niente più inni, niente più canzoni operaie. Dicono di essere il nuovo comunismo, ma di comunista non c'è proprio niente. Amore, fiori e cuori. Debosciati. A sapere ascoltare, si capisce molto, sai, Miha.»

La ragazza lanciò uno sguardo al giovane che russava sul divano e alla bottiglia vuota sul pavimento.

«Debosciati, certo. A guardare Vasile salta subito agli occhi il nerbo della vera gioventù romena, fedele al verbo del Conducator e...»

Costi balzò in piedi, minaccioso.

«Che vorresti dire, Miha? Lo sai che Vasile è fragile, la situazione ci sta logorando tutti, no? Chiusi in questa merda di Occidente pieno di niente, senza valori e senza ideali, a guardare da lontano il nostro mondo che si sgretola pezzo dopo pezzo come quel maledetto muro. È come se fossimo partiti su un'astronave credendo di poter tornare a casa, e scoprissimo dalla radio che casa non esiste più.»

Miha squadrò disgustata il ragazzo addormentato.

«Mah, a me non pare di ricordare una sostanziale differenza di atteggiamento rispetto a quando il regime era solido. Vino e canne, canne e vino, e un esame ogni paio d'anni. Il nostro Vasile è in vacanza, caro Costi. Io no. Tutto qui.»

Il ragazzo accese una sigaretta e sbuffò una nervosa nuvola di fumo.

«Ah, certo. Dimenticavo. Tu sei qui per costruirti il futuro, chissà dove e chissà quando, ma un futuro. E studiando il cinese, per diventare cosa? Un'interprete commerciale per alimentare il capitalismo? O magari per entrare da professionista in qualche schifo di corpo diplomatico, con un bel tailleur giacca e gonna e tacchi e uno stipendio per finanziare una casetta borghese?»

Miha serrò le labbra e i pugni minuscoli.

«Senti un po', grosso maiale: io sono più comunista di te, e non ti consento di mettere in discussione la mia fedeltà. Studio, sì, al contrario di voi che fingete di criticare un sistema ma vi ci rivoltate dentro come porci nel fango, godendo dello schifo e dello sporco. Io sto cercando di percorrere un ponte con l'unica cultura e l'unica nazione che, ne sono sicura, alla fine manterrà la vera ideologia. Quindi non venire a farmi lezioni di comunismo, d'accordo? Non a me.»

Vasile, sul divano, grugnì come per dare ragione a Miha e si accomodò meglio. Per un attimo sembrò sul punto di svegliarsi.

Costi scosse il capo.

«Il ponte, dici. La Cina, come no. E le sue belle parate militari, l'isolamento, l'autosufficienza. E grazie, vorrei vedere: sono un continente, miliardi di persone, materie prime a piacimento e coltivazioni sterminate, cibo in abbondanza. E noi? Il nostro Paese? Che facciamo, andiamo tutti a Pechino e ce ne freghiamo del resto? È questo il tuo piano, Miha? Non credi che la nostra terra, le nostre famiglie possano aver bisogno di aiuto? Noi siamo stati fortunati, ci hanno mandato qui a studiare non certo per salvarci o andare per conto nostro. Dovremmo fare qualcosa.»

La ragazza si addolcì. Parlò in tono meno tagliente:

«Costi, non sempre si può fare qualcosa. A volte muoversi può essere pericoloso, o inutile. Vi sento parlare, con Ion, so bene quello che pensate, ma le azioni dimostrative in un momento così non servirebbero a niente, credimi. Dobbiamo aspettare, cercando di migliorare e diventare più forti. E magari l'occasione giusta arriverà».

Il giovane spense il mozzicone in un posacenere.

«No, Miha. È qui che ti sbagli. L'occasione non arriverà, il tempo passerà e si consolideranno le cose. Guarda quello che è successo in poco tempo a Ucraina, Polonia, Ungheria. Guarda la Germania, che da un mese all'altro sembra quella di prima della guerra. Vedrai che in qualche anno il virus occidentale stravincerà e infetterà tutto l'Est, e allora sì che sarà troppo tardi. Ion ha ragione, sai, quando dice che ci ritroveremo presto in un mondo nel quale vivere non sarà bello, in cui le disuguaglianze e il capitalismo avranno campo libero e...»

La ragazza si spazientì:

«Ah, sì? E che possiamo fare, noi? Quattro studenti romeni fuori sede, cinque se contiamo Ana, che però mi sembra più integrata di quelli nati qui, in una città occidentale dove l'inverno non esiste e dove quelli che si dicono comunisti sono più di destra dei nostri fascisti. Che possiamo fare, se non studiare per cercare di sopravvivere con le nostre idee?».

Come parlando nel sonno, le palpebre ancora abbassate e le mani abbandonate in grembo, Vasile disse con voce profonda:

«Studia, studia. Poi mi spieghi che studi a fare, nanerottola, se l'università è occupata dalla Pantera e di esami nemmeno si parla né si parlerà».

Miha neanche si girò a guardarlo.

«Giusto, hai ragione. Perché si studia solo per gli esami, e all'università si va per cercarsi una da portare a letto, dopo averla fatta ubriacare, s'intende, perché se ha un minimo di attenzione all'igiene scappa a gambe levate non appena allunghi una mano.»

Il giovane sbadigliò, si stiracchiò e fissò malinconico la bottiglia vuota.

«Io sono in intervallo forzato, cara. Non appena questi imbecilli occidentali avranno finito di giocare alla rivoluzione studentesca mi rimetterò in marcia, per occupare il ruolo di dirigente che mi compete in patria.»

Costi si inalberò:

«Quale dirigente in quale patria, Vasile? Non senti la radio?».

«Ma se non fanno che trasmettere musica, che dovrei sentire?»

«Appunto. Solo musica. Niente notizie.»

«Nessuna notizia, buone notizie, dicono da queste parti. Tranquillo, Costi. Tutto andrà a posto. Novità di Ion, piuttosto?»

Il ragazzo tornò a sedersi davanti alla radio.

«È andato di nuovo a telefonare alla madre, poveraccio. Non si dà pace.»

Miha chiese, inquieta:

«Ana è con lui?».

Vasile ridacchiò.

«Giurerei di no. Secondo me la bella sorellina di Ion ha già dato la famiglia per persa, ve lo dico io. E si è buttata nella sua nuova vita di dottoressa occidentale, dai grandi occhi neri e dalle belle cosce lunghe.»

Costi brontolò:

«Attento a come parli, Vasile. O dormi, o dici stronzate. Io ti preferisco nella prima versione».

Un coro femminile che celebrava la bellezza dei Carpazi invase la stanza. Dalla finestra giunse uno strombazzare di auto imbottigliate.

III

Il silenzio.

Viola avvertiva il silenzio sulla pelle, una sensazione fisica percepibile col tatto, più che con le orecchie. Un ronzio, una pressione, un soffio di vento.

Un rumore, insomma.

Il silenzio che le pareva un rumore. Si passò la mano sulla faccia, sospirò. Si udì una voce.

«Sei stanca. È naturale. Vai a casa. Ci sto io, qui.»

La ragazza sobbalzò: era sicura che Sara fosse uscita in corridoio senza più rientrare in stanza. Quel sussurro era risuonato come una fucilata.

«Non ti avevo sentita rientrare, ero sovrappensiero. No, no; resto qua. Tanto a casa non riuscirei a dormire, e poi mia madre… Meglio di no. Resto qua.»

La donna dai capelli grigi stava su una sedia appoggiata alla parete, alle spalle di Viola che invece era sulla poltrona vicino al letto. Da quattro giorni non si muoveva da lì, Sara era stata quasi tutto il tempo con lei.

C'era qualcosa di magico, nel modo di esserci della nonna del suo bambino. Intuiva con precisione quando lei, Viola, aveva voglia di parlare e quando invece provava il bisogno di tacere, quando aveva la necessità di alzarsi e di fare due passi o di andare in bagno. Perfino quando aveva voglia di urlare e di spaccare ogni cosa, incluso il flacone rovesciato dal quale, goccia a goccia, inutili medicine affluivano nelle vene del piccolo corpo steso sotto la coperta.

Proprio un attimo prima che inspirasse l'aria che le serviva per gridare, la mano di Sara si poggiava sulla sua spalla per una delicata, ferma carezza. Viola rifletteva sul fatto che in ciascuna stanza di cui era fatto quel lindo, silenzioso inferno c'era qualcuno o qualcuna che avrebbe volentieri spalancato la finestra per gettarsi di sotto, nell'illusoria speranza di trovare un po' di pace.

«Com'è?» disse Viola.

«Com'è cosa? Che vuoi dire?»

Viola fissava un punto del lenzuolo, in corrispondenza del torace di Massimiliano che dormiva. Si sollevava e si abbassava in maniera ritmica, accompagnando un sonno che durava la gran parte della giornata e della notte, indotto da qualcosa che scendeva dal flacone.

«Perdere un figlio. Vederlo morto, dopo averlo visto nascere. Com'è?»

Il tono di Sara si fece duro e secco.

«Non muore nessuno. Qui non muore nessuno, è chiaro? Di situazioni contronatura ne abbiamo già vista una, non ne vedremo un'altra.»

Viola si girò verso Sara. Il viso era segnato, sembrava invecchiata all'improvviso di un paio di decenni.

«Ah, no? E da cosa l'avresti capito, dall'espressione del Padreterno? Dai movimenti delle sue mani, da qualche ammiccamento? O hai letto il labiale, mentre diceva a Satana: no, questo bambino lasciamolo sulla Terra per un altro centinaio d'anni, affinché possa, com'è naturale, seppellire la nonna e la madre e non viceversa?»

Sara restò in silenzio. Viola si passò una mano tremante sugli occhi.

«Scusami. Perdonami, lo so che è difficile pure per te, ma io, sai... Non sono preparata. Mi pare un maledetto incubo, e non riesco a svegliarmi.»

«E come ci si prepara, a una cosa come questa? Non si può. Io, come mi hai chiesto prima, ho provato che significa trovarsi davanti al corpo di un figlio morto, sì. E ad aggravare la situazione, rispetto alla tua adesso, c'era il senso di colpa per averlo lasciato, e per aver accettato che il padre non mi consentisse di vederlo, che me lo mettesse contro così tanto da odiarmi prima, e fare come se non fossi mai esistita dopo.»

Viola cercò di fermare il flusso.

«Sara, io non volevo dire... lo sai. Pensavo a quanto forte sia quel dolore, solo questo.»

Quasi non l'avesse sentita, Sara continuò:

«Ma sai che cosa accadde di terribile, in quel momento? Quando lo vidi morto, davanti a me? Che non potevo fare più niente, ecco cosa. Che non esisteva al mondo un rimedio possibile. Che ciò che era accaduto, tutti quegli anni e tutte le parole che non ci eravamo detti, erano scomparsi nel nulla e nessuno avrebbe potuto restituirmeli. Ecco cosa».

Viola aveva portato lo sguardo sul punto del lenzuolo che si alzava e si abbassava, si alzava e si abbassava.

«Vuoi dire che... vuoi dire che in qualche maniera...»

La donna anziana si era avvicinata al letto e fronteggiava la giovane, il bambino col suo respiro regolare in mezzo.

«Voglio dire che qualcosa da fare c'è. Sappiamo di che si tratta, Massimiliano respira, possiamo ancora...»

Fu la volta di Viola a interromperla.

«Sappiamo di che si tratta, dici. Be', immagino che la certezza della diagnosi sia un fatto positivo, in effetti. Peccato però che la diagnosi sia infausta, un tumore di dieci centimetri per sei, che in un bambino di dodici chili e ottantaquattro centimetri non è poco, ma questo non sarebbe niente, dato che...»

«Viola, non è questo che voglio dire, voglio dire che...»

La ragazza continuò in tono colloquiale, quasi stesse esponendo una nozione a un esame.

«Dato che, dicevo, il suddetto tumore che loro chiamano massa eteroplastica, cosa che sarebbe anche buffa a pensarci, perché sembra che non abbiano il coraggio di nominarlo, la massa insomma infiltra il rene sinistro, la vescica e i linfonodi paravertebrali, dunque non solo non è operabile, ma nemmeno curabile. Quindi, cara Sara, dolce nonnina, dimmi: in che modo dovremmo trovare conforto nel fatto che sappiamo di che si tratta, me lo vuoi spiegare?»

Sara aprì la bocca, ma non parlò. Il silenzio tornò ad avvolgere entrambe e il bambino addormentato, come un lenzuolo umido e soffocante.

Anche per scrollarselo di dosso, la più anziana parlò:

«Lo vedi? Respira. Suo padre, mio figlio, il bambino che ho partorito e che ho amato, te lo giuro, ogni secondo della mia vita nonostante le scelte che ho fatto e che ha fatto lui, su quel tavolo di metallo non respirava. C'è differenza, credimi. Una grossa differenza. Cercheremo, ci proveremo, ci batteremo fino all'ultimo, te lo garantisco».

Viola continuava a fissare il lenzuolo. In viso una smorfia resa atroce dalle lacrime che scendevano oleose sulle guance.

«Io non lo volevo, sai? Non avevamo un rapporto profondo, Giorgio e io. Non era una storia di quelle che una dice: ecco, l'ho trovato, è l'uomo della mia vita. Volevamo cose diverse, ci saremmo lasciati di sicuro, questione di uno o due anni, forse di mesi. Quando capii che ero incinta pensai subito che non fosse il caso. Non lo volevo. Stetti a fare il pari e dispari per un sacco di tempo, nemmeno lo dissi a lui.»

«E poi? Perché poi... insomma, perché lo hai tenuto?»

Viola piangeva. Scrollò piano la testa come stesse ricordando una stupidaggine.

«Poi una notte l'ho sognato. Proprio come è adesso. L'ho sognato che sorrideva, sai come sorride, sorride sempre, lui non è di quei bambini... sorride sempre. E nel sogno, appunto, mi sorrideva. E la mattina dopo lo dissi a Giorgio, e andammo avanti. Ci pensi? Appeso a un sorriso nel sogno di una ragazzina stupida e inconsapevole. E ora, eccolo qua. Forse avrei fatto bene a...»

Sara alzò una mano, brusca.

«Non lo dire. Non lo dire mai. Lo vedi, siamo qui: nemmeno ci saremmo incontrate, nemmeno avremmo parlato. Io ho perso un figlio e l'amore della mia vita. Non perderò anche lui. Faremo qualcosa, vedrai. Lo faremo. Per forza.»

La porta si aprì. Entrò un uomo grosso, irsuto, dai capelli troppo lunghi e la barba incolta. Aveva un fagotto fra le mani. Fece due passi, si chiuse la porta alle spalle.

«Come va? Ho preso un'ora di permesso, sono venuto un po' prima. Ho portato qualcosa da mangiare, pensavo che...»

Viola si girò, e lui vide le lacrime. Sbiancò e si accostò al letto. Resosi conto del respiro, barcollò e si aggrappò alla sedia.

«E no, però, cazzarola, Viola, tu non ti devi far trovare in lacrime, mi stava venendo un infarto, Dio mio!»

La ragazza corrugò la fronte.

«Adesso ti devo chiedere il permesso se voglio piangere vicino al letto di mio figlio che sta morendo?»

L'uomo torreggiò su di lei, minaccioso.

«Non osare dire questa cosa, hai capito? Non muore nessuno, maledizione.»

Viola lanciò uno sguardo a Sara.

«Ecco un altro in comunicazione diretta col destino.»

L'ispettore Davide Pardo, che era il nome dell'uomo entrato con la cena, si affrettò a spiegare:

«Dunque, ho preso il permesso perché dovevo sentire un amico, un collega che è all'antirapina e furti. Lavora nella zona di Chiaia e Posillipo, dove come sapete sono frequenti le irruzioni negli appartamenti. Il fatto consente di incontrare gente di un certo livello, perché non è che i ladri vanno negli appartamenti sfigati come i nostri, ma provano a...».

Viola scambiò uno sguardo con Sara.

«Scusa, ma l'hai capito dove siamo, vero? Che cosa ce ne può fregare di quali appartamenti scelgono i ladri della città?»

«Se aspetti un attimo, forse ci arrivi pure tu con le tue limitate possibilità. Insomma, mi sono ricordato, perché ho una memoria prodigiosa, che qualche mese fa è stata svaligiata una villa con la discesa a mare, di quelle che stanno nella parte bassa di...»

Sara intervenne, calma.

«Davide, per cortesia, vorresti...»

«Sì, certo. Insomma, a subire la rapina è stato Umberto Ascione, il famoso oncologo, sapete? Quello che va in televisione alle trasmissioni che parlano di fattori cancerogeni, il fumo, l'inquinamento. Io una volta l'ho sentito parlare della terra dei fuochi, e quello che diceva...»

«Davide!»

«Sì, sì. Oh, questo è uno col quale, solo per parlare, ci vogliono duemila euro e bisogna aspettare un trimestre. Be', l'amico mio è riuscito a recuperare la refurtiva, non tutta perché i gioielli più importanti erano già stati smontati e rivenduti, ma qualcosa comunque sì. E gli è rimasto il numero privato e un certo credito di riconoscenza. Non è stato facile, ma l'ho convinto a procurarmi un appuntamento. Prepariamo tutte le carte e ci vado a parlare. Se esiste una soluzione, lui la conosce. Vedrete.»

Viola si oppose.

«Io non ce la faccio a illudermi di nuovo. Sono tre mesi che rimbalziamo da un medico all'altro, non ne posso più.»

Pardo alzò la voce:

«E che facciamo, ci diamo per vinti? Ce ne stiamo qua ad aspettare… ad aspettare questa cosa, senza fare niente?».

Il tono fece vibrare le palpebre del piccolo, che aprì gli occhi annebbiati e si guardò attorno. Appena vide Pardo sorrise, e la stanchezza di quel sorriso gelò il sangue a tutti. Poi disse:

«Zio Dado, ciao. Hai portato Bubu?».

Pardo si avvicinò al letto, sollecito.

«Te lo porto, Massi. Ti prometto che te lo porto. Appena ce lo consentono, ti porto Boris e tu lo accarezzi. Gli manchi, sai? Me lo ha detto.»

Massimiliano richiuse gli occhi, e sognò un cane molto grosso. Buono, però.

Molto buono.

IV

Marzo 1990

Chiusa in bagno, Sara ascoltava Carlo giocare con Giorgio e si chiedeva perché questo non la rendesse felice.

Era una domanda che si faceva spesso. Una sensazione emersa dall'inconscio, prima in forma di vago disagio, poi di malessere appuntito, poi di lama tagliente. Infine, di sottile ma evidente consapevolezza, di cui però non sapeva riconoscere le cause.

La luce della domenica entrava dai listelli della tapparella, tagliando a fette la penombra. Il programma prevedeva una passeggiata in montagna piuttosto soft, per dare al bambino l'idea esotica di un'escursione consentendo però ai genitori di portarlo in braccio per qualche tratto senza rischiare infarti. Aveva preparato una frittata di pasta e una crostata, un grazioso cestino con tovaglia, acqua e tre bicchieri, forchette e coltelli. Tutto a posto.

E perché non sei felice, allora?

Dall'altra stanza veniva il suono della fisarmonica che il marito fingeva di insegnare al figlio. Tra quei due c'era una bellissima confidenza, si assomigliavano così tanto, fuori e dentro, e ci mettevano sempre assai poco a trovare territori di comune interesse. Sara non aveva nessun sentimento di gelosia per questo, anzi: era un gran sollievo che Carlo compensasse il mutismo al quale lei era incline, che per un bambino di cinque anni non sarebbe stato comprensibile. Loro erano allegri, estroversi, rumorosi quanto Sara era di poche parole, pacata e riservata. Ognuno è com'è.

Non era quindi un po' di esclusione dalle dinamiche affettive tra Carlo e Giorgio a renderla triste, a infonderle quella malinconia che stava diventando una compagna sempre meno discreta. La solitudine era confortevole, invece. Il dialogo con se stessa era sempre stato il suo rifugio, anche da piccola, nell'infanzia da figlia unica in una casa piena di silenzio.

Tolse la camicia da notte e restò nuda davanti allo specchio. Il sole modellò strisce di luce e di ombre sul corpo dalle forme toniche e generose, sul bel seno, sul ventre piatto. Era conscia di quanto il suo modo di vestire, orientato alla praticità e alla comodità, fosse lontano dal sottolineare la femminilità e il fascino del fisico che la natura le aveva regalato. E questo valeva pure per il viso, lineamenti regolari che non venivano esaltati da alcun trucco, niente rossetto o matite, e per i capelli, neri e fluenti, con qualche linea grigia lasciata libera di incrementarsi senza colorazioni.

C'era un perché.

Sara Morozzi, a ventisette anni, voleva essere sincera. Pensò a Teresa Pandolfi, la collega dell'unità alla quale da pochi mesi era stata assegnata, entrata con lei e con la quale aveva subito stabilito un rapporto di amicizia basato sulla reciproca consapevolezza di essere l'una l'opposto dell'altra.

Teresa era bionda, truccata e abbigliata in maniera da esaltare ogni chance estetica di cui era fornita. Tacchi, calze a rete, gonne strette, camicette sbottonate. E mai era stata vista senza trucco, o spettinata, anche dopo una intensa giornata di lavoro. La Bionda e la Mora, le chiamavano in ufficio, nemmeno era sicura, Sara, che conoscessero il loro nome e cognome. Avrebbero potuto chiamarle l'Elegante e la Sciatta, considerò sorridendo alla ragazza nuda e magnifica che la fissava dallo specchio, e si sarebbe capito benissimo qual era l'una e quale l'altra.

Il suono melodioso della fisarmonica cambiò, diventando una cacofonia di zampate sulla tastiera. Lo strumento, era evidente, aveva un nuovo esecutore. Carlo e Giorgio risero, e anche Sara.

Io voglio essere sincera, considerò ancora.

Truccarsi, tingersi i capelli, accrescere la statura con un paio di scomodi tacchi, stringersi la vita o alzare le tette è il contrario della sincerità. È una mascheratura.

Il suo strano talento, al quale era stato trovato perfino uno sbocco lavorativo, era appunto quello di smascherare; di comprendere da un sopracciglio, dal movimento delle dita, dalla contrazione delle labbra ciò che le persone pensavano davvero, le emozioni celate al di là di quanto le bocche e la voce esprimevano. Lei era quella per cui le spalle, le gambe, le braccia parlavano con chiarezza e non mentivano mai. Come avrebbe potuto fare il suo mestiere, se fosse stata la prima a simulare altro?

Un pensiero spietato la attraversò. Cosa stai facendo adesso, Sara, se non mentire? Le sembrò quasi che la ragazza nuda nello specchio l'interrogasse, fissandola spassionata oltre ogni barriera convenzionale.

Non sei felice. Eppure hai quello che hai sempre voluto, no? Un matrimonio stabile e soddisfacente, e il tuo bambino che sta bene in salute, cosa per niente scontata dato qualche precedente familiare. Niente problemi economici, un appartamento di proprietà in un tranquillo quartiere borghese.

Un marito gentile, attento e presente: non un cavaliere indomito né un amante travolgente, ma nemmeno un manesco o un disinteressato, come pure vedeva accadere fin troppe volte anche a colleghe poliziotte che una immaginerebbe in grado di difendersi o di autodeterminarsi. Carlo era il fidanzato storico, un impiegato di banca solido e sereno, un compagno con cui condividere progetti e programmi di breve, medio e lungo termine e un sesso meccanico ma continuo, senza sussulti né abissali distanze.

Carlo era la pantofola comoda nella quale mettere il piede, tornando a casa. Era l'abitudine, il riconoscimento dei processi mentali prima ancora che avvenissero, la corrispondenza con ciò che ci si aspettava da lui. Era il fascino del prevedibile, la *comfort zone*, il verificarsi delle certezze. E Sara non era così giovane da non capire che su questo si poteva, forse si doveva fondare un'esistenza. Non era una vacanza, quella: era la vita.

Quindi non è questo che ti manca, le disse la donna dallo specchio mentre la fisarmonica tornava in buone mani. Soprattutto ora che hai trovato anche il lavoro giusto.

Ripensò a quando le era capitato di far parte di quella unità.

Aveva sempre voluto stare in polizia, una storia di famiglia, non avrebbe immaginato altro; ma anche lì c'era sempre qualcosa di appena fuori fuoco, di non del tutto soddisfacente. Troppi ragionamenti grossolani, nessuna sfumatura, giusto o sbagliato, buoni e cattivi, bianco o nero dove invece i suoi occhi erano in grado di percepire una sostanza spesso assai distante dalla forma, manifestazioni opposte ai veri sentimenti.

Le era successo, come quella domenica mattina in bagno, di guardarsi dall'esterno e di rendersi conto di aver corso per raggiungere un obiettivo non corrispondente a ciò che aveva desiderato. Una professionista che faceva il lavoro che aveva voluto, come il nonno, come i genitori; una donna che era moglie e madre, socialmente contestualizzata e stabile. E allora, le ripeté la donna nuda dallo specchio, perché non sei felice?

Be', il lavoro era cambiato. Questione di fortuna, una conferenza alla quale aveva partecipato come spettatrice, il momento delle domande, una richiesta al relatore. Uno sguardo intenso, una risposta ferma e scontata: ma ai suoi occhi il corpo dell'interlocutore segnalava un immediato, sorpreso interesse e una curiosità pungente.

Non era rimasta sorpresa dall'essere stata chiamata, nei giorni successivi, per un primo colloquio al quale ne era seguito un secondo e poi un terzo, prima di vedersi assegnata, senza troppe spiegazioni, a un'unità distaccata denominata "intercettazione e ascolto".

A distanza di mesi aveva capito che il distacco era definitivo: e che il nuovo lavoro era assai più vicino alle sue reali capacità e inclinazioni di quanto avrebbe mai immaginato.

Per paradossale che fosse, ammise, era stata la nuova collocazione a gettarla in una crisi che la metteva davanti allo specchio a chiedersi se proprio lei, la sacerdotessa della sincerità a ogni costo, non mentisse a se stessa. Perché se nel lavoro era stato possibile trovare un pieno equilibrio, una nuova consapevolezza, per quale motivo la vita privata doveva andare nella direzione opposta?

Perché non sei felice?

Piccoli pugni cominciarono a picchiare alla porta, come poco prima avevano fatto sulla tastiera della fisarmonica. Mamma, mamma, mamma, disse la voce squillante di Giorgio, sbrigati, dobbiamo andare, dice papà che altrimenti la montagna va a dormire.

Sara si vestì.

Per affrontare il giorno più difficile della settimana: la domenica.

V

Durante il giro dei letti, la primaria del reparto di Oncoematologia si soffermava per poco nei pressi dei piccoli pazienti. Controllava le cartelle, scambiava qualche parola con gli assistenti, rettificava le terapie: ma non diceva nulla ai parenti. Le sembrava superficiale parlare così, in fretta, in un momento di passaggio, consapevole che ogni espressione, ogni accenno di sorriso, ogni intonazione avrebbe rappresentato un'apertura a qualche speranza che invece, spesso, non c'era.

La dottoressa Elisabetta Castellini non era di quei medici per i quali l'esperienza era diventata una corazza attorno al cuore. Non una di quelli che si scambiavano battute o barzellette fra una sentenza e l'altra. Aveva scelto quel mestiere per salvare vite, nello specifico quelle di bambini con un futuro si sperava lungo davanti, e non riuscire a farlo, doversi fermare davanti al muro insuperabile del male, costituiva una frustrazione insopportabile.

Non avere spiragli o terapie la metteva di pessimo umore, e non lo nascondeva. Non riusciva a essere rassicurante, e nemmeno pietosa al punto di fingere a fin di bene. Ciò le conferiva un'aura di durezza e di scarsa sensibilità che era invece l'esatto contrario della sua natura.

Sara lo aveva compreso, così come aveva capito subito che la dottoressa aveva classificato il caso di Massimiliano tra quelli disperati. Le spalle incurvate, gli occhi velati e le sopracciglia inarcate erano stati eloquenti.

Poi i giorni erano trascorsi, e a Sara era parso che il bambino almeno non fosse peggiorato. Viola, scottata dalla nettezza della dottoressa, non se l'era più sentita di parlarle. Se ne stava nel suo angolo, come un animale terrorizzato, e non interloquiva. Anche Davide Pardo, dopo un timido tentativo di estorcere qualche informazione più approfondita, aveva smesso di cercare un incontro. Entrambi, e Sara se ne rendeva conto, avevano paura di guardare in faccia la realtà.

Non che lei non avesse paura. Era certa che non sarebbe sopravvissuta a un'ulteriore perdita. Era sempre stata razionale e obiettiva rispetto ai propri sentimenti, cosciente che a un dolore come quello che si prospettava non ci si poteva preparare. Quel bambino era stato un'esplosione nella sua vita, una tempesta di emozioni felici. Tenerlo fra le braccia, guardarlo crescere le aveva fatto ritrovare la passione per il mondo, l'attenzione al presente, la voglia di avere un futuro.

Era nonna, ma era come essere ridiventata madre con la consapevolezza di quanto contasse esserlo. Non era pentita di aver provato l'amore che l'aveva spinta a rinunciare a Giorgio, ma il piccolo Massimiliano era stato una nuova, meravigliosa occasione per riappropriarsi di una parte della femminilità che, scopriva adesso, le era mancata. Non c'era limite a quello che avrebbe fatto per non perderlo.

E qui subentrava l'altro fattore, quello misterioso, che non aveva detto né a Viola né a Davide e nemmeno avrebbe saputo spiegare con le parole. Perché c'era qualcosa di lieve, di appena accennato, che aveva intravisto nei movimenti e nelle espressioni della primaria. Non avrebbe saputo classificare cosa, e di certo trent'anni prima le sarebbe sfuggito; magari era solo un'illusione, un aggrapparsi a qualche appiglio inesistente.

Era sicura che la dottoressa Elisabetta Castellini, secondo ciò che all'occhio famelico di indicazioni di Sara era sembrato, aveva un'incertezza. Un dubbio, il fantasma di un'ipotesi, talmente labile e trasparente che non l'avrebbe ammesso nemmeno con se stessa. E Sara era determinata a sapere di cosa si trattasse, fosse l'ultimo segreto da scoprire.

Quella sera si mise quindi davanti all'uscita, all'ora in cui la dottoressa Castellini lasciava l'ospedale. Il vento soffiava forte ed era freddo, ma Sara era abituata all'attesa. Quando vide la donna camminare svelta verso il parcheggio, le mani affondate nelle tasche del soprabito e i capelli che si scompigliavano, si staccò dall'ombra e la avvicinò.

«Buonasera, dottoressa. Posso disturbarla?»

La primaria si fermò, sorpresa, e corrugò la fronte.

«Buonasera. Mi dispiace, ho finito il turno e sono davvero stanca. Se vuole qualche informazione, c'è il dottor Vergara. Lo trova nella stanza dei medici e...»

«No, no, dottoressa. Ho bisogno proprio di lei, è questione di un minuto, sul serio. Io sono la nonna di Alberti Massimiliano, il bambino che...»

«Lo so, chi è. E ho ben presente la situazione, mi creda, mi dispiace tanto. So che la madre è terrorizzata, ma non posso fare altro rispetto a quanto stiamo già facendo. E la diagnosi vi è stata resa nota.»

Sara fissava la primaria, non perdendosi una variazione della sua espressione.

«Sì, certo, ero presente, e ho anche letto i documenti che avete rilasciato. Tuttavia, dottoressa, lei pensa a qualcosa. Ha un dubbio, un'incertezza, un'ipotesi. Ne sono certa. Non mi chieda perché, ma ne sono certa.»

Fu come il passaggio di una nuvola, così veloce da essere quasi invisibile: ma Sara cercava quello, lo aspettava, e fu in grado di riconoscere la conferma di ciò che aveva appena detto.

«Senta, non so proprio a cosa si riferisca, quello che dovevo dire l'ho detto e l'ho anche scritto. Adesso, se permette, dovrei andare a casa.»

«Se vuole, vada pure. Ma se dentro di lei c'è un barlume di speranza di salvare mio nipote, dovrebbe dirlo. Mi pare rientri nel suo compito, non trova?»

La primaria la fissò, incuriosita.

«Mi dica, signora: da cosa intuisce questo mio pensiero? Come fa a non capire che potrebbe trattarsi di una proiezione della sua disperazione, che io comprendo e condivido più di quanto possa ritenere?»

Sara non aveva staccato gli occhi da quelli della primaria, che ne era come affascinata. La voce si era incrinata, e malgrado la ferma intenzione di andarsene, aveva ruotato il corpo verso l'interlocutrice anziché verso l'auto.

«Non voglio spaventarla, dottoressa. Diciamo che, per professione, avevo l'abitudine di interpretare il linguaggio non verbale. È una scienza, sa, anche se a volte sembra una magia. Si basa su segni quasi impercettibili, alla maggior parte delle persone sfuggirebbero senz'altro. Io sono sicura, e in caso contrario non l'avrei mai disturbata, che della situazione di mio nipote lei pensi qualcosa di cui preferisce tacere. Se non è così, mi dica che mi sbaglio e io non la disturbo più. Altrimenti, le do la mia parola d'onore che l'informazione resterà fra me e lei. Ma la prego di dirmela. La prego.»

Restarono così, una di fronte all'altra, occhi negli occhi, dolore contro dolore. Passarono forse trenta secondi e fu un tempo interminabile, per entrambe.

Poi la dottoressa parlò:

«Ho visto il filmato di un intervento chirurgico. Una decina di anni fa, una ripresa nemmeno perfetta, sgranata, ricavata da un video ancora precedente. E non ne ho trovato traccia nella letteratura medica, magari era finto o ritoccato, chi lo sa. Ma era un approccio non convenzionale. Un tumore uguale a quello di suo nipote, e le dico con chiarezza che così com'è nessun chirurgo andrebbe a toccarlo, perché il bambino morirebbe di sicuro sotto i ferri».

«E l'intervento riusciva?»

La primaria sorrise, ed era la prima volta che Sara vedeva accadere quel miracolo. Un sorriso estatico, come quello di un musicologo che ricorda l'unica esecuzione di un pianista di immenso talento.

«Sì, riusciva. Il filmato si interrompeva sull'ultimo taglio, prima delle suture. Si sentiva perfino un applauso, quasi ci fosse una platea di spettatori. E le scritte erano in cirillico, quindi si trattava di un russo, il nome era Popov. Ma le ripeto, non so neppure se...»

«Si può rintracciare questo chirurgo, dottoressa? Lei può fare qualcosa?»

«No. E in tutta franchezza, anche se possedessi i contatti di un collega, mi sentirei una stupida a provarci, a proporre un intervento in una situazione del genere.»

Sara lesse che non mentiva.

«Abbiamo un appuntamento con un professore, si chiama Ascione, pare sia un luminare. Crede che lui...»

L'espressione della primaria si fece incerta.

«Conosco Umberto, è bravo. È nel vostro pieno diritto sentirlo, ma non vi dirà nulla di diverso da quello che vi abbiamo già detto noi. Mi dispiace moltissimo: e se lei sa interpretare la verità, sa bene che sono sincera.»

Sara annuì. Ma era convinta che l'intervento che la primaria aveva visto nel filmato fosse vero.

Adesso possedeva un nome. Si trattava solo di recuperare qualche riferimento, e il professore di Pardo poteva essere il tramite giusto.

Le due donne si salutarono, e nell'oscurità incipiente si avviarono in direzioni opposte.

VI

Marzo 1990

Davanti al posto telefonico la fila era più lunga del solito: l'ora di punta, la primavera in arrivo; ma anche le notizie che giungevano dalla città con l'occupazione e i cortei, i disordini e gli interventi della polizia. C'erano molte famiglie da rassicurare, all'estero e in altri luoghi del Paese.

Il ragazzo alto e bruno che svettava sugli altri di almeno sette centimetri, però, non doveva rassicurare nessuno. Piuttosto, voleva essere rassicurato. Ci provava da una decina di giorni, per la verità. Senza riuscirci.

Ion Florescu era attraente e sapeva di esserlo. Lo era sempre stato, con quegli occhi neri carismatici e volitivi, il bel viso che sembrava tolto di peso da un quadro rinascimentale, i capelli lisci e le spalle da atleta; eppure non era per le caratteristiche fisiche che risultava notevole. E nemmeno per la voce calda con la quale ammaliava le ragazze modulando le dolci canzoni che scriveva ed eseguiva con la chitarra; né per la capacità di apprendere senza sforzo, che lo aveva portato a concludere gli esami di Scienze politiche con una sessione di anticipo, ragion per cui si stava divertendo ad approfondire la tesi sui menscevichi che sarebbe stata senza dubbio pubblicata.

Ion era notevole perché era un leader. Sapeva aggregare attorno a sé tutti quelli che voleva, indirizzandone le volontà senza mai far sospettare loro di essere manipolati. Il futuro appariva aureo, tenuto conto che il padre Petru era un altissimo funzionario del partito nella bella Bucarest.

E il padre era proprio la ragione per la quale Ion avrebbe voluto essere rassicurato. Perché pochi mesi prima era accaduto l'irreparabile, e un mondo intero si era sgretolato come il Muro che lo rappresentava.

Non che Ion non ne avesse colto i segni. Era abbastanza intelligente e obiettivo da capire che certe dichiarazioni, certi incontri e certi messaggi impliciti in alcuni comportamenti militari, diplomatici e territoriali dovessero preludere a un rivolgimento epocale. Ma era convinto, come tanti, che sarebbe stato un processo lento e graduale, che ci sarebbe voluto molto tempo, che ci sarebbero stati dei correttivi. E che magari non tutti i mali sarebbero venuti per nuocere, che il cambio dei vertici avrebbe giovato a chi, come suo padre, aveva dimostrato competenza e lealtà verso il partito e il suo capo.

E invece.

Invece avevano cominciato a circolare notizie che inducevano a ritenere l'opposto. E che non sarebbe stato un processo incruento.

Mentre la fila si avvicinava alle cabine insonorizzate coi telefoni, Ion rifletté che l'illusione che la Romania resistesse era stata forte e, adesso lo capiva, assurda. Paradossale ma vero, erano stati colti impreparati. Avesse anche solo intuito, Ion sarebbe partito con ogni mezzo per farsi trovare al fianco di suo padre, per proteggerlo dalla vigliacca mano di quei topi di fogna che, ne era convinto, non aspettavano che il momento giusto per vendicarsi della propria mediocrità.

Invece era rimasto bloccato in quella molle e debosciata città mediterranea occidentale, dove si trovava soltanto per acquisire il titolo necessario a prendere il posto che gli competeva, a macerarsi nella preoccupazione.

Si era messo subito in contatto con casa, e la madre fino a dieci giorni prima lo aveva rassicurato. No, Ion, non devi preoccuparti, gli diceva. Certo, il momento è difficile ma devi stare tranquillo, stiamo qua, tuo padre è al ministero, passa molto tempo lì al lavoro, a volte ci rimane a dormire. No, caro, non corre rischi, e nemmeno noi. Va tutto bene.

Dalla voce, era stato subito chiaro al giovane che la madre sapeva di avere il telefono sotto controllo, e che la Securitate, la polizia segreta al servizio del partito, doveva essere diventata un presidio del nuovo assetto. Non era detto che fosse accaduto, ma la probabilità era evidente anche alla donna che stava ben attenta a quello che diceva.

Era stato allora, quando aveva riconosciuto quella linea di pensiero di sua madre, che Ion aveva raccolto attorno a sé gli amici più intimi e fidati. Costi, forte e saldo nella fede comunista; Vasile, intellettuale raffinato, fragile ma insostituibile per le conoscenze tecniche; Mihaela, acuta e strategica, anche se individualista. Magari non serviva, ma era meglio stare tutti nello stesso posto.

Da dieci giorni il telefono della bella casa della capitale squillava a vuoto. Era strano, al limite dell'assurdo, perché oltre alla madre e al padre, alle due zie e al nonno, c'erano due persone di servizio. Non potevano essere tutti fuori.

Ana, la sorella di Ion, non rientrava fra le persone che riteneva più affidabili. Ma era sotto la sua responsabilità, come il padre gli aveva detto quando erano partiti insieme. Lei era affascinata dalla società capitalistica, pensava alla carriera e al merito personale; aveva studiato Medicina con risultati straordinari, laureandosi con incredibile velocità ed entrando addirittura nel gruppo ristretto degli assistenti universitari. Frequentava un professore, che per fortuna era romeno e per sfortuna era così integrato nel sistema da sembrare italiano, e non aveva alcun coinvolgimento nei confronti di ciò che stava accadendo in patria.

Certo, era preoccupata per i genitori. Chiedeva ogni giorno notizie, si informava: ma l'aspetto politico, quello più grave, sembrava non toccarla. Ion, da parte sua, avrebbe capito e apprezzato perfino il sacrificio del padre, se fosse stato necessario alla conservazione del regime. Per quanto lo amasse e lo venerasse, l'interesse collettivo gli appariva più importante.

Giunse il suo turno e poté comporre il numero di casa coi numerosi prefissi necessari. Il telefono produsse gli scatti e il suono senza echi dell'etereo spazio della linea deserta.

Uno squillo. Due. Tre. Al settimo, mentre stava per deporre sconsolato e pieno di angoscia la cornetta, sentì la voce esile di sua madre.

«Pronto? Chi è?»

Dieci giorni. Dieci giorni di silenzio, di squilli nel vuoto. Dieci giorni di ansia, di radio accesa nell'attesa di notizie che non arrivavano. Dieci giorni in quella voce sottile.

«Mamma? Mamma, sei tu? Sono io, sono Ion.»

«Ion? Ah, ciao, Ion. Come stai? Stai bene?»

Il ragazzo allontanò la cornetta e la guardò, come fosse un animale strano. Poi la riportò all'orecchio.

«Mamma, che significa come sto? Io sto bene! Tu invece, come stai? E papà? Com'è che nessuno rispondeva al telefono? Che sta succedendo?»

Ci fu un attimo di silenzio, in cui a Ion sembrò che la madre trattenesse il pianto. La linea continuava a scattare, i suoni erano attutiti. Al ragazzo parve di udire un altro respiro, come se qualcuno fosse in ascolto senza curarsi di nascondere la propria presenza.

«Tutto bene, Ion. Tutto bene. Siamo dovuti... Ci sono stati dei lavori in casa, tutto qui. Quindi siamo andati... siamo andati a stare da un'altra parte, ecco.»

Al giovane rimbombava il cuore nelle orecchie.

«Ma come, da un'altra parte? Quale parte? E papà? Dimmi di papà, mamma, lui come...»

«Ion, tuo padre ha fatto degli errori. Dovrà pagare per questo. Noi, come puoi immaginare, non sapevamo niente. Adesso dobbiamo aspettare quello che sarà deciso, e uniformarci alle decisioni. Tu stai tranquillo, resta dove sei e pensa ad Ana. Ti saluto, adesso.»

«Mamma, ma che dici? Quali errori? Papà non ha fatto nessun errore, non...»

Si rese conto che stava urlando in un pezzo di plastica. Dietro la porta della cabina puzzolente di sudore, una ragazza di colore lo fissava impaziente e curiosa allo stesso tempo.

Pagò con le mani tremanti e uscì all'aperto, guardando un mondo che continuava a ruotare sul proprio asse.

Si avviò correndo e barcollando verso casa, senza accorgersi dell'uomo che lo scrutava dall'androne di un palazzo.

VII

Seduti nell'elegante salottino che fungeva da sala d'aspetto, Sara e Pardo attendevano di essere ricevuti.

La reazione di Viola al progredire della malattia di Massimiliano era ormai il principale oggetto della loro conversazione, quando si ritrovavano da soli.

Davide si agitava sulla poltroncina.

«Proprio non capisco come ci si possa dare per vinti in questa maniera. Mi rendo conto che è una ragazzina, che si sente schiacciata dalla vicenda e che la diagnosi è terribile, ma cazzarola, mica la dottoressa Castellini e tutti i medici che ha incontrato finora sono la Cassazione o Dio, no? Ci sarà qualcuno in grado di fare qualcosa.»

Sara aveva sentito quell'incipit almeno mille volte.

«Ascolta, è comprensibile. È giovane, come hai detto tu, e ha tanti sensi di colpa nei confronti del bambino, non lo voleva, si sente inadeguata. Adesso si trova davanti a questa montagna e non ce la fa a scalarla, tutto qui. Dobbiamo capirla e starle vicino.»

Pardo agitò la mano.

«E va bene, ognuno ha la sua reazione, lo capisco, almeno ci provo. Ma non venire con noi oggi, per esempio, che significa? Credi sia facile prendere un appuntamento con questo professore? Se non avessi minacciato il mio collega, mica avremmo potuto essere qui. E hai visto, ha voluto via mail tutte le indagini e tutti gli accertamenti, serietà e attenzione, un luminare che potrebbe darci una terapia, indirizzarci, fare qualcosa, cribbio! E lei, che fa? Se ne sta a piangere vicino al letto di Massi, come non ci fossero più speranze.»

«Non lo capisci proprio, vero? Non ce la fa a sopportare altre sentenze. Preferisce non avere speranze, per evitare il trauma di un'altra delusione. Tu invece continui a picchiare la testa contro il muro, cercando di aprire un varco.»

L'ispettore si passò una mano sugli occhi. Sara si accorse che gli tremava ed ebbe pena per lui, e per Viola, e per se stessa, molto più che per il bambino che combatteva la sua battaglia dormendo la maggior parte del tempo.

«E tu? Dimmi che fai tu, Sara. Raccontami qual è il modo giusto di reagire, cos'altro si deve fare che non sia fissare il vuoto aspettando che la clessidra si svuoti. È piccolo, non lo capisci? Ha una vita lunga da vivere, amore e dolore, persone da incontrare, errori da commettere. Non possiamo mica consentire che quel futuro sparisca senza fare niente!»

Prima che Sara potesse rispondere, una donna si affacciò e disse loro di seguirla. Percorse un breve corridoio, con una spessa guida sul pavimento che dava l'impressione di camminare su una nuvola. Indicò una porta chiusa.

Lo studio del professor Umberto Ascione non sembrava quello di un medico, ma di un professionista di inizio Novecento. Una scrivania in noce, lucida e intarsiata, quadri d'epoca alle pareti, una finestra dalla quale si vedevano il porticciolo turistico, il castello e il mare. Unica concessione alla modernità, un computer di ultima generazione con uno schermo enorme che riempiva la parte laterale del piano di lavoro.

Lo stesso professore pareva un uomo d'altri tempi. I capelli grigi erano ben pettinati con una scriminatura al centro. Occhiali da lettura poggiavano sulla punta del naso, sotto la quale si espandevano degli anacronistici baffi a manubrio. Indossava un gilet aperto e una cravatta con un fermaglio in oro. Doveva avere una settantina d'anni, ma li portava benissimo.

Indicò le poltroncine davanti alla scrivania.

«Prego, prego, accomodatevi. Dunque, l'ispettore Pardo, vero? Il vicecommissario Calise mi ha detto tutto, una gran persona, Calise, ne devo parlare benissimo, davvero una professionalità straordinaria, avercene di poliziotti così, mi scusi, che gaffe, sono sicuro che anche lei, ma prego, sedete pure, la signora?»

Pardo tossicchiò.

«Lei è Sara Morozzi, la nonna del bambino. La madre, Viola, lei... è in ospedale col figlio.»

Ascione annuiva, girando la rotellina di un mouse wireless e fissando lo schermo. Aveva inclinato la testa all'indietro per leggere attraverso le lenti, invece di sistemarle meglio. Esprimeva assenso come se tutto rientrasse in un quadro generale a lui noto.

«Sì, sì. Certo. Mi rendo conto, sì.»

Pardo lanciava sguardi a Sara, ai cui occhi era chiaro che più a disagio il poliziotto non poteva essere. Era come trovarsi impreparati davanti a un docente severo, per un esame determinante dal quale dipendeva il futuro. Da parte sua, la donna si sentiva serena. Sapeva che da qualche parte la soluzione esisteva, ma non era in quello studio di legno e quadri che dava sul mare.

Il professore ebbe un moto di soddisfazione, come individuando un senso chiaro solo a lui nelle informazioni che scorrevano sullo schermo. Si rivolse ai due, appoggiandosi meglio allo schienale.

«Allora, premetto che il bambino è in ottime mani, la dottoressa Castellini è bravissima e il suo reparto è un fiore all'occhiello. A quanto vedo, è stato fatto tutto ciò che si doveva fare, la diagnosi è stata tempestiva e il quadro terapeutico è quello descritto, da protocollo. Potete stare tranquilli, quindi.»

Pardo, che pendeva dalle labbra del medico, si raddrizzò sulla sedia, come galvanizzato.

«Quindi lei dice che va bene, professore? Che la terapia funziona, che il bambino si può salvare?»

L'altro ridacchiò.

«Io? No, no, ispettore, e chi l'ha detto mai? Mi dispiace di aver dato questa impressione, ma non è così. Stanno accompagnando il bambino facendo in modo che la sofferenza sia meno acuta possibile, però non c'è dubbio: il destino è segnato. È solo questione di tempo.»

Pardo guardò Sara, che fissava le mani di Ascione intrecciate sul ventre.

«Ma… ma che vuol dire, professo'? Non può essere che non ci sia una soluzione, non…»

Il medico mutò l'espressione da divertita a partecipe.

«Ispettore, siamo davanti a un nefroblastoma violento e avanzato, un tumore di Wilms. Le dimensioni e il ritmo di crescita non lasciano speranze, e nemmeno una chemio violenta, che distruggerebbe l'organismo del piccolo e con ogni probabilità lo ucciderebbe con grande sofferenza, riuscirebbe a risolvere.»

Pardo si guardò attorno, come a cercare aiuto dalle pareti.

«Mi scusi, e questo che vorrebbe dire? Che un bambino, un povero bambino che stava benissimo, e glielo garantisco io che stava benissimo, all'improvviso ha un po' di febbre, uno fa le analisi per non avere scrupoli e si trova con una… con una situazione come questa, e lei mi dice che non c'è soluzione?»

L'uomo sospirò. Dal pigro movimento delle dita sul fermacravatta e dalla distensione dei muscoli facciali, Sara comprese che il livello d'attenzione era minimo e tutto rientrava in una routine praticata molte volte.

«Ispettore, se lei sapesse cos'ho visto in oltre quarant'anni di carriera. A volte, prima di addormentarmi, mi passano davanti migliaia di visi. E non sono quelli dei bambini, sa? Sono quelli dei genitori, dei parenti. Io capisco il dolore, ma la scienza non può tutto. Ci sono delle barriere davanti alle quali ci si deve fermare.»

Pardo aprì la bocca, ma fu Sara a parlare:

«Professore, grazie. Una sola cosa: perché non si esamina la possibilità di un intervento chirurgico?».

«Ma... credevo ne aveste parlato con la dottoressa Castellini, e proprio all'inizio. Non si può, cara signora: la posizione del tumore, le infiltrazioni negli organi circostanti, l'aggressione alla colonna vertebrale: la TAC, la risonanza, ma già le ecografie sono molto chiare, e lo sono state dal principio. Non c'è modo, mi creda. Non c'è proprio modo.»

Sara appuntò gli occhi in quelli dell'uomo, che ne reggeva lo sguardo, a disagio.

«Eppure, professore, a me risulta che sia stato fatto un intervento in passato, del quale esiste anche un filmato, in cui un tumore come quello di mio nipote, anche peggiore forse, è stato rimosso chirurgicamente. Lei ne ha notizia, per caso?»

Il medico arrossì.

«Forse ho capito a cosa si riferisce, signora. Ma non è stato mai confermato che sia accaduto davvero, e infatti non c'è traccia in...»

Sara incalzò:

«E lei sa darci un riferimento di questo chirurgo russo, questo Popov? Vorremmo perlomeno incontrarlo. Capirà bene la nostra situazione, credo sia consentito seguire tutte le strade».

Pardo passava lo sguardo stralunato dall'una all'altro, come seguendo una partita di tennis. La bocca era rimasta aperta dall'ultimo tentativo di intervenire.

Ascione tossì, si passò un dito nel colletto.

«Credo di poterle procurare il numero di un riferimento, sì. Ma a quanto ne so, è molto difficile che si sposti da Amburgo, dove risiede e opera. È un personaggio molto... particolare, non interviene ai convegni, non pubblica niente, addirittura c'è chi dice che nemmeno lavori più. Ma se crede...»

«Grazie, professore. Vorremmo provare anche questa consulenza. Così, per toglierci il pensiero.»

Quando furono fuori, Pardo ritrovò la parola.

«Scusa, ma chi è questo russo? E tu come l'hai saputo? E perché non l'hai detto prima?»

«Troppe domande per nessuna risposta. Non importa come l'ho saputo, e non importa chi è, anche perché non ne ho idea. La cosa importante è un'altra, e ascoltami bene perché non lo ripeterò: Viola non deve saperne nulla. Non intendo darle un altro dolore, finché non sapremo se e come questa potrà essere una soluzione.»

«Ma... ma non possiamo cercare su Internet chi sia, questo Popov? Non si può...»

«Non c'è niente, ho già provato. Come non esistesse. Ma questo riferimento» e sventolò il foglietto su cui il professore aveva scritto un nome e un numero «esiste eccome. Andiamo, non c'è tempo da perdere.»

VIII

Maggio 1990

La ragazza procedeva a passo svelto e lunghe falcate, schivando la folla. Il sole del pomeriggio illuminava la splendida chioma nera, che le scendeva sulle spalle come un mantello. Indossava una camicetta a quadri e dei jeans a vita alta, la giacca appesa alla tracolla della borsa assecondava il movimento battendo sull'anca.

L'espressione tesa, in parte nascosta dalle lenti scure, non toglieva nulla alla bellezza dei lineamenti e alla grazia del suo incedere, che attirava più di uno sguardo tra gli uomini a passeggio per la via centrale. L'aria era calda e ricordava più l'estate che la primavera, ma la giovane sembrava non sentirne gli effetti perché non c'era traccia di sudore sul suo viso.

Arrivata in prossimità dei tavolini all'esterno di un caffè, si guardò intorno finché non vide l'uomo seduto in disparte col giornale in mano. Fece un cenno di saluto e lo raggiunse.

Si scambiarono un rapido bacio a fior di labbra, poi lei sedette.

«Scusami, amore, ho fatto tardi, il collega che doveva darmi il cambio non si decideva a venire. Mamma mia, che corsa. Ho la gola secca. Cosa bevi, tu?»

L'uomo la fissava, tenero. Anche lui era di bell'aspetto, sulla trentina, capelli pettinati all'indietro, pelle bruna e occhi azzurri. Il colletto della camicia era sbottonato e la cravatta allentata.

«Vino bianco freddo. È già estate in questo dannato paradiso, e a me sembra che sia appena finita la precedente. Te ne ordino uno uguale.»

La giovane però non aveva intenzione di aspettare. Con un rapido movimento, sottrasse il bicchiere e bevve un lungo sorso.

«Ordinalo anche per te, allora, Nico. Ci servirà, vedrai. Che novità ci sono?»

L'uomo scrutò il giornale, sconfortato.

«Continuano a scrivere cose terribili sul nostro Paese, con riferimento ai disordini. Parlano di decine di morti per strada, per esempio a...»

«Nico, no. Non voglio sentire niente, non voglio sapere niente. Non ti rendi conto di quello che sto passando?»

«Ana, tesoro, io ti capisco. So di tuo padre e di tua madre. Del silenzio, della mancanza di notizie. Ma non credi che sia giusto capire quello che è successo davvero? Io penso che cose del genere...»

«Tu non hai idea di quello che sta facendo mio fratello coi suoi amici. È diventato ossessivo, tengono sempre la radio accesa sulla stazione romena, prendono appunti, discutono. Sono pieni di odio, di rabbia. E gli sembra incredibile che io dica che dovremmo abituarci, cominciare a pensare di costruire un futuro. O anche che io stia zitta.»

«Sono ragazzi, è anche comprensibile. Vedrai, tra poco capiranno che la situazione è irreversibile e si adatteranno al presente.»

Ana sorrise al cameriere che le aveva portato il calice e bevve un altro po' di vino.

«No, io non credo. Non parlano d'altro, dicono che devono per forza fare qualcosa. Non è facile per Ion, sai, lui viveva nell'idolatria di mio padre, come mia madre. Io sono l'unica in famiglia che ha sempre pensato che quello che stava succedendo avrebbe cambiato anche le nostre vite. Certo non credevo così presto, e così tanto.»

Nico si sporse in avanti e le prese la mano.

«Ana, amore, tu sei una dottoressa di talento. Hai grandi capacità diagnostiche, sei stimata e apprezzata, me lo dice sempre il tuo primario, quando parla di te gli si illuminano gli occhi. Hai un futuro, qui: devi pensare a quello.»

«Lo dicono perché sanno che sono la tua ragazza, e siccome sei il migliore della tua generazione lo fanno per farti piacere. Te lo garantisco.»

L'uomo scoppiò a ridere, scoprendo una chiostra di denti bianchissimi.

«Di' piuttosto che fanno complimenti senza sapere che spettacolo sei a letto!»

«Zitto, scemo! Sei pazzo a urlare così?»

Nico allungò le gambe, mettendosi le mani dietro la testa.

«Tranquilla, quanta gente pensi conosca il romeno qui? Piuttosto, che ti va di fare questo fine-settimana? Terminati gli interventi sono libero.»

«Non lo so, vediamo. Voglio capire meglio come sta Ion, passare un po' di tempo con lui. Non riusciamo ad avere notizie chiare su papà, sappiamo che mamma e le zie sono in un ricovero che in realtà è una prigione, e nemmeno loro sanno niente di lui. La cosa ha un effetto devastante su mio fratello, non lavora più nemmeno alla tesi, che aveva quasi ultimato. Ogni tanto esce, non si capisce dove va, quando rientra sembra più determinato e silenzioso. Mi sento responsabile, è più giovane di me...»

L'uomo agitò la mano, come a scacciare i cattivi pensieri.

«Sarà anche più giovane, ma è comunque adulto. Tu assicurati solo che non faccia sciocchezze, tipo pianificare un ritorno in Romania o prendere contatti con chissà chi in patria. È un momento complicato. Capisco che per me è facile parlare, non avendo più nessuno a Bucarest se non un paio di lontani cugini che non ho voglia di incontrare, ma questo non mi impedisce di essere prudente e di consigliare cautela.»

Ana si sistemò i capelli con un gesto aggraziato.

«Io gliele dico di continuo, queste cose. E gli dico pure che nell'Est stanno avvenendo epurazioni, regolamenti di conti, deportazioni anche di famiglie intere. Gli dico: Ion, ma quanto male farebbe a papà se qualche informatore o agente segreto segnalasse che tu e i tuoi amici fate attività politica sovversiva? Credi che non arrivino anche qui, o dovunque, per vendicarsi o mettere a tacere ogni pericolo per loro?»

Il fidanzato era impressionato.

«E lui che ti risponde, quando gli dici queste cose?»

«Mi guarda fisso e non parla. Poi dice: "Io faccio quello che è giusto, tu non ti preoccupare". Si gira e se ne va.»

«Non mi piace. Non mi piace, Ana. Se lui o qualcuno dei suoi amici facesse una sciocchezza, gli effetti ricadrebbero su di te e su di noi.»

La ragazza cercò un pacchetto di sigarette nella borsa. Ne accese una aspirando nervosa.

«Il fatto è che riesce, con quel comportamento, a farmi sentire una vigliacca. Una specie di... una traditrice, ecco. Non lo dice, ma io so che pensa: hai studiato, ti sei laureata e hai avuto il tempo di trovare il tuo posto di assistente universitaria grazie ai soldi che ti hanno fornito mamma e papà. E ancora attingi al deposito che hanno fatto qui, una cifra che ci consentirà di non aver bisogno di niente per molto tempo. E tu in cambio che fai? Ti comporti come se non esistessero, come se fossero una vergogna da cancellare.»

«Da cosa capisci che pensa questo?»

La ragazza sbuffò una nuvola di fumo.

«Da tutto. Dall'espressione, dagli occhi. Da come mi guarda. Lo conosco bene, è mio fratello. E a dirla tutta, se lo pensa non ha torto, ti pare?»

Nico strinse le labbra.

«Sì che ha torto, maledizione! Non è colpa tua se la storia ha cambiato direzione, se tuo padre è un crim...

se tuo padre ha delle colpe, e per quelle è sotto processo! I genitori pensano ai figli, li mettono in condizione di esprimere le proprie capacità, questo è il loro compito. E tuo fratello dovrebbe pensare a costruirsi un futuro, come stai facendo tu, invece di tramare chissà che con quei segaioli dei suoi amici!»

«Amore, se non avessi te, questo sarebbe il periodo più difficile e triste di tutta la mia vita. Che fortuna, averti incontrato.»

Lui le prese di nuovo la mano.

«Allora, se sono una fortuna, ripagami con un bel fine-settimana di sole, mare e sesso. Che ne dici di una passeggiata in Costiera? Conosco un alberghetto che affaccia a strapiombo sul blu. Sembra di volare.»

Il sole completò il tramonto, dando il suo spettacolare arrivederci.

IX

L'appunto scarabocchiato sul foglietto dal professor Ascione fu sorprendente fin da quando Sara lo lesse, appena in strada. Si aspettava una segreteria, un numero di telefono internazionale, un indirizzo di posta elettronica col quale comunicare in maniera asettica e formale. In alternativa un cellulare, o il nome di una società di servizi.

Invece erano segnati un cognome e un indirizzo.

Nemmeno di una delle vie principali della zona residenziale, o del centro; né di un reparto ospedaliero o di una clinica privata.

C'era scritto: "Castronuovo, via Nelson Mandela 48".

Il professore l'aveva appuntato in fretta, in corsivo, quasi avesse ben presente il dato, una consuetudine costante o un ricordo vivido, senza incertezze. Sara aveva riconosciuto nel gesto un sentimento strano, una liberazione; un dubbio durato pochi attimi, precedenti a quando aveva preso la penna e tolto il cappuccio. Da allora, nessuna titubanza.

Non le era riuscito di liberarsi di Pardo. Avrebbe preferito andare da sola, gestire la richiesta e amministrare la risposta; ma il poliziotto non aveva voluto sentire ragioni.

«Una strada in una zona pessima, non ci vai da sola. E poi: dobbiamo andarci adesso, non c'è tempo da perdere né per Massi né per eventuali contatti fra questo Castronuovo e Ascione, che magari lo chiama e gli dice di non dare corso. Meglio non perdere tempo.»

Sara avrebbe voluto sottolineare che ad Ascione sarebbe bastato dire che non aveva idea di come si potesse raggiungere questa figura mitologica di chirurgo russo, ma sapeva che quando si metteva in testa qualcosa, Pardo era granitico.

Lungo il tragitto in auto mise al corrente l'amico di quali considerazioni l'avevano portata a parlare in maniera informale con la dottoressa Castellini, e di come durante un'intera notte di ricerche in rete non avesse reperito notizie su un chirurgo in grado di operare un miracolo come quello del video.

«Lo so che non è niente, che potrebbe essere un montaggio o un falso, c'è tanta roba che gira. Ma ti posso garantire che la dottoressa Castellini ha pensato a questa cosa fin da quando ha visto per la prima volta la risonanza magnetica di Massimiliano. E se ci ha pensato lei, che è una in gamba, e perfino Ascione, che non mi sembra uno che crede ai miracoli, qualcosa da fare c'è.»

«E soprattutto non abbiamo altro. E starsene seduti in quella stanza a vederlo… a vederlo così, proprio non è da noi. Quindi proviamoci.»

Giunsero all'indirizzo segnato sul foglietto che era ormai sera. La strada era male illuminata e peggio ridotta, cumuli di spazzatura risalenti a chissà quanti giorni prima erano visitati da cani randagi che spargevano brandelli di carta e plastica nei dintorni. L'edilizia era brutalmente popolare, parallelepipedi irregolari dall'intonaco scrostato e finestre e balconi asimmetrici con infissi differenti.

Il civico aveva un portone in alluminio anodizzato che non chiudeva e un citofono con soli tre nomi, uno dei quali riportava la scritta "Dott. Castronuovo". Suonarono, ma non rispose nessuno. Si disposero all'attesa. I tre appartamenti erano ben visibili dalla strada e due erano illuminati, televisori accesi e adulti e bambini che facevano avanti e indietro fra balconi e finestre: uno solo era al buio, e ci si poteva attendere che Castronuovo dovesse ancora rientrare.

Una decina di minuti dopo, una vecchia utilitaria piuttosto malandata parcheggiò a ridosso del marciapiede. Venne fuori una donna sciatta e scarmigliata di età superiore ai sessanta, con un soprabito scuro troppo ampio. Aveva una borsa e una cartella rigonfia di carte sotto il braccio, chiuse lo sportello con difficoltà e si avviò a passo stanco verso il portone.

Sara e Pardo si scambiarono un'occhiata e avvicinarono la donna. A parlare fu il poliziotto.

«Mi scusi, lei è la dottoressa Castronuovo?»

La donna si girò, incuriosita. Sara rilevò che, nonostante la zona pericolosa e la scarsa illuminazione, non dava alcun segno di timore o preoccupazione.

«Dipende da chi è lei» rispose.

Pardo esibì con orgoglio il distintivo.

«Non si preoccupi, signora, stia tranquilla, non ha nulla da temere. Sono un poliziotto.»

La dottoressa Castronuovo lo squadrò dal basso, senza lasciare la maniglia del portone.

«Ecco, adesso sì che sono preoccupata. Che vuole da me, poliziotto?»

Pardo fu preso alla sprovvista. Sara ritenne di intervenire per risolvere l'impasse.

«Buonasera, dottoressa, chiedo scusa, siamo qui per un problema medico. Riguarda un bambino in grave pericolo di vita. Crediamo che lei possa aiutarci, siamo qui per questo. Possiamo parlarle, per favore? Ci vorranno pochi minuti.»

I tratti della donna si distesero. Aveva un'espressione dura, il viso segnato da rughe profonde, nessuna traccia di trucco e un aspetto esausto. Sara aveva visto che i documenti che sporgevano dalla cartella erano ricette mediche, e aveva così avuto la conferma che "Dott. Castronuovo" era proprio lei.

La dottoressa aprì il portone e si avviò a fatica per le scale. Giunta al pianerottolo, tirò fuori un mazzo di chiavi, aprì la porta e accese la luce.

Si ritrovarono in un corridoio angusto con sedie a ridosso delle pareti. Ai muri erano appesi poster con tabelle di crescita e indicazioni terapeutiche varie, riferite perlopiù a bambini. La dottoressa Castronuovo era una pediatra di periferia, almeno così sembrava.

Ciabattò fino a una porta ed entrò. Pardo guardò Sara, che gli fece un cenno. Seguirono la donna, che posò borsa e cartella sul piano della scrivania e si lasciò andare sulla poltrona alle spalle, che gemette sotto lo sforzo improvviso.

Proprio come la proprietaria, la stanza non dava alcuna concessione all'estetica. Un lettino, un paravento, una scaffalatura piena di libri, una finestra chiusa. Sulle mensole, davanti ai volumi di medicina, una serie di fotografie ritraeva la donna in varie fasi della vita ma con un'evidente penuria di sorrisi, ai quali non doveva essere incline.

Disse, come se questo spiegasse tutto:

«Gira l'influenza. Tutti con la febbre alta. Nessuno che possa comprarsi medicine. Ogni visita diventa urgente, perché servono le ricette e non vogliono lasciare i figli soli per venire qui. Ho fatto più chilometri di un tassista, da stamattina».

Pardo, assai guardingo, chiarì:

«Ci scusi per l'intrusione, dottoressa, sarà stanchissima. Se non si trattasse di un'urgenza non ci saremmo permessi, a quest'ora...».

La dottoressa lo squadrò, con rinnovata curiosità. Poi si rivolse a Sara, come se il poliziotto fosse un animale da compagnia.

«Non siete della zona, conosco tutti. E non siete qui per servizio, perché non sareste così cortesi. Nemmeno avete bisogno di aiuto gratis, perché non avete l'aria dimessa. Quindi la domanda è: che volete da me?»

Offeso per la mancanza di attenzione nei suoi confronti, Pardo tossicchiò.

«È vero, dottoressa, non sono qui per servizio, le ho mostrato il distintivo solo per rassicurarla. Non abbiamo preso appuntamento solo perché avevamo l'indirizzo e non il numero, scusi ancora. La signora Morozzi è la nonna del bambino, io sono... lo zio. Abbiamo avuto il riferimento dal professor Ascione, che ci ha detto...»

Nell'udire il nome del famoso medico, la dottoressa Castronuovo strinse gli occhi, sorpresa.

«Ascione?... Vi ha dato il mio riferimento Umberto Ascione? Impossibile, state mentendo. Fuori dal mio studio.»

Prima che Pardo potesse rispondere, Sara allungò il biglietto sul piano della scrivania.

«Riconoscerà la grafia, credo. E comunque la carta è intestata.»

La donna prese il foglietto e lo guardò attenta. Alzò gli occhi, un muscolo le guizzava sulla guancia.

«Sentite, io non so cosa vi sia stato detto. Ascione avrà un tornaconto che ignoro, e nemmeno voglio conoscere. Lui e io lavoriamo per ragioni opposte e in modo opposto. Quindi non credo proprio di potervi aiutare. Arrivederci.»

Pardo balbettò qualcosa, ma Sara tirò fuori dalla borsa una busta con gli accertamenti diagnostici di Massimiliano e la porse alla dottoressa. Non aveva mai visto un medico rinunciare a dare un'occhiata a una cartella clinica.

«La prego, dottoressa. Solo uno sguardo. La prego.»

La donna sospirò e prese la busta.

X

Giugno 1990

Consapevolmente e inconsapevolmente, Sara Morozzi era stata oggetto di un accurato processo selettivo per essere assunta all'interno della struttura di recente costituzione denominata "l'unità".

La parte inconsapevole era consistita in una serie di ricerche e di verifiche sulla famiglia, sul marito e su lei stessa nel tempo libero, nei passatempi e nelle letture, perfino sui gusti alimentari e musicali. Sarebbe venuta a conoscenza dopo molti anni, e soltanto dalle divertite confidenze dell'uomo che amava, delle domande discrete e del fitto scambio di rapporti che erano stati vagliati prima di ricevere l'assenso al passaggio.

La parte consapevole erano stati i due colloqui: uno col capo del personale della polizia, il quale le aveva chiesto se le sarebbe piaciuto mettere al servizio del Paese le inclinazioni e le competenze rilevate in lei dai superiori; l'altro con due persone che non si erano mai identificate, una donna e un uomo piuttosto avanti negli anni, alla presenza muta di un terzo personaggio intervenuto come relatore alla conferenza durante la quale Sara aveva alzato la mano per fare un paio di osservazioni che, alla luce dei fatti, le avevano cambiato l'esistenza.

Quell'uomo era Massimiliano Tamburi, ideatore e fondatore dell'unità. Colui che durante l'attività prestata all'estero nei Servizi segreti militari si era reso conto della crescente, fondamentale importanza delle intercettazioni e della sorveglianza ambientale, oltre che dell'interpretazione dei linguaggi non verbali.

Non era stato facile far passare il concetto. A quelli della vecchia scuola, che dominavano e gestivano procedure e attività, quei metodi apparivano quasi superstiziosi, assimilabili all'astrologia e allo spiritismo. Non fosse stato per qualche clamorosa dimostrazione, specie in termini di ricostruzioni di conversazioni altrimenti indecifrabili, i fondi necessari non sarebbero mai saltati fuori.

Altro elemento insostituibile era stato la figura dello stesso Tamburi. Cinquant'anni, lucido e tagliente, leale e abilissimo, aveva una carriera irreprensibile e un paio di decorazioni che non avrebbe mai potuto esibire. Uno dei pochi, nei Servizi, a non avere scheletri nell'armadio o, almeno, senza che ci fosse nessuno a conoscerli. Una sua proposta, anche se visionaria, doveva essere per forza vagliata con attenzione.

Persino la scelta della sede, lontana dalla centralità della capitale, era stata avallata con intelligenza. Gli anni dell'eversione politica e del brigatismo avevano lasciato il posto a quelli dell'interesse diretto delle organizzazioni mafiose nella vita pubblica, quindi la grande metropoli del Sud era la collocazione ottimale. Nello specifico, la periferia industriale grigia, anonima e piena di famiglie importate dalla provincia non più agricola, consentiva un confortevole anonimato per l'inesistenza di una comunità coesa. Un palazzo non cadente ma nemmeno in buone condizioni, con vetrate opache di fuliggine e inferriate arrugginite, era il luogo perfetto per ospitare apparecchiature e archivi.

C'era da formare la squadra e organizzare l'attività. A distanza di pochi mesi dall'istituzione dell'unità, il processo sembrava ormai ultimato. La riunione quotidiana per l'attribuzione dei compiti era l'occasione per uno scambio di opinioni e di notizie, a seconda di ciò che era emerso dalle attività del giorno prima. Massimiliano era fissato con il lavoro in comune: occhi e orecchie di tutti dovevano agire sulle stesse cose, per accrescerne la percezione.

Sara partecipava a quegli incontri con un po' d'ansia. Era la più giovane assieme a Teresa, che però proveniva da un'altra sezione ed era quindi a proprio agio. Non sapeva mai quando e se prendere la parola, anche se aveva qualcosa di rilevante da comunicare, e le sembrava perciò di fare la figura della deficiente, perché c'era sempre qualcuno a dire la stessa cosa che lei aveva pensato poco prima, riscuotendo l'assenso generale.

In quel caldo giorno di giugno se ne stava al solito in disparte, sulla sedia più distante da quella del capo. Erano presenti Teresa Pandolfi, con una nuova acconciatura che prevedeva un alto ciuffo biondo scarmigliato al centro della testa, e gli altri membri della squadra, che ammontava ancora a una mezza dozzina di componenti.

A dover parlare era il carabiniere Marco Sfinzi. Un bel tipo poco più che trentenne, capelli ricci e barba, fisico atletico e più portato al lavoro sul campo che all'intercettazione. Stava raccontando dei movimenti studenteschi, un fronte ormai non più caldo.

«Allora, capo, la situazione mi pare abbastanza consolidata. Si sono ricomposti i litigi fra i sottomovimenti che volevano prendere il comando, comincia a serpeggiare la stanchezza, secondo me tra un po' si sciolgono definitivamente.»

La voce pacata di Andrea Catapano intervenne, sommessa. Era un fedelissimo di Tamburi, stessa provenienza e una conoscenza risalente nel tempo. Aveva una malattia agli occhi, compensata da una capacità di ascolto e di decifrazione dei suoni che aveva del prodigioso.

«Non lo so. Dai nastri più recenti mi pare che qualcuno che prova a rialzare la testa da qualche parte c'è. Rischiamo un possibile atto di forza delle frange estreme. Non sarei così tranquillo, insomma.»

Il dirigente disse, dubbioso:

«Ma li ascoltiamo, sì? Li sorvegliamo, va bene: ma sentiamo quello che dicono?».

Teresa colse l'occasione di visibilità, come Sara non riusciva a fare.

«Sì, certo, capo. Trova la trascrizione integrale nel rapporto, i leader hanno detto quello che si prevedeva, pure gli interventi esterni sono stati in linea. Gaetani, il sindacalista dei metalmeccanici, è stato addirittura più prudente di quanto si poteva immaginare. Anche i legami linguistici e la costruzione delle frasi non hanno mai ecceduto rispetto ai binari.»

A voce più alta di quanto avrebbe dovuto, disse la propria Adolfo Spada, un finanziere assai brillante nel piazzare microspie:

«Secondo me, è un'esperienza giunta a conclusione. Non viene fuori niente nemmeno dalle conversazioni nelle aule, ormai da settimane».

Massimiliano picchiettava una matita sul passamano davanti a sé, pensoso.

«Avete visionato le riprese dell'assemblea permanente all'Orientale, sì? Nulla di rilevante?»

I presenti si guardarono, a eccezione di Catapano che teneva la testa piegata su un lato, come ascoltando qualcosa che percepiva solo lui.

Rispose Marco, con piglio sicuro:

«Credo di poter dire che non c'è stato niente di interessante, capo. Il solito andirivieni, i relatori e gli altri assiepati attorno che facevano finta di sentire ma che in realtà pensavano ai cazzi loro. E canne che giravano a mille all'ora».

Tutti ridacchiarono. La tensione si allentò. Tamburi si sistemò meglio sullo schienale, segno che stava già rimuginando su altro.

Fu allora che Sara tossì.

Il suono fu talmente in contrasto con l'allegria generale che Tamburi alzò gli occhi come un cane da caccia che fiuta una pista.

«Sì?»

Nessuno diede seguito, tantomeno Sara. Teresa la guardò sorpresa, poi tornò a sorridere a Marco, diventato da qualche giorno la sua principale occupazione.

Tamburi allora disse:

«Va bene, sfaticati, andate pure a dormire alle vostre scrivanie. Ci sarà di sicuro qualcosa da ascoltare».

Mentre tutti defluivano, disse a voce così bassa che solo chi si aspettasse di sentirlo parlare poteva carpire la frase:

«Lei no, signora Morozzi. Si trattenga un attimo, per favore».

XI

Presi da sentimenti contrastanti, Pardo e Sara fissavano la dottoressa Castronuovo mentre leggeva l'incartamento medico di Massimiliano.

All'ispettore la donna non piaceva. La trovava sgarbata, rude, priva di grazia e femminilità. Gli sembrava una di quelle persone indurite dal contatto con la sofferenza, e quindi incapaci di comprendere appieno chi, come loro, era immerso nel dolore e nella paura. Aveva la tipica espressione del "io ho visto già tutto, che ne volete sapere voi del vero panico, del terrore e delle tragedie. Se volete un po' di ottimismo andate altrove, ché qui abbiamo da fare".

Da parte sua, Sara sapeva con esattezza cosa si nascondeva dietro il viso impassibile della pediatra intenta a sfogliare gli accertamenti. Era come avesse di fronte un romanzo di cui purtroppo conosceva già il finale, e che tuttavia sperava fosse smentito per miracolo dalle righe e dai numeri che le si succedevano davanti.

L'occhio esperto di Sara decodificava ogni movimento di sopracciglio, ogni irrigidimento della mandibola, ogni stretta delle labbra. E le dita, il tornare indietro sui dati già letti, il soffermarsi su un foglio prima di andare avanti.

La dottoressa prese il CD delle immagini e lo inserì nel computer scalcagnato che torreggiava alla sua sinistra, occupando un buon quarto della scrivania. Armeggiò col mouse, di una dozzina di generazioni più antico di quello di Ascione. Sara aspettava un movimento che alla fine vide: la pediatra aveva avviato il trasferimento dei dati nel suo disco fisso. Ottimo segno, disse tra sé l'ex agente.

Quando ebbe terminato, la dottoressa Castronuovo poggiò la testa allo schienale e abbassò le palpebre. Restò così per una ventina di secondi, durante i quali Pardo si agitò sulla sedia e rivolse a Sara uno sguardo interrogativo. Quella dannata megera si era addormentata?

Poi la pediatra tornò fra loro.

«Non un bel quadro, ma lo sapete già. Altrimenti non sareste andati da Ascione. Ora il punto è: perché siete venuti qui? Che il professore si sia inventato un modo per liberarsi di voi ci sta: non è in grado di guarire questo bambino, è probabile che nessuno al mondo lo sia. E allora, che volete da me?»

Pardo fissò con insistenza Sara, che intervenne:

«Abbiamo appreso, in via confidenziale, che esiste un chirurgo il quale, a quanto dice Ascione, lavora in Germania, ad Amburgo; che questo medico ha operato almeno un bambino nelle condizioni di mio nipote, forse anche peggiori; e che lei, così sostiene Ascione, sarebbe in grado di mettersi in contatto con lui per chiedergli se... se può occuparsi di mio nipote».

La dottoressa Castronuovo parve sorpresa. Scrutò ora l'una ora l'altro, come aspettandosi che qualcuno le dicesse che si trattava di una candid camera. Poi cominciò a ridere, dapprima piano, poi sempre più forte, fino a sbellicarsi e a doversi asciugare le lacrime.

Pardo e Sara erano increduli. Il suono era sgradevole e in certo modo orribile, simile alla risata di una vecchia strega. L'ispettore divenne rosso, strinse i pugni, scattò in piedi.

«Senti un po', stronza di merda: se credi di poter sghignazzare come la pazza ubriacona che sei soltanto perché siamo disperati di fronte a una malattia tanto grave per un bambino meraviglioso, be', ti sbagli. Non abbiamo attraversato la città per arrivare in questo cesso e sentirci ridere in faccia, hai capito? Vieni, Sara, andiamocene. Mi manca l'aria, in questa fogna.»

Cadde un silenzio gelido come un soffio di tramontana. Interrotta la risata a metà, la Castronuovo tacque. Poi si rivolse a Pardo:

«Mi scusi. Ha ragione, ma ha frainteso. Non ridevo per voi, tantomeno per il bambino. Mi creda, tutti i giorni combatto con ogni forma di malattia e la mia vita si svolge attorno a questa guerra, si immagini se potrei sottovalutare la vostra e soprattutto la sua sofferenza».

Pardo, ancora in piedi e coi pugni stretti, non era disposto a calmarsi così facilmente.

«E per cosa rideva, allora?»

«Per Ascione. Immaginavo quanto gli sarà costato, in termini di autostima, scrivere il mio nome su quel biglietto. Per quello che significa.»

Sara chiese, pacata:

«Perché non ce lo spiega, dottoressa?».

«Ho studiato con Ascione, e la scelta professionale che ho fatto è opposta alla sua. Lui lo fa anche per profitto, e infatti è diventato ricchissimo; io solo per... per altro, e infatti sto qua. Ma siamo entrambi medici normali, con le stesse capacità. Poi ogni tanto c'è qualcuno che normale non è. Qualcuno che ha un talento speciale, avviene in ogni professione. Solo che nella nostra significa risolvere spesso situazioni che per altri sembrano, sono disperate.»

«E questo medico, questo chirurgo, appartiene alla categoria che ha appena descritto?»

«Sì. Ci siamo conosciuti a un convegno politico, molti anni fa. Lui è... lui ha di sicuro qualcosa di molto speciale. Soltanto, credo di non poter fare niente per voi, in tal senso.»

Pardo era perplesso.

«Ma... ma perché? Guardi che se è questione di cifre non c'è problema, giusto il tempo di vendere un appartamento. Anzi, meno, perché potrei chiedere un prestito che...»

«No, ispettore, non ha capito. Non è un fatto di denaro. Lui, Popov, di certo non lavora per quello. È proprio questo il punto.»

«Che intende, dottoressa?»

«Popov ha fatto una scelta come la mia. È la ragione per cui siamo stati in contatto, Ascione lo venne a sapere perché aveva emanato una sentenza di morte e poi la piccola venne operata in Germania su mio interessamento, e salvata. I genitori stavano in questo quartiere, e quando andarono da Ascione si sentirono dire: “Mi dispiace, ma nemmeno Dio può salvare vostra figlia”. Capite?»

Sara voleva saperne di più.

«E dopo che successe?»

«Successe che Popov venne qui e operò la bambina. Un intervento incredibile, ero in sala operatoria con lui. Pagò l’anestesista, i ferristi e mi lasciò anche i soldi per la degenza, quella famiglia non aveva nulla. È accaduto tre anni fa, e adesso la ragazzina è una giocatrice di pallavolo molto promettente. Fosse stato per Ascione, adesso sarebbe soltanto un ricordo.»

Pardo si piegò in avanti, le mani sul bordo della scrivania.

«E allora, scusi, perché non si può provare con Massi? Se ha salvato la bambina, se...»

«Perché Popov non è rintracciabile, purtroppo. Ha una specie di fobia, pensa di essere perseguitato e di correre rischi: credo abbia origini ebree. Ritengo sia una cosa comune tra i russi, almeno per alcuni di loro.»

Sara chiese:

«Davvero non c’è modo di contattarlo?».

La dottoressa Castronuovo sbatté le palpebre, si toccò il colletto della camicia.

«No. Si trasferisce di continuo da un posto all’altro. Ad Amburgo, per esempio, non c’è più da oltre due anni. Mi chiama lui solo ogni tanto e ormai non lo sento da parecchio. Chissà, magari è perfino morto.»

Pardo era disperato.

«Quindi non può aiutarci? Sul serio? Non può, che so, farsi venire in mente un indirizzo, qualcuno che lo possa rintracciare, o...»

La donna lo fissò con una punta di compassione.

«Vi prometto che, se dovesse chiamarmi, per prima cosa gli parlerei del vostro bambino. Ma devo essere sincera: dubito che la situazione consenta di attendere.»

Pardo fece per rispondere, ma Sara gli mise una mano sul braccio.

«D'accordo, dottoressa, grazie. Contiamo che se ne ricordi. Adesso togliamo il disturbo.»

La donna annuì e si alzò per accompagnarli.

Dalla mensola alle sue spalle, liberata alla vista, emerse una foto incorniciata con un gruppo di ragazzi in camice, tra i quali c'era una Castronuovo giovane con una luce in viso che la rendeva quasi carina.

Nel vedere gli altri volti, il cuore di Sara saltò un battito.

XII

Giugno 1990

Chiusa la porta, Sara si avviò verso la scrivania. Era la prima volta che rimaneva faccia a faccia con Massimiliano Tamburi, il capo dell'unità.

Era stata in sua presenza in molte occasioni, a partire dal famoso primo colloquio. Aveva partecipato almeno a una riunione al giorno, e spesso Tamburi era entrato nell'ufficio che occupava con Teresa e Marco per concordare strategie o apprendere particolari sul loro lavoro. Ma non era ancora accaduto che lei rimanesse sola con lui.

Non le era mai capitato di provare soggezione. Si era confrontata con professori universitari, la madre era stata una psicologa di grande valore e casa loro era frequentata da personalità di rilievo; eppure non aveva avvertito disagio, né accusato imbarazzo. La naturale propensione, affinata con studi e ricerche, a riconoscere pensieri ed emozioni nascosti dietro parole o atteggiamenti che ostentavano sicurezza, le faceva vedere la gente per com'era in realtà: e la realtà era sempre meno splendente dell'apparenza.

Adesso però, mentre percorreva i pochi metri che separavano la porta dalla scrivania dietro la quale Tamburi l'aspettava in piedi, sentiva il cuore batterle forte; e non avrebbe saputo spiegarne la causa.

Massimiliano era alto, massiccio: spalle larghe, viso aperto, sguardo intelligente. Nelle pupille brillava una scintilla di allegra curiosità, un entusiasmo acuto e coinvolgente. Sara si accorse di una fossetta sul mento che fino ad allora le era sfuggita.

Tamburi le indicò la sedia e si accomodò a propria volta. Restò a fissarla sorridendo, incrementandone l'imbarazzo. Poi parlò:

«La prego di scusarmi, signora. Sono manchevole e maleducato. È qui da mesi e non ho mai cercato l'occasione per fare due chiacchiere con lei. Ma mi rendo conto che per qualche ragione immotivata, perché mi creda, non sono il tipo, io la metto a disagio».

Sara teneva la testa bassa, le mani in grembo. Tentava di passare inosservata pure adesso che era da sola con lui.

«Perché dice questo, dottore? Non è così, io non...»

Tamburi rise, una risata calda e avvolgente come lo scirocco.

«Le devo ricordare dove si trova, e con chi sta parlando? Farebbe prima di me, cara signora, se si guardasse come la guardo io: le spalle, l'espressione del viso, le mani. E le punte dei piedi, in continuo, impercettibile movimento. Perché crede che abbia messo su questo posto, scusi?»

La giovane si sentì stupida come mai le era accaduto, e ciò la irritò. Trasse un respiro, fermò il tremito alle gambe e sciolse le mani. Poi raddrizzò le spalle e puntò le pupille in quelle del superiore, con un pizzico di sfida.

«Ha ragione, dottore. Ma ricorderà pure che certi atteggiamenti possono essere costruiti ad arte, per dare l'impressione che si vuole dare.»

L'uomo corrugò la fronte, colpito, più che dalle parole, dagli occhi di Sara. Erano azzurri con una sfumatura di verde, limpidi e chiari e tuttavia ingannevoli e profondi. Avevano qualcosa di ipnotico, di attraente e insieme di respingente. Tamburi si chiese come avesse fatto a non notarli prima, e ancora di più come facesse la donna a tenerli nascosti così bene.

«Adesso è irritata, invece. Mi dispiace, non volevo, mi scusi. Era un modo grossolano per stabilire un contatto, un po' di confidenza. Sono proprio un pasticcione.»

Sara sorrise. Quel sorriso e quello sguardo sarebbero stati per anni un felice argomento di conversazione per entrambi, anche se lei avrebbe sempre avvertito un pizzico di inconfessabile rimorso.

«Non si preoccupi, dottore. Contatto stabilito.»

Massimiliano si distese sullo schienale, rassicurato.

«Allora, mi dica: come va con i colleghi? E il lavoro? Le piace?»

«Sto molto bene, grazie, dottore. I colleghi sono professionali e bravi, ognuno per le proprie competenze, e il lavoro, be', sembra cucito su di me. Ne sono davvero contenta.»

Massimiliano increspò le labbra, compiaciuto. Il sole che entrava dalla finestra colpiva i capelli brizzolati sulla tempia destra, lasciando in ombra l'altra metà del viso.

«E suo marito? Che dice, suo marito?»

La domanda colpì Sara. Non c'entrava col colloquio lavorativo.

«Dottore, ci è stato detto di non parlare in alcun caso e con nessuno di quello che facciamo qui. Io mi attengo con scrupolo alle direttive.»

L'uomo si sentì colto in fallo.

«Ah, ma certo, ci mancherebbe, non ho dubbi. Mi chiedevo se i nuovi orari, la distanza da percorrere... Se queste cose causassero disagio alla sua famiglia, a suo figlio, a suo marito. Ecco.»

Fu la volta di Sara di rilevare qualche segno di inquietudine: occhi spalancati, parole affrettate, braccia conserte a difesa. Tamburi si accorse dello sguardo e svincolò le mani portandole sotto il piano del tavolo. Ma non poté impedirsi di arrossire. Si schiarì la voce:

«Ma veniamo al punto, signora. È stato piuttosto evidente, almeno a me che la guardavo, che quando si è detto dell'assenza di elementi rilevanti dalle registrazioni, lei ha fatto per dire qualcosa e poi si è fermata. Ora, io vorrei sapere: uno, perché si è fermata; due, che cosa aveva da dire e non ha detto».

Sara si rese conto che non avrebbe avuto senso sostenere il contrario con uno che, come lei, riconosceva senza margine di errore certe manifestazioni.

«Dottore, mi sono fermata perché è possibile che sia più una mia sensazione, un'errata interpretazione che una realtà notevole. Questa è la prima risposta.»

«Lo capisco. Ma lei, per favore, comprenda di essere stata scelta proprio per la capacità di intuire ciò che sfugge agli altri. Quindi dovrebbe funzionare al contrario, cioè: ognuno dice tutto quello che desume, poi si procede a scartare le impressioni che risultino irrilevanti o sbagliate. Mi sono spiegato?»

«Sissignore. D'ora in avanti porrò tutte le questioni.»

L'uomo annuì.

«Adesso, la seconda risposta.»

Sara si agitò sulla sedia, raccolse le idee e poi disse:

«Mi riferisco all'assemblea generale degli studenti tenuta all'università Orientale. Una volta sciolta, alcuni gruppi si sono trattenuti a commentare le relazioni; mi interessava perché c'erano gli allievi stranieri, che in ogni occasione cercano di confrontarsi tra loro. In particolare, ai margini del campo della ripresa, c'era un giovane. Uno abbastanza particolare: ha i capelli lunghi lisci, può sembrare una ragazza se visto di spalle».

«E allora?»

«Be', sono andata a cercare le foto in archivio: si chiama Ungur, Vasile Ungur. Uno in gamba, voti altissimi, carismatico. Ha un atteggiamento imperativo, sembra sempre interessato solo in parte.»

«D'accordo. Vada avanti.»

«Prima di andarsene è passato davanti alla bacheca degli avvisi. Ha lanciato un'occhiata e si è fermato di botto. Si è avvicinato, si è messo a leggere un manifesto. Poi ha chiamato qualcuno che non era inquadrato, forse lo aspettavano alla porta. Ha dialogato con lo sguardo, il linguaggio dei gesti diceva: qui, qui c'è una cosa che ci serve.»

«E quest'altra persona non si è vista?»

«No, dottore, non è mai entrata in campo. Poteva anche essere più di uno, in realtà. Comunque Ungur ha staccato il manifesto, lo ha ripiegato e lo ha messo in tasca. E se n'è andato.»

Ci fu un lungo attimo di silenzio. Infine Tamburi chiese:

«E si vede cosa c'era scritto sul manifesto?».

«Non si distinguono le scritte, lo sa che le riprese delle telecamere nascoste non lo consentono. Ma c'è una fotografia, e quella era bella chiara.»

Il dirigente si sporse in avanti.

«Di chi era la fotografia, signora Morozzi?»

Sara prese fiato.

«Di Giovanni Paolo II, dottore. Del papa.»

XIII

Secondo una consolidata abitudine, Sara aspettò l'una e trenta del mattino.

Un orario scelto con cura. Non era così tardi da risultare strano incontrare qualcuno sul pianerottolo o fuori dell'ascensore, ma era altrettanto probabile non incrociare nessuno in entrambe le circostanze, tenuto conto dell'età media piuttosto avanzata dei condomini.

Indossò una tuta anonima, di quelle usate per stare in casa; da un cassetto prese una chiave con una targhetta azzurra, e da un gancio nei pressi della porta quelle di casa. Uscì e imboccò le scale fino al piano meno uno. Attese che gli occhi si abituassero alla penombra per non accendere il neon sfrigolante che illuminava a intermittenza il corridoio delle cantine, poi aprì la sesta porta di ferro, chiudendosela subito alle spalle.

La lampadina polverosa appesa al soffitto rischiarò un ambiente quadrato e spoglio, zeppo del ciarpame tipico di un ripostiglio. Scatoloni, libri, un appendiabiti con giacche da uomo fuori moda, quadri dozzinali accatastati, un vecchio armadio che torreggiava di fronte all'ingresso.

Sara si avviò proprio verso il guardaroba. Lo aprì, scostò i soprabiti e scoprì sul fondo una manopola a combinazione. Compose i numeri, corrispondenti alla data del suo ingresso nell'unità di trent'anni prima. Una concessione di Massimiliano a quello che riconoscevano come il momento più importante della loro vita.

Il vano si spalancò, e Sara si ritrovò in uno spazio senza aperture ben più vasto di quello che ne costituiva l'accesso. Un aeratore ronzava in sottofondo, mantenendo temperatura e umidità a un livello costante indicato su un display. La stanza – in origine il garage di un condominio di fianco, acquistato venticinque anni prima e poi murato – traeva una luce soffusa da alcuni faretti che si accendevano all'apertura della porta a combinazione, coperti da scaffalature piene di cartelline di uguale colore ma di spessore differente.

Sara sospirò. Se era vero quanto aveva letto in un libro, e cioè che non in un cimitero si va a trovare una persona cara scomparsa, bensì nei luoghi dove batte ancora il cuore di chi non c'è più, allora lì e solo lì poteva di nuovo incontrare l'uomo che aveva amato più di se stessa. Eppure mai come stavolta si augurò che lo spirito di Massimiliano Tamburi, se esisteva, non fosse in grado di leggerle dentro.

I dossier ospitavano la storia segreta del Paese ricostruita attraverso una sorveglianza di oltre quarant'anni. Era l'autobiografia rigorosa di un mestiere, la polizza assicurativa di un uomo che, ai massimi livelli e grazie ai più avanzati strumenti, aveva catalogato e trascritto conversazioni, incontri e vigilanze in un lasso di tempo tale da vedere avvicendarsi un numero incalcolabile di politici, custodi della legge e vertici della finanza e della criminalità organizzata.

L'archivio non avrebbe dovuto esistere. Oltre che *ab origine*, vista l'indebita appropriazione da parte di Massimiliano degli elementi copiati dai verbali di indagine, nemmeno nell'attualità, perché l'uomo aveva chiesto a Sara di distruggere ogni cosa alla sua morte. Volontà dettata dal fatto che se per lui il possesso di quell'immensa mole di segreti significava la possibilità di difendersi da minacce o da ricatti, per la donna sarebbe stato invece un carico di consapevolezza così oneroso da risultare insopportabile. Oltre che un serio pericolo per la sua stessa vita, ove ne fosse trapelata persino la sola ipotesi dell'esistenza.

Sara, però, non aveva avuto il coraggio di eseguire quella disposizione. Non tanto perché le era parso impossibile che quei documenti costituissero per lei un pericolo, quanto perché avrebbe avuto l'orribile sensazione di seppellire un'altra volta l'uomo di cui quei fascicoli rappresentavano un riservato e nascosto monumento. Lo avrebbe fatto quando si fosse sentita lei stessa vicina alla fine, o forse avrebbe lasciato tutto lì, a futura, sconcertata memoria. E chi doveva pagare, pagasse.

Negli ultimi tempi, tuttavia, tornata Sara suo malgrado a una strana e disordinata operatività, l'archivio di Massimiliano si era rivelato un aiuto importante e spesso stravolgente. Incredibile constatare quanto poco le cose fossero come sembravano, se viste alla luce di un passato misterioso che veniva palesato. Entrare lì era come immergersi in un labirinto di fogne che mostrava quanto marcio e decomposto fosse ciò che si muoveva al di sotto di strade pulite e decorose.

Il metodo di classificazione era volutamente incomprensibile, una via di mezzo tra il corso cronologico degli eventi e l'ordine alfabetico, talvolta per nome talvolta per cognome, addirittura qualche volta per soprannome. L'avevano elaborato insieme, Massimiliano e Sara, per rendere la vita difficile a chi avesse avuto la ventura di arrivare là dentro. Qualcosa che nulla aveva di intuitivo, ma che era di fatto un'ulteriore cifratura.

Sara trovò presto ciò che le serviva.

Il dossier era piuttosto scarno, molto meno approfondito di quanto aveva immaginato: Carolina Castronuovo, adesso una pediatra filantropa nelle zone complicate della città, da ragazza era stata un'estremista arrabbiata e persino pericolosa, fiancheggiatrice di movimenti favorevoli alla lotta armata, convinta sostenitrice della rivoluzione proletaria. Le fotografie sgranate e i rapporti che vennero fuori dalla cartellina azzurra proponevano una giovane Castronuovo nell'atto di lanciare pietre sulle forze dell'ordine, di fare volantinaggio con il volto coperto da una sciarpa o di attaccare manifesti sui monumenti per incitare alla rivoluzione popolare.

Non era quello che Sara cercava. Imbattendosi nel fascicolo degli studi universitari, la donna verificò la corrispondenza dei tempi con quelli che aveva in mente; venne fuori la sequenza dei voti degli esami, di livello buono ma non ottimo; venne fuori la presenza nei movimenti studenteschi, come prevedibile. Ma nessun elenco di nomi, nessun rapporto che la legasse a qualcuno. Risultava aver avuto una compagna, frequentata più o meno di nascosto: una donna sposata e con figli, antica collega di corso, morta poi per un cancro. Nient'altro.

Tutto si fermava a una ventina d'anni prima. Da allora, e ben prima che Massimiliano smettesse di aggiornare gli incartamenti, non risultava più niente. Era dunque probabile che la dottoressa Castronuovo avesse cessato ogni tentativo di cambiare il mondo, adattandosi a fare la propria parte in un cinico, ristretto ambito di attività. Come succedeva a molti, del resto, tra quelli che conservavano un po' di purezza negli ideali: molti altri cambiavano campo e utilizzavano capacità e conoscenze per arricchirsi, modificando sì il mondo, ma in peggio.

Sara domandò alla fotografia nella quale – con la stessa corrugata espressione con cui li aveva ricevuti – Carolina Castronuovo scagliava un cubetto di porfido contro la facciata della prefettura, quando e come avesse conosciuto quello che chiamava dottor Popov, e se davvero non sapesse dove fosse. Perché nell'affermare questo concetto, il linguaggio del corpo, che fino ad allora aveva tradito una serie di menzogne, era stato quello di una persona sincera.

Non era vero niente, insomma, tranne che Carolina Castronuovo non avesse idea di come mettersi in contatto col chirurgo, il che era l'unica cosa che a Sara, e al piccolo Massimiliano, interessasse in realtà.

La donna girò lo sguardo sugli scaffali pieni di documenti. Si soffermò su un punto nell'angolo opposto, dove intravide un incartamento voluminoso e, come gli altri, privo di contrassegno. Ripose quello che teneva fra le mani e vi si avvicinò, passando attorno al tavolo con due sedie collocato al centro del locale per consentire un più prolungato e comodo lavoro di analisi. La mano accarezzò uno schienale: la mente le riportò la consistenza di una nuca coperta di capelli bianchi e di un vecchio maglione blu consumato ai gomiti, che ancora teneva in un cassetto e che ogni tanto, nei momenti tristi, andava ad annusare.

Si fermò davanti all'incartamento. Non lo prese, consapevole di tutto quello che c'era dentro, ma lo scrutò a lungo come a chiedere delle risposte.

Abbassò le palpebre e si lasciò sommergere dai ricordi: i propri, e quelli altrui.

Dopo un tempo che le parve interminabile, tornò a casa.

XIV

Giugno 1990

Quando Tamburi finì di parlare, nella stanza calò un silenzio attonito. Teresa si voltò verso Sara e ne cercò gli occhi, ma la ragazza fissava un punto imprecisato del pavimento.

Fu Marco Sfinzi a scuotersi per primo.

«Capo, ora io non vorrei mancare di rispetto a nessuno, tantomeno alla collega Morozzi che stimo molto, ma questa storia mi pare una gran cazzata.»

Massimiliano chiese, calmo:

«Ah, sì? E perché, sentiamo, sarebbe una gran cazzata?».

Il giovane si passò una mano nei capelli a esclusivo beneficio di Teresa, che continuava invece a guardare Sara a bocca aperta.

«Allora, proverò a essere sintetico. Come sapete, io sono quello che ha visto dal campo l'intera storia della Pantera. Specifico in premessa che la nostra attenzione era rivolta soprattutto ai politici, a quelli, cioè, che potevano generare problemi di ordine sociale...»

Tamburi annuì.

«Conosco gli obiettivi che io stesso vi ho dato, sì. Ma adesso stiamo discutendo di un'altra questione, quindi...»

Marco continuò:

«E abbiamo tenuto presenti anche le possibili infiltrazioni della criminalità organizzata. Qui può dire qualcosa Catapano, che ha brillantemente decodificato le ambientali».

Andrea, concentrato al solito su ogni rumore, annuì a propria volta.

«Sì, va detto che in effetti il lavoro del collega Sfinzi è stato eccellente, come ho avuto modo di farti rilevare. In ben tre occasioni è stato fatto riferimento, nelle registrazioni, a...»

Tamburi lo interruppe.

«Ragazzi, forse non mi sono spiegato. Questa cosa che ha rilevato la signora Morozzi non è alternativa al lavoro che è stato già fatto. Quindi mi spieghi, Sfinzi, perché sarebbe... come hai detto?»

«Una gran cazzata. E lo ribadisco. Ma secondo te, scusa, una cosa evidente come questa sarebbe passata inosservata, senza una traccia? Non avremmo sentito o visto un movimento, una connessione? Possibile che nessuno ne abbia parlato con nessuno?»

Spada tossicchiò, come faceva sempre prima di prendere la parola.

«Peraltro, allargando lo sguardo alla situazione internazionale, è un fatto senza capo né coda.»

«E perché?»

Il finanziere si sistemò compunto la cravatta, dando ancora di più l'impressione di un addetto alle pompe funebri che proponeva i servizi della propria azienda.

«La comunità studentesca romena in città è abbastanza ristretta, saranno una cinquantina di ragazzi. Il quadro politico vede peraltro un sostanziale assenso, una certa soddisfazione rispetto a quello che sta succedendo a Bucarest, anzi, a quello che è successo. C'è molta speranza nella nuova classe dirigente, le elezioni democratiche sono state un successo plebiscitario, come c'era da aspettarsi. Perché dovrebbe essere in corso qualcosa di preoccupante?»

Teresa intervenne, veemente:

«E perché non dovrebbe, allora?».

Spada la guardò di sguincio col collo rigido, come un lord che si sente rivolgere la parola dal maggiordomo senza averlo interrogato.

«Come dici, scusa?»

Teresa lanciò un'occhiata a Sara. Ce l'aveva con lei per non averle detto niente prima, ma era disposta a difenderla a prescindere.

«Come ci è stato insegnato, un gruppo ridotto può mettere in pratica un'azione temeraria senza lasciare tracce di alcun genere. Non parlano all'esterno, non si tradiscono, non manifestano intenzioni né volontà. E quanto alle elezioni plebiscitarie, di norma tutto sono tranne che democratiche.»

Tamburi non trattenne una risata, alla quale si unirono sia Sfinzi sia Catapano. Spada arrossì come un peperone, mentre Sara non spostò gli occhi dal punto che stava fissando dall'inizio della riunione. Poi Massimiliano riprese a parlare.

«Pandolfi ha ragione, non siamo noi quelli che possono trascurare una circostanza simile. E sono molto soddisfatto dell'intuizione della signora Morozzi. Ho visto più volte le immagini: l'atteggiamento di questo ragazzo è strano. Ora dobbiamo chiederci: che tipo di accertamento ulteriore è opportuno fare?»

Marco Sfinzi disse, svelto:

«Dunque, capo: il manifesto, da quanto rilevato confrontando le immagini con le bacheche delle altre università, è di un movimento studentesco di ispirazione cattolica, e c'era da aspettarselo. Comunica in toni trionfalistici che il papa è attento alle problematiche meridionali e preannuncia la visita dei primi di novembre, della quale siamo com'è ovvio a conoscenza. Ci siamo attivati per capire che tipo di contrapposizione o di rivalità può esserci tra i movimenti».

Andrea Catapano commentò:

«Nel manifesto si convoca una riunione per stabilire chi dovrà far parte del comitato che organizzerà l'accoglienza. Abbiamo pensato che ci possa essere una contromanifestazione, per creare una tensione che tenga viva l'attenzione sui movimenti».

Marco assentì.

«Questa è in effetti la prima opzione, ma c'è anche il rischio che ci sia una sorta di corsa a chi farà la migliore figura, sappiamo che papa Wojtyła è amatissimo all'Est. E Ungur è peraltro un moderato, un osservatore colto più che un agitatore. Su di lui, a parte qualche trascrizione di barbosi interventi alle assemblee, non abbiamo niente.»

Massimiliano ci pensò su.

«Quindi nulla che giustifichi un tentativo di sabotaggio, uno scontro fra movimenti. Forse una situazione privata, o forse...»

Sara se ne uscì, all'improvviso:

«No. Non è una cosa privata. Stanno preparando un'azione di gruppo, collegata alla visita del papa».

La frase era stata pronunciata in tono sommesso, come un'annotazione sul clima: eppure rimbombò quasi avessero sparato un colpo di pistola verso il soffitto. Andrea Catapano sollevò il mento, simile a un segugio che fiuta una pista. Sfinzi e Spada si guardarono, sconcertati. Teresa si mise una mano in faccia.

Tamburi annuì, come fosse stata detta un'ovvietà.

«Ci spieghi, signora. Capisce anche lei che quello che afferma non è cosa da poco, no? Vuole dirci di più?»

Sara non staccò lo sguardo dal pavimento. Massimiliano notò che gli occhi, quegli incredibili occhi, non si vedevano e non si erano visti per l'intera riunione. Quella donna aveva il talento dell'invisibilità.

«Ungur ha avuto un'esitazione, risulta chiaro dalle immagini. E prima di prendere il foglio ha guardato nella direzione opposta, per essere sicuro che nessuno lo vedesse. La posizione delle spalle era di incertezza, non condivide del tutto quello che sta facendo, ma quando si gira verso la porta assume una posizione più eretta, consapevole. Vuole mostrare fedeltà e orgoglio, l'atteggiamento è fiero. C'è appartenenza, fedeltà.»

Le parole di Sara generarono un silenzio profondo. Poi Sfinzi disse, beffardo:

«E tutto questo in tre secondi di immagini sgranate. Ci sai dire pure il segno zodiacale e le preferenze sessuali, per caso? Ci faciliterebbe il lavoro».

Spada protestò:

«Senta, capo, non credo proprio che siano ragionamenti da avallare, questi. La presunzione di poter comprendere tutto senza nemmeno una frase, un pezzo di dialogo, mi pare eccessiva. Mi concentrerei invece sui leader messi in discussione nell'assemblea, che potrebbero...».

Catapano mormorò:

«Però avrebbe una logica, a pensarci».

Massimiliano si voltò verso di lui.

«In che senso, Andrea?»

«Nel senso che tenersi ai margini, non cercare di avere una posizione di evidenza all'interno delle manifestazioni potrebbe essere una strategia.»

Sfinzi disse, con voce stridula:

«Ma una strategia per cosa, maledizione?».

Sara rispose:

«Per preparare un'azione che lasci il segno. Un attentato, per esempio».

Stavolta nessuno rise.

XV

Giugno 1990

Costi scattò in piedi e batté un pugno poderoso sul tavolo. I fogli sparsi, le tazze e i bicchieri spaiati fecero un balzo, una matita rotolò a terra.

«Ma siete ciechi, cazzo? Siete ciechi? Non volete capire quello che sta succedendo, nel nostro Paese?»

Mihaela lo guardò a capo inclinato, quasi fosse incuriosita da uno strano animale. Era così minuta da sembrare un passerotto che scruta all'interno dal bordo di una ringhiera.

«E credi di farcelo capire tu, alzando la voce? A volte sembri persino più stupido di quello che sei. Dimmi, dài, illuminami: che sta succedendo, nel nostro Paese?»

Il ragazzo la osservò con gli occhi iniettati di sangue. Non aveva un bell'aspetto: pallido, la faccia larga chiazzata dalla barba incolta, i capelli ricci sporchi e scarmigliati. Soffriva il caldo, e la maglietta impataccata conteneva a stento il torace robusto.

«La gente non coglie, protesta senza comprendere e viene assecondata perché disinformata. Pensano che ci sia continuità fra la classe politica attuale e la precedente, invece questi stanno portando avanti un'epurazione feroce su ordine dei capitalisti! Sono conniventi, maledizione! Ma come fate a non vedere?»

Vasile, sdraiato al solito sul divano con le dita tra i lunghi capelli lisci, commentò:

«Sì, può essere. Ma almeno manifestano, almeno la piazza c'è, forte al punto che è stato destituito il ministro dell'Interno. Adesso, avete sentito, hanno fatto intervenire i minatori per sedare le proteste. Finché c'è incertezza, questi perdono terreno. Probabilmente basta aspettare un po' e cadono da soli».

Una voce profonda emerse dalla penombra:

«Proprio quello che non si deve fare».

Gli altri tre si voltarono verso la parte dove Ion, il bel ragazzo bruno e alto che era il loro leader riconosciuto, se ne stava a cavalcioni della sedia con le braccia appoggiate allo schienale, quasi assistesse a uno spettacolo.

Vasile chiese, dubbioso:

«Come sarebbe, scusa?».

Ion si alzò, si stiracchiò e infilò le mani nelle tasche dei jeans. Aveva l'aria annoiata.

«Un atteggiamento attendista gioca a favore di questi usurpatori. È quello che si aspettano, mentre tessono i loro nuovi rapporti internazionali, mentre gli agenti dei Paesi capitalisti installano reti di protezione. Fra un anno, te lo dico io, non ci sarà nemmeno modo di parlare liberi per strada, a Bucarest. Appena uno pronuncerà il nome di Iliescu in una barzelletta, sparirà nel nulla.»

Mihaela disse:

«Non per contraddirti, Ion, ma ti ricordo che non sono pochi quelli che hanno fatto il salto e ora ricoprono ruoli di potere esattamente come prima. Devo farti l'elenco? La protesta studentesca del mese scorso, lo sai, è scattata proprio su questa continuità che...».

Costi allargò le braccia, esasperato.

«Ma sono manovrati, è evidente! Che protesta è? Sono mezze figure, funzionari di medio e basso livello, burocrati! Quelli che decidono, be', quelli sono d'accordo coi capitalisti!»

Vasile lanciò a Ion un'occhiata di traverso.

«Non tutti. Molti, lo sappiamo, sono stati fatti fuori. Significa che in realtà non c'è continuità fra una classe dirigente e l'altra. Specie per il modo.»

Il riferimento era evidente. Distolsero lo sguardo dal ragazzo alto che, le mani in tasca, si era messo a guardare fuori dalla finestra. Era lui l'unico il cui padre era sparito nel nulla. Non riusciva a parlare con la madre se non una volta alla settimana, e lei gli si rivolgeva come un automa, lasciandogli capire che dialogava con una pistola puntata alla tempia.

Le spalle di Ion dissero:

«Ma non dobbiamo farci annebbiare la vista dalle lacrime. Dobbiamo restare lucidi. Ne abbiamo il dovere».

Mihaela era incerta:

«Il dovere? Perché il dovere? Che dobbiamo, che possiamo fare noi da qui, scusa?».

Ion si girò. La sua sagoma si stagliava contro il sole di giugno, e i tre ragazzi non riuscivano a distinguerne i lineamenti.

«No, piccoletta. Non è questo l'approccio. E mi meraviglia che sia tu a fare questa domanda. Proprio tu, che studi la cultura cinese, che conosci alla perfezione quanto e come il solo sistema politico giusto, il solo in grado di salvaguardare il popolo contro gli interessi freddi e malvagi della finanza e del denaro, sia quello comunista. Mi meraviglia, e mi rattrista.»

Il tono era stato pacato, persino amorevole. Ma i presenti, nessuno escluso, avvertirono un brivido lungo la schiena nonostante il caldo soffocante.

La ragazza scosse il capo.

«No, Ion, mi sono spiegata male. Nessuno è più coinvolto di me nel destino del nostro Paese, e sai bene che i miei studi sono figli della fede più assoluta nell'idea del comunismo come unica forma di governo sociale possibile. Mi chiedevo quale dovesse essere il nostro impegno, e come si dovrebbe concretizzare.»

Costi ruggì:

«Perché qualcosa dobbiamo fare, io sto impazzendo. Mi prudono le mani, ho voglia di spaccare il mondo, dannazione!».

Intervenne Vasile, e pose una domanda in apparenza incongrua:

«Avete visto la partita?».

Tutti si guardarono, perplessi. Poi Mihaela chiese:

«Che partita?».

Il giovane si sollevò dalla posizione semisdraiata e sedette per bene sul divano.

«Ai Mondiali che si giocano proprio qui. Be', c'è stato l'incontro fra Argentina e Romania, il 18. E sapete cos'hanno fatto, i nostri cari connazionali tifosi che in un momento come questo non hanno avuto altro pensiero che farsi un viaggio per assistere in presenza alla gara?»

Costi disse, perplesso:

«Cos'hanno fatto?».

Vasile balzò in piedi, il viso stravolto dall'ira.

«Hanno tolto lo stemma dalla bandiera. Un bel buco in mezzo, capite? Un simbolo, il Paese senza la sua identità, un territorio senza il cuore. Lo capite adesso, quello che sta succedendo? Stiamo perdendo il cuore.»

Ion soggiunse, freddo:

«E saremo un Paese gregario, diviso e distrutto. Un Paese inutile, incapace di lasciare un segno nella storia».

Tacquero, e fu un silenzio gonfio di pena. Lo ruppe Mihaela, con tono cupo:

«Hai detto che dobbiamo restare lucidi perché ne abbiamo il dovere. Scusami, Ion, ma queste parole continuano a risuonarmi in testa. Cosa vuol dire, restare lucidi? Non fare niente? Aspettare, forse? Ma aspettare che?».

Costi annuì.

«Giusto, Ion! Aspettare che? Se possiamo fare qualcosa, dobbiamo agire, porca miseria!»

Ion mosse un passo, uscendo dal cono di luce della finestra e tornando visibile.

«Bisogna attendere l'occasione. Il destino, magari, ci ha scelti per porre in essere un'azione che cambi tutto, che fermi questa ondata di liquami che da ovest sommerge l'Est, a cominciare dal nostro bel Paese dimenticato. E saremo noi, proprio noi, pochi compagni che sono fratelli nel dolore della distanza e dell'isolamento, a salvare il mondo da un futuro infame.»

Mihaela lo fissava a bocca aperta.

«Noi? Noi quattro, intendi? E che possiamo fare, noi quattro?»

«Cinque, Miha. C'è anche Ana. Sono certo che se si rendesse necessario sarebbe in prima fila.»

La giovane fece una smorfia.

«Ho i miei dubbi. E comunque, che cosa mai un pugno di studenti romeni fuori sede potrebbe...»

Ion la fermò.

«Sai, piccola Miha, a premere il grilletto è un singolo dito. Dietro può esserci l'interesse di milioni di persone, ma è sempre un solo dito a far partire il colpo. Ricorda questo, per favore.»

XVI

Il vento scompigliava i capelli biondi di Teresa, seduta al tavolino del bar davanti al belvedere. Faceva freddo per resistere all'esterno, e infatti quello era l'unico posto occupato: gli altri avventori se ne stavano al caldo nella saletta al piano superiore, urlando per farsi capire nel fracasso di musica e stoviglie.

Teresa, però, il freddo non lo pativa. Le piaceva, anzi. Intorpidisce, rende meno sensibili, porta a coprirsi. Il che, in questa fase tardiva della sua vita, le corrispondeva parecchio.

Ed era anche simile al vino. Pure quello intorpidisce, rende meno sensibili e scansa i brutti pensieri. Ci rifletté mentre finiva il secondo bicchiere e allungava un cenno al cameriere per farsene servire un terzo.

Sara si materializzò sull'altra sedia del tavolino proprio mentre il cameriere si allontanava in fretta per sfuggire al vento.

Lo sguardo concentrato sul mare, Teresa disse:

«Senti, secondo me continuare a utilizzare per gli incontri il vecchio codice riservato non solo è anacronistico, ma persino ridicolo».

Sara, la testa incassata nel bavero del soprabito, rispose:

«Sei tu quella ancora in servizio. Io non ho problemi, sono una pensionata nullafacente. Tu invece sei l'importante dirigente di un'unità segreta interministeriale».

La bionda scoppiò in una risata che infastidì un paio di piccioni razzolanti nei paraggi.

«Sì, eh? Proprio, guarda. Non te lo voglio nemmeno dire che cosa è diventato il lavoro. Ne avessi l'occasione, mollerei subito. Sopravviviamo solo perché cinque anni fa abbiamo creato il software che confronta le parole chiave delle conversazioni sul web, cercano di toglierce-lo di continuo. Hai davanti a te quello che con ogni probabilità sarà l'ultimo capo dell'unità di intercettazione e controllo ambientale, cara Mora. Questione di mesi, vedrai.»

Sara la fissò triste. Mora e Bionda, piene di speranze e allegria. Piene di futuro, e chissà che fine aveva fatto il futuro in così poco tempo. Una vita in un soffio.

«Vedrai che troverai un modo, Bionda. Lo hai sempre trovato. Nessuno ti mette al tappeto, se non sei tu a volerci andare.»

Teresa attirò l'attenzione del cameriere. Il giovane accorse e segnò un caffè per Sara.

«Non male il ragazzotto, eh? Quando hai parlato di tappeto mi hai fatto venire strani pensieri, amica mia. Neppure ricordo quando è stata l'ultima volta.»

«Be', un po' d'intervallo non può che farti bene. Piuttosto, temo non sia salutare un bicchiere di vino alle dieci di mattina.»

La bionda ammiccò, soave. Sara notò i segni dell'alcol nei movimenti, nel leggero biascicare, nelle pupille appannate.

«Uno infatti farebbe male, ma questo è il terzo. Va celebrata la visita di un'amica, no? Anzi, dell'unica amica che ho. Anzi, dell'unica amica che abbia mai avuto. Cin, Mora. Salute a te, e salute a noi: due anziane signore che si incontrano al bar per ricordare i morti e per dire: "Ai miei tempi", come si fa in simili circostanze.»

«Parla per te, Bionda. Io sono nel fiore degli anni. Un privilegio per una che non si è mai curata troppo dell'aspetto. Ero vecchia già da ragazza, come sai.»

Teresa si fece seria.

«Già. Hai ragione tu. Hai sempre avuto ragione, in realtà. Dimmi del piccolo. Ci sono novità?»

Non si vedevano da mesi, ma nessuna delle due poteva dubitare del fatto che sulla scrivania di Teresa arrivasse con regolarità un rapporto che riguardava Sara e ogni ex collega dell'unità.

«Ci stiamo provando, Bionda. È difficile, come puoi immaginare. Per questo ti ho voluta incontrare.»

L'amica corrugò la fronte.

«E che posso fare, io? Perché lo sai, Mora, che se c'è qualcosa che posso fare, lo faccio.»

Si guardarono. Il loro rapporto non prevedeva tenerezza o manifestazioni d'affetto. Non ce n'era bisogno, tra persone in grado di interpretare con esattezza anche un semplice accenno di sorriso.

«Ti chiedo di andare indietro con la memoria, devo ricostruire una relazione fra... fra due questioni separate, diciamo così. Quella che voglio capire per prima riguarda una dottoressa, per essere precisi una pediatra di mezza età che lavora in un quartiere degradato.»

«Può aiutarti per il piccolo? La pediatra di un quartiere di periferia? Perché, che competenze ha?»

«Potrebbe mettermi in contatto con un medico di cui solo lei conosce i riferimenti. Almeno spero. Corriamo contro il tempo, Bionda. Devo fare presto e mi serve aiuto.»

Teresa annuì. Lo sguardo ora si era fatto limpido e acuto come una lama.

«Dimmi il nome della tizia. Ci lavoro subito.»

«Si chiama Carolina Castronuovo, dottoressa Carolina Castronuovo. Abita in via Nelson Mandela al numero 48. Tiene anche lo studio lì, ma il grosso delle visite lo fa a domicilio. Ha una vecchia Punto targata CK 412 AX, che non capisco come cammini ancora, visto com'è ridotta.»

«Nome che mi dice qualcosa, in effetti. Qualcosa di antico, ma qualcosa. Controllo e ti faccio sapere, ma devi dirmi, Mora, qual è l'altra questione. Quale collegamento vedi, con quale altro fatto che riguarda l'unità.»

Sara lasciò andare lo sguardo sul panorama. Il vento aveva spazzato nuvole, smog e gas di scarico, ma non i ricordi.

«Non lo so ancora, Bionda. Ma la reticenza dimostrata da questa dottoressa quando sono andata a parlarle è strana. Mentiva di sicuro sul modo in cui lei e quel medico si sono conosciuti, perfino sulla durata e sulla profondità dell'amicizia. Sono cose delle quali in genere ci si vanta, perché nasconderle? E poi: a quanto dice la pediatra, questo professionista con cui vorremmo parlare, e che forse può aiutarci, cambia sede in continuazione e non si fa rintracciare. Perché? Non ha senso.»

Teresa inseguiva i propri pensieri.

«Non ha molto senso nemmeno il fatto che l'unico mezzo per avvicinare il medico che può aiutarti sia una pediatra di periferia. Sicura che non siano ciarlatani? Guarda che sulla sofferenza e sulla speranza fiorisce un mercato, se dovessero chiederti del denaro...»

«No, no, sono certa che la questione riguardi il passato. Per questo ti ho cercata, Bionda. Mi interessa il periodo dell'università, le frequentazioni della dottoressa Castronuovo soprattutto con colleghi stranieri. Pensi di farcela?»

Teresa si strinse nelle spalle.

«Se esiste qualcosa, lo trovo. Sono gli anni dei nostri inizi, quindi non credo di avere ricordi personali; ma magari sono stati verbalizzati dei dati. Vuoi che le metta qualcuno addosso?»

«No, ti ringrazio. Se ha modo di contattare questo medico, lo farà in modo non evidente.»

Teresa assentì. Poi disse, grave:

«Non ne perdi un altro, Sara. Non può succedere di nuovo, non a te. Io lo so com'è stata la tua vita, le scelte che hai fatto e quelle che hai subito. Non ci credo che succederà un'altra volta».

Sara percepì il dolore montarle dalla pancia a sommergere il cuore, e ancora su a farle mordere il labbro e poi sino agli occhi, per riempirli di nostalgia; infine alla mente, per immergerla nel buio.

«Non lo so, Bionda. Ma a te posso dire che ogni volta che lo guardo, penso che la colpa sia mia.»

Prima che Teresa potesse risponderle, Sara era già andata via.

XVII

Luglio 1990

Ion procedeva ad ampie falcate, zigzagando tra la folla che intasava i marciapiedi sul lungomare. Ambulanti, chioschi e artisti di strada tentavano di ricordare che quella, alla fine, era pur sempre una città di mare, appunto, e che l'estate era estate anche per chi non poteva permettersi un viaggio.

Camminava svelto perché aveva un posto dove andare. Non come quella massa di sfaccendati succhiasangue che, in un giorno feriale, invece di svolgere il proprio compito se ne stava a godersi il sole, l'aria e un gelato gocciolante. Provava un disgusto profondo per quel modo di vivere in base al quale lo Stato non era considerato una proprietà collettiva da migliorare dando il meglio di sé nel lavoro e nelle opere sociali, ma una vacca alle cui mammelle attaccarsi per prendere senza mai restituire.

All'inizio era rimasto affascinato da tanto luccicante benessere. Era comprensibile: era giovanissimo, veniva da un mondo austero e grigio e formale, la linfa in corpo circolava veloce. Si era divertito, senza dirlo nelle telefonate settimanali che faceva ai genitori per raccontare come procedevano gli studi.

Il ricordo di quelle comunicazioni gli ferì il cuore, mentre camminava svelto senza curarsi di ciò che gli si muoveva intorno. Perché allora le viveva come un obbligo, un impegno a cui non poteva sottrarsi. Era laconico, sbrigativo nei saluti. Rammentò con nostalgia dolorosa come liquidava in due parole le richieste accorate della madre lontana, la quale voleva sapere della salute e dell'abbigliamento, dell'alimentazione e del clima, e che quando parlava con Ana domandava in continuazione di Ion, come se saperli insieme fosse l'unico conforto.

Cosa darei adesso, pensò, per una di quelle telefonate. Non sarei certo così superficiale, non cercherei di chiudere subito. E forse tornerei di corsa per stare vicino a te, mamma, ora che questi criminali corrotti processano addirittura papà per delitti immaginari, lui che ha fatto dell'interesse del popolo la sua missione.

Arrivò a un ristorante coi tavolini fuori, pieni di gente che si abbuffava semintontita dal sole. Scorse, ai margini, un tavolo con un unico occupante. Era un uomo in carne, indossava una camicia a fiori piuttosto pacchiana e lenti scure. Prima che Ion potesse chiedersi se fosse la persona che doveva incontrare, quello alzò la mano e lo salutò, quasi avesse visto un vecchio amico. Poi gli fece cenno di raggiungerlo. Stava divorando una pizza, e aveva davanti un boccale di birra ormai quasi vuoto.

Ion tentennò, perplesso. Poi si avvicinò e sedette, in silenzio.

L'uomo disse:

«Bisogna ammetterlo: qui la pizza è strepitosa. Con una bella birra gelata, poi, ti riconcilia col mondo. Posso ordinare pure per te, Ion? Offro io, eh?».

Il ragazzo fece segno di no con la testa.

«Grazie, ho già mangiato. Vorrei sapere chi è, e se è stato lei a farmi avere questo.»

Dalla tasca estrasse un foglietto. L'uomo lo prese, lesse e subito lo fece in pezzi.

«Meglio non lasciare in giro niente. Meglio dirsi le cose guardandosi in faccia. Sì, il biglietto te l'ho mandato io, è ovvio. Altrimenti non ti avrei riconosciuto, ti pare? Ma davvero non vuoi nemmeno una birra? Guarda che non è affatto male.»

Ion non smetteva di osservarlo. Età indefinibile sopra i quaranta, inflessione anglosassone, vocabolario perfetto, volutamente volgare per apparire un turista come tanti.

«Ha scritto che voleva dirmi qualcosa su mio padre. L'ascolto.»

L'uomo trangugiò l'ultimo pezzo di pizza, bevve la birra residua, si asciugò le labbra con il tovagliolo, ruttò e si appoggiò allo schienale. Pareva godersi ogni singolo raggio di sole.

«Tuo padre in realtà è già morto, Ion. Lo sai tu come lo so io.»

Il ragazzo impallidì. Attorno i bambini gridavano, gli ambulanti magnificavano le loro merci, le automobili strombazzavano, e lui si sentì morire.

«Mi dica chi è, adesso. E mi dica soprattutto come ha avuto questa notizia e da chi. Se ha delle prove.»

«Sei un tipo forte, Ion. Ti ho studiato. Sapevo che avresti reagito con calma e freddezza. La tua mente sta valutando il da farsi, come ottenere le informazioni che servono. Sei acuto, intelligente, hai passioni ma sai indirizzarne gli effetti. Complimenti.»

Il giovane lo fissava inespressivo. Soltanto il colorito, divenuto grigiastro, tradiva l'enorme tensione.

«Non ripeterò la domanda. E fra trenta secondi mi alzerò e me ne andrò, facendole il regalo di fingere di non averla mai incontrata. A meno che non risponda.»

L'uomo alzò le braccia in segno di resa, ghignando come si divertisse un mondo.

«Rispondo, rispondo, per carità, sono qui per questo. Allora: puoi chiamarmi Jimmy, non è il mio nome ma sono sicuro che non ti aspetti che te lo dica. Così come non ti aspetti che ti dica come e da chi ricevo certe informazioni, perché significherebbe, di questi tempi, condannare a morte amici e compagni. Non lo faresti neanche tu, spero.»

Ion rimase muto. Jimmy annuì, quasi avesse ricevuto un segnale di assenso. Allungò una mano su un borsello che teneva a tracolla, aprì la lampo fischiettando a fior di labbra un motivetto, poi tirò fuori un cartoncino. Lo guardò facendo con la bocca dei rumori che evocavano diniego, riprovazione e tristezza. Infine lo girò verso Ion. Un istante, forse tre.

Era una fotografia.

Il ragazzo fu come attraversato da una scossa elettrica. Gli sembrò di non sentire più niente, un ovattato, orribile silenzio. L'inferno doveva essere quello. Si fece strada la consapevolezza che sì, lo sapeva e l'aveva sempre saputo, e tuttavia qualcosa di sé era aggrappato all'ipotesi che si stesse preoccupando per nulla, che non avrebbero osato spingersi a tanto, che la giustizia esisteva e avrebbe rimesso le cose a posto.

Capì in un lampo il tono della madre, ne comprese lo strazio e la solitudine. E una rabbia gelata gli calò addosso, per farne l'uomo nuovo che non sarebbe mai più tornato indietro.

Stese una mano sul tavolo e ritrovò la parola:

«Me la dia. Per favore, mi faccia vedere meglio».

L'uomo scrollò la testa, facendo ondeggiare il doppio mento:

«No, no. È una prova, non ne possediamo altre e non possiamo rischiare. L'hai vista, e già solo mostrandotela ho messo in pericolo compagni che ogni giorno rischiano la vita per la sopravvivenza di un ideale. Hai visto, accontentati».

Il ragazzo si sporse in avanti.

«Mi ha appena mostrato il cadavere martoriato di mio padre. Me l'ha mostrato da lontano. Adesso devo sapere perché l'ha fatto. Chi è lei?»

L'uomo si fece serio. Il cambio di espressione fu così repentino che a Ion parve di avere di fronte un'altra persona. La mascella si indurì, le labbra si serrarono, la voce divenne un sibilo di rabbia trattenuta.

«Credi di essere l'unico comunista rimasto? Credi di essere l'unico ad avere amici, parenti, figli e fratelli uccisi in questa maledetta, infame restaurazione delle monarchie finanziarie? Credi di essere l'unico ad avere la percezione esatta di ciò che sta succedendo, dal tuo dorato rifugio occidentale?»

Ion sbatté le palpebre, confuso.

«Cosa vuole da me, si può sapere? Perché ha... perché mi ha fatto vedere la foto?»

L'uomo tornò ad appoggiarsi allo schienale, ridiventando l'allegro turista che era stato fino a un attimo prima.

«Perché so cos'hai in mente. E sono qui per dirti che la motivazione c'è, eccome. Tu e i tuoi amici potete rendere un servizio all'umanità come nessun altro può riuscire a fare: nessuno vi conosce, siete pochi e determinati, e avete possibilità che un'organizzazione intera, con soldati e generali e carri armati, non avrebbe mai.»

«Io... non so proprio a cosa si riferisca. Vivo con mia sorella e tre amici romeni in un appartamento, siamo qui per studiare. Sì, discutiamo della situazione in patria, e i miei genitori... Però solo questo, di certo non abbiamo in mente di...»

«Di reagire? Di combattere? Di affermare principî e ideali? Di vendicare...» picchiettò col dito il borsello che gli pendeva al fianco, «questo, o tutto quello che sta succedendo in patria? Non avete in mente niente? Allora ti chiedo scusa, mi sono sbagliato. Mi rivolgerò a qualcun altro.»

Fece per alzarsi, ma Ion lo afferrò per un braccio.

«No. Non ho detto questo. Io... io non ho detto che non siamo coinvolti. Anzi.»

L'uomo si risedette.

«Ne ero sicuro. Parliamone.»

XVIII

L'infermiera Maria pareva uscita da un film, uno di quei classici in cui ogni personaggio corrisponde con esattezza alla figura che viene messa in scena.

A Viola piaceva trovare quella corrispondenza nel linguaggio cinematografico, vi prestava attenzione quando studiava comunicazione e regia a margine di ciò che avrebbe voluto fare nella vita: la fotografa di attualità e cronaca. Per quale motivo uno spettatore doveva perdere tempo a comprendere le sfaccettature di un soggetto che appariva in azione sì e no per un paio di minuti, perdipiù senza particolare impatto nell'economia del racconto? Dunque, vivaddio, che male c'era se un cuoco sembrava un cuoco e un avvocato un avvocato?

L'infermiera Maria le sembrava un'apprezzabile e distensiva presenza nel film tragico che stava lei stessa interpretando, con il piccolo protagonista che si andava consumando in un letto d'ospedale invece di giocare in un parco insieme ad altri bambini, mentre lei, Viola, chiacchierava con altre mamme di marche di latte e dei prezzi delle scarpe che bisognava acquistare una volta al mese.

A dirla tutta, Viola avrebbe voluto tornare a quell'esistenza nella quale si sentiva intrappolata senza possibilità di fuga, che le sembrava una specie di maledetto ergastolo e le pesava come un macigno. Com'è vero, rifletté con amarezza, che nessuno pensa di essere felice nel momento in cui lo è.

E com'è vero, proseguendo nei luoghi comuni, che il destino non manca di fartene prendere atto punendoti con spietatezza.

L'infermiera Maria, comunque, sembrava esattamente l'infermiera Maria. Grassa e materna, allegra e ciarlona, ciabattava negli zoccoli di gomma e, parlando sempre a voce troppo alta, faceva subito apparire normale quella situazione orribile.

Poteva avere qualsiasi età, l'infermiera Maria. Ma aveva cinquantasette anni, ed era mamma, nonna e quasi bisnonna: perché la vita è breve e va vissuta, signo', non sia mai perdere tempo, io ho fatto mia figlia, la prima, che non tenevo ancora diciassette anni, e lei ha aspettato almeno fino a venti, perché le cose cambiano, e mia nipote – che non offendendo a voi che siete bellissima, signo', è un raggio di sole – ha appena fatto vent'anni e ha comunicato che anche lei è incinta.

Mi dovete credere, signo', aveva detto l'infermiera Maria con una risata che sembrava un TIR che strombazza in autostrada, al padre per poco non gli pigliava un colpo: perché gliel'ha detto mentre stava mangiando una sfogliatella. Mi aveva detto: nonna, meglio che glielo dico quando sta al dolce, almeno non gli intossico tutto il pranzo. E invece non ha tenuto presente che la sfogliatella, come ben sapete, tende ad *annozzare*, si ferma in gola. E insomma quello ha cominciato a tossire, a tossire, si è fatto paonazzo e se non era per mia figlia che è infermiera pure lei e gli ha fatto la manovra, credetemi che ce l'eravamo giocato.

A Viola, l'infermiera Maria piaceva. Non avrebbe potuto essere più lontana da lei, che era pessimista e vedeva tutto nero, e in questo non trovava certo conforto in Sara, che si chiudeva nel suo impenetrabile silenzio di osservatrice; o in Pardo, che voleva spaccare il mondo e non accettava quanto stava succedendo. E tantomeno in sua madre, che era venuta in ospedale in un paio di occasioni e in entrambe era svenuta per l'emozione, causando più imbarazzo che sollievo.

L'infermiera Maria, invece, riusciva sempre a trovare il tono giusto per farla stare meglio. E anche Massi, quando nei momenti in cui non dormiva ne intercettava il passaggio, rideva felice per la voce, il solletico che gli faceva, i racconti sulle marachelle immaginarie dei piccoli malati.

Con Viola, all'infermiera Maria bastava un'occhiata. E d'altra parte l'infermiera Maria era appunto l'infermiera Maria, rispondente a come dev'essere la caposala di un reparto di oncologia pediatrica, una madre e una nonna piena di bambini che aveva dovuto abituarsi a perderne tanti altri.

Una volta, in corridoio, le aveva detto: che vi credete, signo', che non si soffre più? Che a un certo punto una si abitua, che non li vede più nemmeno come bambini, che diventano un lavoro come un altro e ci si rassegna a lasciarli andare via? No, no, signo', non lo pensate proprio a questo fatto. Pensate invece che proprio una che si appassiona a ognuno, uno per uno, che li vede come figli suoi e poi come nipoti che sono più dei figli, li può seguire e li può accudire, può lottare per loro e con loro, fino alla fine.

Che vi credete, signo', aveva detto l'infermiera Maria che anche col caldo e la mole teneva il camice immacolato e stirato come un costume di scena, che qua dentro i dottori, gli infermieri ma pure gli inservienti e gli amministrativi non piangono quando perdiamo uno di questi angeli? Certo, ciascuno a modo suo, io per esempio cerco di dare forza e poi scappo nel cesso e mi metto a singhiozzare come una fontana, ma vi posso assicurare che ogni volta è una ferita al cuore.

Però, le aveva detto l'infermiera Maria mettendole una mano callosa sul braccio con la delicatezza di una farfalla che si posa su un fiore, questo viene ricompensato se uno di questi nani combattenti vince la battaglia sua. Succede, signo': succede più spesso di quanto vi potete immaginare. È una brutta bestia, la malattia, ma appunto è una bestia, l'ho imparato in tutti gli anni che sono stata qua: è una bestia feroce e forte e ottusa, si può ingannare, si può calmare e poi aggredire, e togliere di mezzo.

A quel punto Viola, che era il personaggio della madre giovane e disperata, era scoppiata in lacrime. E l'infermiera Maria aveva fatto l'infermiera Maria, e dopo un attimo di esitazione l'aveva presa per il gomito e trascinata nella saletta infermieri, dove l'aveva stretta con braccia enormi al seno profumato di lisoformio e lavanda, cullandola come una neonata e lasciandola al cospetto della propria disperazione.

Poi aveva detto, tendendole un fazzoletto immacolato: signo', voi se fate così sbagliate assai, se mi posso permettere. E lo sapete perché sbagliate? Perché lo avete già seppellito, a vostro figlio. E se avete intenzione di continuare con questo atteggiamento, non vi dovete prendere collera, ma io sarò costretta a chiedere alla dottoressa Castellini il rispetto degli orari di visita e allontanarvi da Massimiliano.

Lo aveva detto con tono gentile, quasi avesse chiesto se poteva portarle il caffè che preparava sul fornelletto elettrico abusivo nascosto nell'armadietto.

Viola aveva sbattuto le palpebre, confusa. Perché?, le aveva chiesto. Non capisce come mi sento? Non capisce che io la vita senza questo pezzetto di carne e sangue e risate e domande sceme e favole per farlo dormire, che se tornassi indietro invece lo terrei sveglio nottate intere pur di non vederlo più con gli occhi chiusi, non voglio, non posso vivere? Che sto assistendo alla mia morte, oltre che alla sua?

Signo', aveva detto l'infermiera Maria, adesso vi spiego una cosa, e mi dovete stare a sentire bene. Lo aveva detto con un tono nuovo, duro, e le pupille allegre erano diventate due pozzi neri che davano sull'infinito. E Viola ebbe quasi paura, perché aveva capito che l'infermiera Maria era appunto un personaggio, quello dell'infermiera Maria, ma che adesso stava guardando in faccia una donna che poteva essere una maga o una strega, in possesso del potere dell'onniscienza. E la strega Maria disse, sibilando, che nessuno poteva avere certezza di come funzionava la mente dell'uomo. Che potevano esserci delle facoltà che la volontà, alimentata dal sangue che veniva dal cuore, indirizzava sulla realtà modificandone il corso, cambiando le cose.

Che lei, la strega Maria, quando indossava i panni dell'infermiera Maria aveva visto succedere cose assurde, e poteva documentarle, e raccontarle, ma aveva paura che a farlo non succedessero più, chi può sapere mai come funziona, la scienza non ci è arrivata e chissà se mai ci arriverà. Ma poteva capitare che la volontà univoca delle mamme, dei padri e dei nonni, ma anche dei dottori e degli infermieri e di chi entrava in contatto con quei poveri angeli, facesse accadere qualcosa in quei corpicini, attivasse una ribellione delle cellule o roba del genere, e il mostro feroce e ottuso si fermava interdetto, Golia davanti a tanti piccoli Davide, e dava il tempo a qualcuno di intervenire.

Perché da qualche parte, signo', disse la strega Maria dagli occhi bui e dalla voce di serpente, ci sta qualcuno che è capace di salvare la vita ai bambini, pure quando sembra impossibile.

Che per i tanti Ciro, Antonio, Gianluca o Roberta che avevano perduto, c'erano tanti Lucia, Deborah o Giuseppe che contro ogni pronostico adesso giocavano con altri bambini o erano addirittura madri e padri a loro volta.

Avete capito, signo'?, disse l'infermiera Maria. Per cui, se volete continuare a stare vicino a Massimiliano, lo dovete aiutare. Come facciamo tutti, qua dentro. Altrimenti sciò, aria. Andate a casa vostra e aspettate la notizia.

Mi sono spiegata, signo’?

XIX

Settembre 1990

Era stata un'intuizione, e comunque era venuto fuori poco. Sara si aspettava che Tamburi li convocasse per dire che la cosa si fermava là e che si doveva annullare la sorveglianza sul gruppo dei giovani romeni.

Ma il piano della settimana non prevedeva il blocco del lavoro: ciò significava che qualcuno, in particolare il capo dell'unità, ci credeva ancora. E poiché con lo scemare dei movimenti studenteschi non si sottraeva tempo alle altre cose, si poteva mantenere un livello minimo di attenzione anche su quel fronte.

Del resto, poco non significava niente. C'erano stati traffici equivoci e incontri non spiegabili, specie nella prima fase. Ben presto erano stati identificati tutti i ragazzi e circoscritti gli ambiti di attività, le frequenze delle lezioni, la vita sociale. Era emerso che la leadership era di Ion Florescu, del quale erano state scattate diverse fotografie. Si era visto che la sorella, Ana, era addirittura un'assistente universitaria di Endocrinologia assai apprezzata come ricercatrice e come medica.

Gli altri erano Costi Lupei, iscritto a Ingegneria meccanica, una specie di orso irascibile coinvolto in almeno due risse negli ultimi tre anni, e in un paio di liti politiche sfociate in lesioni senza denuncia; Mihaela Sala, che studiava Lingua e letteratura cinese all'università Orientale con un più che rispettabile ruolino di marcia, nota per la ferrea ideologia comunista; Vasile Ungur, il ragazzo dai capelli lunghi che aveva dato inizio alle danze prendendo il manifesto dalla bacheca, iscritto come Florescu a Scienze politiche, con voti alti ma con lieve ritardo negli studi, cliente di alcuni spacciatori e incline ad addormentarsi ubriaco all'aperto fino a essere sfollato dai vigili urbani la mattina dopo, ma senza episodi criminali da segnalare.

Gente tranquilla, insomma, per i parametri della stagione. Ma a metà luglio qualcosa era cambiato. Avevano diradato le incombenze individuali, non incontravano più altre persone, passavano quasi tutto il tempo in casa tra loro, a esclusione di Ana, che invece non aveva rallentato i propri impegni dimostrandosi sostanzialmente esterna al gruppo.

Tale sopravvenuta aggregazione non era in linea coi profili individuali. Ognuno aveva le proprie amicizie, faceva parte di associazioni culturali, studiava con colleghi. Pur abitando insieme, non si frequentavano molto. Adesso invece sembravano fratelli siamesi, nessuno andava da nessuna parte, e anche all'università, dove le lezioni erano riprese con regolarità, si recavano di rado.

Ciò non rendeva automatico che fosse in corso la preparazione di un illecito di qualsiasi tipo. Ed effettuare un controllo diretto, con un'irruzione nell'appartamento, avrebbe ottenuto il solo effetto di metterli sull'avviso e far loro nascondere meglio quello che avevano in mente, sempre che qualcosa avessero in mente.

All'unità avevano progettato come collocare l'attrezzatura che avrebbe consentito le intercettazioni; ma avevano desistito, e per due motivi: il primo era che Lupei, in quanto futuro ingegnere, avrebbe potuto individuare telecamere e microfoni anche se ben nascosti; il secondo era più banale, ma non per questo di minore ostacolo: non capitava mai che in casa ci fossero meno di due persone, giorno o notte che fosse.

Le finestre non davano su buoni punti di osservazione, e comunque le tapparelle erano sempre abbassate, o le tende tirate, e le aperture distavano troppo dalla strada per essere accessibili con strumentazioni direzionali.

Non restava che seguirli quando si decidevano a uscire. E sperare che qualcuno si tradisse, prima di dover ammettere che il movimento colto nella registrazione dell'assemblea in realtà non era altro che l'interesse di Ungur verso ciò che l'associazione degli studenti cattolici programmava.

In quel pomeriggio di settembre, Sara aveva scortato l'inconsapevole Mihaela Sala dall'università, dove aveva seguito una lunga e noiosa conferenza sul Medioevo cinese, a casa. Non aveva molta esperienza di azioni sul campo: il suo ruolo era studiare le immagini girate dalle telecamere di sorveglianza, riprese parziali e difettose, spesso così sgranate da risultare incomprensibili; ma era stata lei ad avviare l'indagine, non poteva certo defilarsi da un lavoro di gambe che poteva essere noioso e frustrante.

Nulla nel comportamento della ragazza romena le era parso rilevante. Non aveva incontrato nessuno, si era limitata ad ascoltare i relatori prendendo appunti fitti su un quaderno che aveva riposto in una borsa di normali dimensioni – ma che addosso a lei, che era così piccola, sembrava una valigia – per poi incamminarsi verso l'abitazione. Si era fermata in una rosticceria per prendere un cartoccio di pizza, una sosta di pochi minuti durante la quale Sara l'aveva tenuta d'occhio dal marciapiede di fronte: aveva parlato solo con il garzone, indicando la sua scelta nel banco.

Poi aveva accelerato l'andatura, quasi fosse in ritardo, e si era infilata nel portone. Nell'androne del palazzo dirimpetto, riparato nell'ombra, Marco Sfinzi fumava nervoso. Sara si avvicinò silenziosa e il collega ebbe un sussulto quando lei gli rivolse un saluto.

«Accidenti a te, Morozzi, ma da dove ti viene questa capacità di diventare invisibile, me lo spieghi? M'hai fatto pigliare un colpo!»

«Diciamo piuttosto che il talento è il tuo, se sei qui per sorvegliare qualcuno e ti fai cogliere invece di sorpresa. Qualcosa da segnalare, dalla casa?»

L'uomo sbuffò:

«Macché, niente di niente. Senti, Morozzi, dobbiamo prendere coscienza che questi non fanno nulla di male o anche solo di preoccupante in prospettiva. Sono giorni che li stiamo a guardare, non stanno preparando altro al di là degli esami».

Sara fissava le finestre illuminate.

«Forse. O forse no. Perché non mi pare normale che all'improvviso, mentre ognuno fa la sua vita più o meno di relazione, cinque ragazzi fra i venti e i ventiquattro anni si chiudono in casa e non escono più, e proprio da quando noi cominciamo a osservarli.»

Il giovane si strinse nelle spalle.

«Sono anche connazionali in un Paese straniero. E da loro sta succedendo di tutto: epurazioni, regolamenti di conti, esecuzioni dopo processi sommari. Chi può biasimarli se hanno paura? Potrebbe essere soltanto uno stringersi fra ragazzi con gli stessi problemi e le stesse prospettive.»

«Certo. Non fosse che nessuno di loro dimostra incertezza o paura. Sono calmi, sereni, determinati. E fanno tutto quello che devono fare senza tradire emozioni.»

Marco la scrutò nell'ombra.

«Il linguaggio del corpo, sicuro. Le espressioni delle facce, come no. Sta di fatto che se non viene fuori nulla di concreto, li salutiamo e ci mettiamo a lavorare sul serio su qualcos'altro. Finalmente.»

L'ultima parola era stata pronunciata con tono di scherno. Sara sapeva che nella squadra serpeggiava un po' di perplessità su quell'azione, e ci si chiedeva con malizia per quale motivo Tamburi fosse così incline a credere che Sara avesse davvero identificato un dato rilevante.

Prima che potesse rispondere, il portone si aprì e ne venne fuori Ion Florescu.

Sara e Marco si misero in movimento, dalle due parti opposte della strada. Era eccezionale che uno dei ragazzi uscisse di sera. Florescu, in particolare, non si muoveva mai.

Il ragazzo procedeva spedito, mani affondate nelle tasche del soprabito e sguardo a terra. Percorse qualche centinaio di metri, poi svoltò e si avviò per una salita fino a una sala cinematografica. Ion si infilò all'interno e comprò un biglietto.

Sara fece per seguirlo, ma Marco la fermò. All'occhiata interrogativa di lei, indicò con una smorfia la locandina: *Le casalinghe preferiscono gli stalloni*.

«Tocca a me, mi sa. Un piacevole diversivo. Rientra a casa, Morozzi. Ci vediamo domani in ufficio, così ti racconto la trama del film.»

XX

Se c'era una cosa che trovava divertente, in una vita dalla quale le occasioni di divertimento erano quasi bandite, era andare al bar.

Non un granché, a essere sinceri. Un tragitto breve, un percorso definito e privo di ostacoli: sedersi a un tavolino, ordinare un caffè e un bicchiere d'acqua frizzante, percepire il mondo attorno, ricavarne delle opinioni aggiornandone altre per poi tornarsene a casa. Nulla di speciale, insomma: quello che per il resto della società sarebbe stato rubricato come una pausa, un intervallo.

Ma Andrea Catapano dava alle parole il giusto peso, e sapeva che i termini "pausa" e "intervallo" potevano essere applicati in modo relativo e non assoluto: che pausa ci può essere se non esiste l'interruzione di un'attività principale? E cosa si dovrebbe intervallare, se la passeggiata al bar è l'evento principale della giornata?

Evento principale, certo. A guardare dall'esterno, potendo guardare. Perché dentro, nell'anima, nel cuore e nella mente, Andrea non si fermava mai. Mai. Nemmeno di notte, quando gli occhi della memoria si spalancavano su un soffitto invisibile anche a luce accesa, e cominciava la danza macabra dei ricordi e delle facce defunte che li popolavano.

Non ci voleva pensare adesso, però. Adesso voleva solo godersi la passeggiata. E mettere in scena la grande mistificazione quotidiana, consentita dalla perfetta conoscenza della strada che lo separava dal caffè e dalla peculiare attitudine a utilizzare tutti i sensi.

Tutti. Tranne uno.

Perché Andrea Catapano era cieco.

Non lo era dalla nascita. La malattia degenerativa che lo aveva reso ipovedente già prima dei trent'anni gli aveva dato il tempo di abituarsi all'abbandono delle forme e dei colori, passando il testimone agli odori, alle superfici e soprattutto ai rumori per i quali aveva sviluppato una sensibilità che aveva del soprannaturale. Su quella capacità aveva fondato oltre trent'anni di attività professionale e un universo interiore nel quale tuttora viveva, che gli dava conforto e gli permetteva di coltivare una memoria senza falle.

Perciò quando andava al bar, a metà mattina, inforcava le lenti scure, lasciava a casa il bastone bianco e si avviava con le mani in tasca lento ma deciso, proprio come ci vedesse.

Era consapevole che i commercianti, il portiere dello stabile, il vigile urbano e l'edicolante che ogni giorno lo vedevano transitare sapevano che era cieco. E che al passaggio sorridevano malinconici ritenendo una *boutade* quella innocente finzione, salvo restare sconcertati dalla capacità dell'anziano di intuire la presenza di nuovi ostacoli e di evitarli, come era accaduto con una cassetta di verdura dimenticata fuori posto dal fruttivendolo. In realtà l'odore aveva avvertito Andrea e l'aveva salvato da una caduta, come non sarebbe successo a una persona vedente ma distratta dallo smartphone.

Giunto al caffè, seguì l'assenza di profumi e di rumori per reperire con sicurezza un tavolino libero, verificando con un leggero tocco della punta del piede l'esatta posizione di una sedia sulla quale prese posto. L'udito e l'olfatto fecero una scansione completa dell'ambiente, e appena avvertì la presenza della cameriera, fin troppo evidente alle sue narici, ordinò disponendosi all'attesa.

Si godette una leggera brezza da nordest, piena di foglie secche e di cumuli di rifiuti. Poi disse, a bassa voce:

«Ciao, Mora. Che bella sorpresa, in una mattina di autunno. Ma è la stagione che più ci assomiglia, no? Anzi, assomiglia a te. La mia ormai è l'inverno».

Sara, seduta dietro di lui a un tavolino di distanza, lo guardava ammirata.

«Non mi abituo, sai, Andrea? Credo che non mi abituerò mai. Ci ho messo una vita ad affinare il mio talento per l'invisibilità, e tu invece mi scopri sempre subito. Mi chiedo come fai.»

«E infatti ci sei riuscita, a diventare invisibile. Io mica ti vedo. Non sei ancora *insentibile*, invece, e infatti la parola non esiste. E sai bene che è un piacere immenso, scoprire che ogni tanto ti ricordi di un vecchio amico vecchio.»

«Tu vecchio, ma dài: sei ancora il più affascinante ragazzo sulla piazza, se ti mettessi sul mercato avresti la fila, te lo posso garantire.»

Era una strana conversazione, tra due persone che fissavano il vuoto davanti a sé, sedute a due tavoli diversi. E a Sara parve emblematico non solo della loro essenza, ma della vita che avevano fatto: parlarsi senza che si capisse che fossero in contatto.

Andrea sbuffò:

«Il problema è che non sopporto più la vicinanza delle persone, sai, Mora. L'ho capito da una decina d'anni. La solitudine non è una condizione, ma una natura. Che si può combattere, certo, come ogni fobia, come ogni complesso, ma che torna a galla. Inevitabile».

Sara rifletté:

«Può essere anche una costrizione. Dettata dagli eventi, magari».

Alla mente di entrambi si presentò la stessa figura alta, cordiale, dagli occhi malinconici: e con un'incantevole fossetta sul mento quando sorrideva.

«Che ci fai qui, Mora? Non credo alla nostalgia per gli amici. E il naso e le orecchie mi raccontano di una nuova inquietudine.»

«E quando mai ti hanno ingannato, le tue orecchie?»

E raccontò della febbre del piccolo Massimiliano, qualche grado la sera, niente di che. Del fraudolento e benedetto blitz di Pardo, il quale aveva fatto fare le analisi del sangue al bambino, e dell'esito. Di come quello non fosse stato che l'inizio di un calvario di TAC, ecografie, risonanze magnetiche, terapie e ricoveri in day hospital, fino al conclamarsi di una situazione disperata.

Raccontò delle giornate in ospedale, della sospensione tra speranza e disperazione, dell'altalena orribile che può fare impazzire e forse davvero rende pazzi. Di come fosse atroce la sola idea che si trattasse di bambini, di un reparto fatto di disegni allegri e colori alle pareti che però era l'inferno in terra.

E raccontò infine dell'esitazione, dell'espressione della primaria, la dottoressa Castellini. Fu tecnica con chi poteva comprendere i termini: movimenti di muscoli, posizione delle palpebre, atteggiamento delle labbra e delle mani. Chiarì da dove le fosse venuta l'intuizione che quella donna sapesse qualcosa di qualcuno che portava alla speranza, l'ultima rimasta, per il bambino.

Parlava alla nuca di Andrea, le mani in grembo, il tono piatto e descrittivo. Parlava alla nuca di Andrea come cent'anni prima gli riferiva i risultati di sorveglianze di uomini politici o capimafia. Parlava alla nuca di Andrea, e invece parlava a se stessa. E al buio che aveva dentro, quello che l'amico aveva negli occhi.

Da ultimo gli parlò della visita alla dottoressa Castronuovo, di come le era sembrato che le tacesse qualcosa perché si trattava di lei, e non perché non sapesse dove rintracciare il fantomatico dottor Popov. E che appena la pediatra si era alzata aveva intravisto una fotografia. Nella quale forse, ma solo forse, c'era qualcuno che in quell'epoca fantastica e assurda che avevano vissuto insieme era esistito sul serio. Forse.

Tacque. Avevano finito i caffè e l'acqua. L'uomo non si era mosso, distinguendo le impercettibili variazioni della voce alla stessa maniera in cui Sara riconosceva i movimenti del viso. Medesime capacità, medesime competenze per sensi diversi. A un certo punto disse:

«Mi dispiace, Mora. Mi dispiace proprio tanto. Hai ragione, non si può far vincere la morte così facilmente, senza neanche combattere. Bisogna lottare. Dimmi, cosa vuoi che faccia per te?».

«Hai un archivio, Andrea. Ce l'ho anch'io, ma non so dove cercare. Non vedo legami, non trovo corrispondenze. Ma quella foto, quel gruppo di gente in camice, deve avere un significato. Altrimenti perché non l'avrebbe tenuta insieme alle altre, invece che vicino alla scrivania? Non può essere una coincidenza… Cerca nelle parole, Andrea. Ti prego. Cerca nelle registrazioni di allora quello che io non trovo nei documenti e nelle immagini. Teresa scava nel passato di lei, ma io devo trovare questo Popov. Devo sapere se quella fotografia c'entra.»

Andrea si avviò verso casa. Al tavolino dietro di lui non era seduto più nessuno.

XXI

Settembre 1990

Massimiliano andò alla finestra.

Non che ci fosse qualcosa da guardare, in verità. Al di là della lastra, tenuta sporca per non consentire di vedere quello che succedeva all'interno, c'era un grigio cortile sudicio e l'altra ala del palazzo, abbandonata e tenuta in fitto proprio per lasciarla vuota. Ma ogni tanto gli piaceva allungarsi in tutti i suoi centottantasette centimetri, giusto per ricordarsi di poter deambulare.

«Quindi, Sfinzi, sei andato al cinema. E dato il titolo, immagino di non doverti chiedere niente della trama.»

Marco stette allo scherzo:

«Invece sa, capo, l'ho trovato istruttivo. Era dall'adolescenza che non andavo in un posto del genere, e devo dire che c'è stata una sensibile evoluzione. Soprattutto nei primi piani, dove ho trovato nuove tecniche che...».

«Sì, immagino. Ma veniamo a noi, per favore. Quanta gente c'era in sala?»

«Otto, escluso me. Non fanno intervallo, cercano di offrire alla gente il modo di non farsi vedere e questo credo sia il motivo per cui si sono dati appuntamento là. Florescu e l'uomo che ha incontrato erano gli unici seduti vicini, gli altri erano sparsi per la sala. Non potevo accostarmi molto, se ne sarebbero accorti.»

Andrea chiese:

«Quindi non l'hai visto? L'altro, intendo. Non hai una descrizione?».

Marco fece segno di no, frustrato.

«Florescu è entrato in sala che era già iniziato il film, se lo vogliamo chiamare film. Io ero subito dietro. Si è seduto, è andato a colpo sicuro, sapeva dove andare. Posso dire che l'altro era un tipo grosso, spalle ampie e testone, parlava senza girare la testa, era il ragazzo ad agitarsi, pareva concitato. Ma erano sagome, posso sbagliare.»

Tamburi chiese, neutro:

«E poi fammi capire come accade, Sfinzi, che uno come te, che ha fatto l'addestramento che ha fatto, si perde uno grande e grosso che sta in un cinema con altri otto. Escluso te».

Nella stanza calò il gelo. Marco aprì e chiuse la bocca un paio di volte, poi disse stridulo:

«Capo, ma che potevo fare, mettermi ad arrestare la gente? A un certo punto Florescu si è alzato e si è avviato verso la porta, ero solo, mica potevo lasciarlo...».

Massimiliano si voltò di scatto. Sguardo di ghiaccio, palpebre socchiuse, viso scolpito nella pietra. Sara riconobbe i segni di un'ira furiosa e repressa.

«Dunque tra un soggetto noto, che andava in un luogo noto dove lo vediamo rientrare ogni sera e dal quale era appena uscito, e uno ignoto di cui nemmeno conosciamo la figura intera e che è l'unico contatto esterno al gruppo dei romeni di cui abbiamo traccia, tu hai scelto il primo. Giusto. Bravo, Sfinzi. Sono fiero di te.»

L'unica cosa che si mosse nella stanza fu il labbro superiore di Andrea, che ebbe un fremito.

Massimiliano tornò a volgersi verso il panorama inesistente.

«Comunque abbiamo un contatto. E che cosa possiamo capire da questo contatto, Pandolfi?»

Sara sorrise tra sé al pensiero che se uno nasce insegnante, insegnante rimane. Tamburi diceva spesso che il primo compito di un dirigente è istruire la squadra, e non mancava di farlo.

Teresa rispose, pronta:

«Be', capo, le modalità dell'incontro tradiscono segretezza. Un cinema a luci rosse non è certo un posto comodo per fare quattro chiacchiere. Mi pare evidente che i due non volevano essere visti insieme».

«Giusto. E cos'altro, Andrea?»

«Che il processo decisionale interno è delegato al solo Florescu, capo. Mi sembra chiaro. L'unico che può parlare per il loro collettivo. In caso contrario, il tizio avrebbe incrociato uno degli altri, che sono andati in giro come risulta dai rapporti. Mentre lui, Ion, è restato a casa tutto il tempo.»

Massimiliano si rivolse ancora a Marco, che se ne stava a capo chino e rosso in viso:

«Vediamo, Sfinzi, se ti riabiliti. Che altro possiamo concludere sul nostro misterioso interlocutore? Non sappiamo chi è, voglio dire: ma possiamo capire chi non è, dal comportamento».

«Be', non è un ragazzo. Altrimenti gli sarebbe stato facile incontrare Florescu da qualche parte, all'università o per strada.»

Il dirigente si girò di tre quarti. Sembrava meno negativo.

«Giusto. E che altro?»

Marco rifletté:

«Non è una donna, dato il posto. E secondo me, non è nemmeno italiano».

«Davvero? E perché arrivi a questa conclusione?»

«Per le stesse ragioni di prima, capo. Una conversazione casuale in un bar, al supermercato. Hanno parlato per pochi minuti, un incontro così poteva avvenire in qualunque contesto, sarebbe passato più o meno inosservato anche a noi. Ma se è uno straniero, soprattutto non connazionale di Florescu, sarebbe stato evidente. Credo.»

Tamburi annuì, girandosi del tutto.

«Interessante, anche se su questo mi sento meno sicuro che sul fatto che non sia un giovane. Ma un'altra cosa mi dà da pensare. E se dovesse essere vera, cambia molto. Vediamo se qualcuno segue il filo dei miei pensieri.»

La voce di Sara giunse, pacata, dal solito posto in disparte:

«Sanno di essere sorvegliati».

Tutti si voltarono verso di lei. Marco e Teresa spalancarono gli occhi, sorpresi. Andrea sorrise come avesse udito una musica celestiale. A Massimiliano brillarono le pupille.

«Davvero, signora? Così, senza dubbi né incertezze? Perché la sua è un'affermazione, mi pare. O sbaglio?»

Sara seguitò, come parlando fra sé. Lo sguardo era concentrato nel nulla in basso.

«La camminata di Florescu, mentre andava verso il cinema, non era la solita. Era rigido, teso. Voleva dare l'impressione di passeggiare, ma teneva la testa incassata, le mani affondate nelle tasche. Veloce, come quando si va a fare qualcosa di brutto ma che si deve fare per forza, per togliersi il pensiero in fretta. Il passo era lungo, ma l'andatura non lineare. Incerto, fino alla fine.»

Tamburi non nascondeva la soddisfazione.

«E quindi?»

«L'orario. Il luogo, come abbiamo detto. La brevità del colloquio, limitato al minimo indispensabile. Soprattutto la scelta dell'oscurità, per evitare fotografie. E a sapere della sorveglianza non era Florescu, ma l'altro.»

«Perché?»

«Semplice, dottore. Perché se il timore l'avesse avuto Ion, non avrebbe scelto quel luogo per l'incontro. Ho letto i suoi elaborati per la tesi, è rigido dal punto di vista ideologico. Un cinema a luci rosse è il tempio della lascivia e del degrado occidentale. Entrare in quel posto per lui è come andare all'inferno.»

«Il che ci porta a farci due domande e ad aggiungere un'affermazione. Le domande sono: come sa questo personaggio che sono sorvegliati? E soprattutto, chi è? Mentre l'affermazione è che...»

Andrea concluse, a bassa voce:
«Che in effetti qualcosa per cui vale la pena di sorvegliarli c'è».
Tamburi annuì.
«Infatti. Ma concentriamoci su Ion Florescu, non perdiamo tempo e risorse sugli altri. Lui e la sorella. Potrebbe essere qualcosa di familiare, in fondo.»

XXII

Il trasporto di Boris non fu semplice.

Mentre guidava torvo, con l'inquietante, enorme presenza illegalmente assisa sul sedile del passeggero trattenuta da un'ipocrita cintura di sicurezza, Pardo rifletteva sul fatto che quella belva aveva sempre costituito un problema, fin dall'ingannevole ingresso nella sua vita tre anni prima.

Ricordava benissimo quel tardo pomeriggio di pioggia battente. L'angoscia per l'ennesimo fallimento di un progetto matrimoniale, la donna che credeva di amare – e di cui adesso faticava a ricordare il nome – che preparava la valigia per rimuovere le proprie tracce dal suo appartamento. L'idea luminosa di un ultimo, disperato tentativo di farla recedere dall'insano (per lui) proposito. La corsa, sotto l'acqua, al negozio di animali all'angolo, col pensiero che nessuna donna, per quanto fedifraga e decisa, avrebbe potuto resistere al proprio uomo che si presenta con un cucciolo scodinzolante.

E ricordava benissimo anche l'arrivo gocciolante in casa con quel batuffolo nero, marrone e bianco tra le mani, costato peraltro una cifra blu, per un totale di quattro colori. I begli occhi di lei, di un verde profondo e così i colori passavano a cinque, lo sguardo meravigliato da uno zuppo Pardo a uno zuppo cucciolo, spettacolo che nei piani dell'ispettore l'avrebbe portata a un'irrinunciabile prospettiva matrimoniale.

L'effetto fu invece di una clamorosa accelerazione della *exit strategy* della fanciulla, che poteva forse sopportare un voluminoso animale peloso, non certo due.

Andava detto, per onestà, che Pardo aveva subito posto in essere tutti i tentativi di prammatica per liberarsi del cagnolino. Il perfido commerciante rifiutò la restituzione, per una precisa volontà ideologica contraria alle adozioni superficiali. Ben due canili, in rapida successione e con manifesto disgusto nei suoi confronti, gli impartirono lezioni sul fatto che un animale non si getta via come un rifiuto, e che solo pensare a una cosa del genere lo allineava ai peggiori criminali della storia. Un'amica gattara lo inseguì con una scopa fino all'auto.

Nel frattempo Boris ci aveva messo circa quaranta secondi a decidere che non si sarebbe legato tanto a Pardo, la cui presenza gli sembrava un male necessario, quanto all'appartamento divenuto sua definitiva dimora. A tal fine marcò il territorio con ettolitri di urina e con qualche graziosa imitazione di un vulcano in escrementi (in scala 1:1). Sorpreso dal quantitativo abnorme di deiezioni in rapporto all'allora limitata taglia, l'ispettore si era spinto a farlo periziare da un veterinario. Il quale, col tono di chi presenta le condoglianze, lo informò che si trattava di un Bovaro del Bernese, razza canina nota per le sue rilevanti dimensioni, e che quell'esemplare si distingueva per essere *oversize* anche all'interno di quel ristretto genoma.

Non è giusto infierire sul povero Pardo raccontando ciò che furono i mesi successivi. In pochi giorni il piccolo Boris cessò di essere il piccolo Boris, per poi approdare in meno di un semestre a misure degne di un pony di media taglia, sviluppando nel contempo il carattere di un teppista a capo di una gang della più degradata periferia. Nessun riconoscimento dell'autorità, pieno conflitto adolescenziale con la figura paterna, applicazione di reiterate violenze domestiche, occupazione militare del territorio, ivi compreso il letto mai diventato coniugale. Pardo retrocedette in fretta allo stato di animale domestico, assestandosi sul divano e mangiando all'impiedi per non essere defraudato delle pietanze.

C'era da dire che Boris era di così ingrato e perfido carattere solo con lui. Col resto dell'umanità, che a differenza del poliziotto considerava propria pari e quindi degna di attenzione, era allegro e cordiale. Con Sara, chissà perché, perfino servizievole; con Viola, filialmente affettuoso.

Dava il suo meglio, però, col piccolo Massimiliano, visto come un fratello minore, compagno elettivo di giochi, da proteggere. Pardo era convinto che se avesse visto l'infermiera introdurre l'ago nel braccino, il Bovaro le avrebbe amputato la mano con un morso.

Era per ottenere un sorriso del bimbo che Pardo, quella mattina di sole fuori stagione, stava trasferendo la belva da casa all'ospedale. La dottoressa Castellini, alla richiesta del bimbo, aveva detto di sì, che non c'erano problemi di ordine immunitario come Pardo aveva sperato per evitarsi il trasporto eccezionale, che anzi una *pet therapy* non poteva che fare bene, allafacciadelpet, aveva mormorato lui guadagnandosi lo sguardo in tralice di Viola.

Pardo teneva molto alla propria auto, un modello sportivo costato uno sproposito che teneva come una reliquia in un tabernacolo. Non sopportava che si sporcasse, e Boris non accettava nemmeno per scherzo di essere collocato sul divanetto posteriore: Davide sospettava che ambisse al posto di guida, e che solo a titolo di compromesso accettasse il prezioso sedile in pelle del passeggero. Ogni volta c'era un addetto alla circolazione che gli mostrava la paletta, e ogni volta, esibendo il tesserino, doveva inventare un'articolata menzogna in merito al trasferimento dell'animale presso una struttura municipale perché costituiva la prova di un crimine. In realtà l'unico crimine era perpetrato dalle zampe che graffiavano ogni superficie della vettura, incidendo a sangue il cuore del proprietario.

Giunto nel parcheggio e liberato Boris dalla cintura, Pardo fece il solito paio di centinaia di metri di sci nautico terrestre fino al cortiletto posteriore dell'ospedale, dove era atteso da Viola, Sara e un trepidante, pallidissimo Massimiliano sulla sedia a rotelle spinta da una nerboruta infermiera, la caposala in persona.

Il Bovaro rivolse un educato cenno di saluto alle donne presenti, ché non si dicesse mai che un cane del suo lignaggio mancasse di buona grazia; poi si fiondò verso Massimiliano che squittiva di gioia.

«Zio Dado, zio Dado, grazie! Grazie, mi hai portato Boris bubu!»

Pardo fu commosso dal fatto che qualcuno si accorgesse anche della sua presenza, al di là della catalizzazione dell'attenzione da parte di Boris.

L'infermiera Maria, con un istintivo passo indietro, esclamò che non aveva mai visto un cavallo così peloso, e con Viola si mise a sorvegliare l'amore assoluto che il bambino e l'animale presero a scaricare l'uno sull'altro, scambiandosi un mese di confidenze arretrate.

Pardo approfittò per sedersi con Sara su una panchina al sole. Gli uccellini cantavano, gli alberi profumavano e la città sembrava zittita dalla bellezza. Il dolore era un concetto lontano, eppure pesava su tutto come un carico insopportabile.

Il poliziotto sussurrò:

«Ci sono novità? Hai scoperto niente di questo misterioso chirurgo russo?».

Sara scosse il capo. Nel sole, la chioma candida sembrava fatta di neve.

«Ho sparso qualche voce in giro, per ora posso fare solo questo. Con vecchi colleghi, perlopiù.»

Pardo fissava ipnotizzato la coda di Boris che, a una quindicina di metri, sferzava frenetica l'aria manifestando entusiasmo.

«Non c'è tutto questo tempo. L'ho realizzato ieri notte, mi sono svegliato di soprassalto quando ci ho pensato. Non c'è tempo.»

Sara avrebbe voluto rassicurare l'amico. Maledetta sincerità, rifletté.

«No. Non ce n'è tanto.»

Pardo si succhiò i baffi, perché non riteneva consono a un ispettore di polizia scoppiare in lacrime nel cortile di un ospedale. Deglutì:

«Ho cercato al computer, ho fatto un po' di telefonate. La dottoressa Castronuovo, un paio d'anni fa, è stata fermata perché andava a curare il figlio di un capoclan latitante. L'ha guarito, però quando hanno preso il tizio l'hanno accusata di favoreggiamento perché sapeva chi era e non ha denunciato dove stava. È intervenuto l'avvocato di un'associazione umanitaria, due minuti ed era fuori. Nessun altro precedente».

«Mi pare da lei, in effetti. Speriamo si faccia viva.»

Viola si avvicinò, mentre Massimiliano spiegava all'infermiera Maria perché Boris fosse il cane più bello del mondo. La ragazza sorrideva, gli occhi luminosi. Pardo e Sara pensarono che da qualche giorno, grazie a Dio, sembrava animata da una nuova forza che l'aveva aiutata a superare il nero sconforto in cui era sprofondata. Si sedette fra loro e disse, salutando il bambino da lontano:

«Lo salverete, vero? Io lo so che se c'è qualcosa da poter fare, lo farete. Salvate il nostro bambino, vi prego. Salvatelo».

Sara non mosse un muscolo. Pardo si alzò di scatto, succhiandosi i baffi.

Da lontano Boris lo guardò, calmo, e gli comunicò che se voleva portarlo via adesso, se lo togliesse dalla testa.

XXIII

Settembre 1990

Nel ristorante, dal tavolo vicino all'ingresso, Sara osservava Ana Florescu pranzare.

Due donne in pausa, in un locale pieno di gente che andava di corsa e cercava di completare il pasto che avrebbe digerito durante l'intero pomeriggio lavorativo, in uno dei negozi o degli uffici del centro. Due donne prese dai rispettivi pensieri. Due donne che non avevano fretta, mentre attorno il mondo vorticava.

Sara era affascinata dalla ragazza. Bellissima: di quelle che quando entrano in un posto attirano l'attenzione di tutti, dei maschi perché subito attratti, e delle femmine per l'eleganza naturale che faceva sembrare alta moda un paio di jeans e un maglione.

Ma ad ammaliare Sara era il caleidoscopio di sentimenti, pensieri ed emozioni che Ana provava. Era esplicita: l'irritazione si traduceva in broncio e sopracciglia corrugate, le grandi pupille nere emettevano lampi; la tenerezza faceva sporgere le labbra carnose, mentre la testa si inclinava; il divertimento le stirava le guance facendo venir fuori due deliziose fossette. E identica era la risposta del corpo, mani e braccia e gambe, e posizione delle spalle, e inclinazione del collo. Tutto di lei esprimeva passioni, convinzioni, idee e reazioni che le attraversavano testa e cuore.

Questo da un lato facilitava il lavoro di Sara, dall'altro creava un territorio di empatia che rendeva complesso il giudizio obiettivo. Ana era una donna, e lei decisamente eterosessuale: altrimenti avrebbe immaginato di potersene innamorare, come vedeva accadere con gli uomini che la incrociavano.

Recando tra le mani una falsa prescrizione elaborata nell'unità, Sara la mattina si era introdotta nel reparto dove Ana prestava servizio, nel caos del policlinico. Non era stato complicato, il posto non si caratterizzava per il rigore dei controlli: il vero rischio era di essere notata dalla ragazza, bruciando la propria permanenza nella sorveglianza. Per fortuna non era accaduto, e aveva potuto assistere a una mezz'ora della sua giornata lavorativa. Il mantello di capelli corvini sul bianco del camice si muoveva leggero da un paziente all'altro, da un collega all'altro, attirando sguardi e commenti che lei accoglieva con una grazia derivante da un'antica abitudine. Ne aveva udito anche la voce, calda e rotonda, resa intrigante dall'accento straniero.

L'idea che Sara ne aveva tratto era che Ana, al contrario degli altri romeni del gruppo, era felicemente inserita. Stava bene in ospedale, stava bene per strada. L'aveva vista uscire la mattina, il viso pieno di tristezza e pena, e dopo cento metri era già distesa e sorridente; e l'aveva vista rientrare la sera, assumendo via via un'aria perplessa e addirittura malinconica.

Sara si era chiesta se dipendesse dalla volontà di essere compresa dai coinquilini e dal fratello in un momento difficile e doloroso; se cioè in qualche modo recitasse, se *indossasse* quell'espressione triste a beneficio di chi avrebbe incontrato di lì a poco. Ma le erano bastati due giorni per rendersi conto che Ana non era in grado di fingere, anzi. Se sembrava triste, lo era: perché quando era felice sprizzava letizia da ogni singolo poro.

Adesso, nel ristorante pieno di gente, Sara riconosceva i segnali di un'aspettativa crescente. Ana cincischiava coi resti di una bruschetta ordinata per ingannare il tempo, guardava l'orologio, tamburellava le dita sul tavolo, giocherellava con le posate, canticchiava in silenzio. E lanciava occhiate verso l'ingresso, a non più di due metri da dove sedeva Sara.

Erano quasi coetanee, ma Ana pareva un'adolescente irrequieta ai primi contatti col ragazzo dei sogni. L'incidenza del sesso era manifestata dal continuo aggiustarsi i capelli, dal tirar fuori uno specchietto dalla borsa, dall'accavallare le lunghe gambe. Si erano accostati già in due, a cui aveva riservato un'espressione di tale disgusto da costringerli a un'immediata marcia indietro.

Sara rifletteva. Il contrasto violento fra le due parti della vita della dottoressa, quella che condivideva col fratello e gli amici e quella che conduceva tra ospedale e relazione sentimentale, era stridente e portava ad alcune necessarie considerazioni. Se fosse stata solo una questione di ambiente malinconico, Ana avrebbe ridotto i tempi di permanenza in casa. Avrebbe diradato la presenza, fino a stare per conto proprio come lo stipendio e la socialità le avrebbero di certo consentito. Ma Sara sentiva che c'era qualcos'altro.

La porta si aprì con un allegro scampanellio ed entrò la persona che Ana attendeva. La reazione della ragazza fu spettacolare. Sembrò che le si fosse accesa una luce dall'interno. Si raddrizzò sulla sedia e agitò una mano, per richiamare l'attenzione.

Sara sentì qualcuno passarle vicino, percepì il sentore di un dopobarba. Vide le spalle larghe e il fisico atletico di un uomo che procedeva svelto verso il tavolo di Ana. Sapeva dell'esistenza di Nicolae Popescu, medico e professore associato all'università, che era stato il giovanissimo insegnante di Ana in uno degli ultimi esami e poi ne era diventato il partner; esisteva un rapporto dei precedenti sorveglianti, nello specifico di Teresa, la quale a margine le aveva detto, allusiva, che era proprio un bel tipo ed era un vero peccato non aver piazzato telecamere nella stanza da letto di Popescu.

Fingendo di mangiare, li osservò mentre si baciavano e chiacchieravano parlando in contemporanea come accade agli innamorati. Non vedeva bene lui, impallato da un grasso impiegato soffocato da una camicia dal collo troppo stretto, intento a divorare un piatto enorme di pasta al forno: ma attraverso l'espressione di Ana, le sembrava di guardarlo di riflesso.

La dottoressa era in estasi. Faceva rapide domande nella loro lingua, annuiva e negava, si illuminava e si rabbuiava come un cielo ventoso in primavera. Sara leggeva parola per parola il racconto della giornata dell'uomo nelle pupille e nel viso di Ana, e si ritrovò a chiedersi da quanto tempo non parlava con il marito, e se a lei e Carlo era accaduto qualche volta di parlarsi come stavano facendo quei due in quel momento.

Fu sorpresa dal pensiero. Non le succedeva mai di riflettere su se stessa durante il lavoro, tantomeno in quei termini. Ma adesso, in una trattoria vicino al policlinico, durante un turno di sorveglianza sul campo, ragionò su quanto fosse insopportabile l'aria in casa, e inesistente il proprio rapporto sentimentale. Il punto non era se amasse ancora Carlo o se non l'amasse più: il punto era se mai l'avesse amato, e se fosse disposta a vivere il resto della vita nell'assenza di quel sentimento.

Si rese conto che il parametro sul quale misurare l'amore, nella quantità e nella qualità, era il coinvolgimento in ogni singola fibra di quella dottoressa romena, dimentica della tristezza che provava quando si ritrovava col fratello malgrado fosse tutta la sua famiglia in quella città tanto lontana, e così raggiante mentre ascoltava chissà quale racconto da quello che era il suo uomo.

Tu, Sara, si domandò, sei disposta a vivere il resto della vita senza provare nemmeno per un minuto un sentimento simile a quello che leggi in faccia ad Ana, che lo descrive meglio di tutti i libri sull'argomento?

L'impiegato grasso si alzò da tavola con difficoltà. Ondeggiò lieve, e Sara ebbe finalmente libera la linea tra i propri occhi e il volto del dottor Popescu, proprio nell'istante in cui il medico aveva interrotto il racconto in romeno per bere un po' di vino.

Come rispondendo a un silenzioso richiamo, Popescu guardò fulmineo verso l'angolo occupato da Sara, dall'altra parte della sala.

Fu un attimo, poi Sara distolse subito gli occhi per concentrarli sul cibo residuo nel piatto, scomparendo dalla scena. Ma in quell'attimo gli sguardi si erano incrociati, e fu come ci fosse stato un suono di sirena, un grido violento, uno scossone brusco.

Sara non pensò al rischio di diventare riconoscibile, e nemmeno ad Ana o a Carlo.

Sara pensò a Massimiliano Tamburi. E sentì un vuoto allo stomaco.

XXIV

Accadde a metà dell'intervento. Fino ad allora tutto era proceduto come da protocollo, tanto che gli altri due operatori, la ferrista, l'anestesista e il paio di infermieri scelti fra una ventina di aspiranti si erano guardati perplessi al di sopra delle mascherine.

Avevano firmato un contratto di riservatezza, erano stati perquisiti due volte, appena giunti nella clinica immersa nel verde a un'ora da Ginevra e all'ingresso del complesso operatorio, per essere certi che fossero privi di dispositivi che consentissero riprese video. L'ambiente sopra la sala, al di là di un vetro spesso, era deserto e presidiato da una guardia.

Popov era stato chiaro nelle istruzioni che aveva impartito. Nessuno lo avrebbe visto prima dell'arrivo in sala, nessuno lo avrebbe incontrato dopo. Ogni dettaglio era stato concordato al millesimo, gli esami clinici e le immagini erano stati visionati da remoto, tutto era stato organizzato con cura.

La bambina era canadese, questo gli era stato detto. Il resto concerneva la patologia e la presunta inoperabilità. «Non operabile». Era questo che gli dicevano, la barriera contro la quale tutti si infrangevano. No, non tutti. Lui no.

La prima, lunga parte era stata usuale. Addirittura il secondo operatore, un insigne primario che aveva una consuetudine con gli studi televisivi delle trasmissioni mediche più celebri, aveva notato più di un tentennamento nell'approccio. Non approderemo a niente, aveva pensato. Lascerà cadere il bisturi nella vaschetta e uscirà lasciandoci nei casini.

Quando era stato chiamato, l'insigne primario aveva sbuffato. Conosceva il caso, gli era stato sottoposto un mese prima: il padre della bambina era un magnate delle comunicazioni. Aveva fatto il giro dei più grandi professionisti, ricevendo sempre un onesto, gentile rifiuto. Non è salutare essere quello che ha ammazzato la figlia del re dei telefoni: non nell'èra dei social e del villaggio globale.

Era una situazione grottesca, quella della piccola Eva. Troppo ricca e famosa perché qualcuno tentasse l'impresa disperata di farla arrivare al quarto anno di vita. Non c'era modo, e magari il disperato tentativo che qualcuno avrebbe fatto nell'anonimato, qui nessuno l'avrebbe rischiato.

Ed ecco uscire Popov dalle nebbie della leggenda. Il più illustre degli ignoti, il più sussurrato degli innominati. Popov. Il russo semimuto che si diceva possedesse una tecnica tanto assurda da non poter essere filmata né descritta nella letteratura medica.

L'insigne primario, presente in qualità di secondo operatore (cosa che non gli accadeva da oltre quarant'anni), immaginava che la cifra pretesa dal russo fosse enorme. Ma non era una questione di soldi: Popov sceglieva quali operazioni fare.

A metà dell'intervento, il russo si arrestò. Era alto, massiccio. Al di sopra della mascherina, lo sguardo calmo non tradiva l'età. Osservò il ventre aperto della piccola Eva. Il suono cadenzato del monitor era l'unico rumore insieme a quello del respiratore. Il russo sollevò la testa, fissò un punto sulla parete di fronte. Chiuse gli occhi.

E a occhi chiusi mosse il bisturi nell'aria, secondo una curva corrispondente a ciò che immaginava. Poi si spostò di lato, come preso da una furia improvvisa. Il terzo operatore si scansò, quasi temendo un contagio. Popov affondò con decisione lo strumento, aprendo nel corpo della bambina un accesso chirurgico del tutto nuovo. I presenti, allarmati, rivolsero uno sguardo supplichevole all'insigne primario, che disse in tedesco:

«Cosa diavolo fa, è impazzito? Ammazzerà la paziente, se ne rende conto? Lei...».

Ma Popov operava a velocità folle. Il terzo operatore provò ad allungare la mano per bloccarlo, ma lui lo scagliò via con un colpo secco. Allora il terzo operatore fece per chiamare aiuto, ma l'insigne primario sollevò le braccia:

«Fermi. State fermi. Lasciatelo fare».

L'intervento durò due ore ancora. Il russo non chiese aiuto, ignorò la strumentazione che riferiva i parametri vitali della bambina, non ricorse ad alcun supporto ecografico o radiografico. L'unica interazione era un'occhiata che ogni tanto scambiava col rianimatore, che annuiva in risposta.

Allo scadere delle due ore, si raddrizzò e fece piombare i ferri nella vaschetta di metallo.

«Chiudete.»

E abbandonò la sala.

Non chiese nulla, non parlò con nessuno. Andò in una stanza allestita in precedenza, si svestì, si lavò con cura, si rivestì. Poi si avviò per un corridoio. Una donna anziana in tailleur lo avvicinò e gli disse a bassa voce:

«Parametri stabili, professore. Il dottor… Il secondo operatore la ringrazia. Lui dice che… che non ha mai visto niente del genere. Niente, mai».

Popov annuì. Il viso era mezzo coperto da una sciarpa, il cappello calcato sulla fronte.

La donna gli porse una busta, con aria di scuse.

«Il padre della paziente, professore. Con infiniti ringraziamenti. Lui le manda a dire…»

«Gli dica di devolvere l'intero importo all'associazione internazionale per la ricerca sul cancro, signora. Magari aggiungendo quello che la paura che ha avuto per sua figlia gli consiglia.»

La donna fece un inchino rigido. Mentre l'uomo si avviava, disse:

«Ah, professore: hanno chiamato dall'ospedale di Amburgo per dire se può sentire CC. Credo sia un codice, vero?».

L'uomo riprese a camminare e uscì nella neve.

XXV

Ottobre 1990

Fra le incombenze meno piacevoli dell'attività di dirigente c'erano le riunioni cosiddette "informali" tra le varie forze dell'ordine a presidio del territorio.

Roma ci teneva molto, si veniva fuori da un momento in cui lo scambio di informazioni aveva portato effetti benefici in varie situazioni. Massimiliano Tamburi, invece, riteneva potenzialmente dannosi quegli incontri tra persone con idee e approcci tanto diversi.

Il punto era che si dovevano fare, e benché si cercasse di rimandarli il più possibile, il momento fatale arrivava. E la funzione non era delegabile.

E così, quella meravigliosa mattina di ottobre, in cui l'estate dava un magnifico colpo di coda e il sole scintillava sul mare, Tamburi dovette salire nell'anonima utilitaria di servizio per andare in questura.

Il tragitto dalla periferia, dove aveva sede l'unità, al centro della città era triste e bello. Palazzi risalenti a un antico periodo di operosa speranza si erano fatti scuri e scrostati per la stessa urticante speranza andata in fumo.

Bambini coperti di stracci giocavano a pallone, come trent'anni prima e come fra trent'anni, pensò con amarezza Massimiliano. La vocazione industriale è in realtà una vocazione alla miseria.

Era difficile, rifletté guidando piano, fare quel lavoro in quella città. Forse per questo aveva immaginato l'unità, insistendo per metterla in piedi. C'era un risentimento che covava sotto la superficie, una violenza trattenuta sempre pronta a esplodere. Si chiese se non fosse per il vulcano, che in realtà è uguale: immobile e all'apparenza simile a ogni altra montagna, e invece minaccioso nel suo silenzio, pronto a distruggere senza pietà ciò che gli sta attorno.

Andò con la mente alla fase di calma apparente che stavano attraversando. Certo, c'erano le faide territoriali: ma non sembrava esserci quella condizione di pericolo che lo Stato viveva dalla fine degli anni Settanta. A parte la questione – forse immaginaria – dei ragazzi romeni, sul tavolo non c'era nulla.

Il pensiero andò a Sara Morozzi. Come una conseguenza, un riflesso involontario che scacciò. Era il contrario di quanto un superiore avrebbe dovuto fare. Poi si trattava di una ragazza più giovane di oltre vent'anni, perdipiù sposata e con un figlio. E Massimiliano, con la fine del proprio matrimonio, aveva deciso di limitare il reparto "donne della sua vita" a incontri casuali e divertenti.

Morozzi era l'esatto contrario di quello che voleva, si disse a disagio mentre aspettava che il semaforo diventasse verde. E lui era di sicuro il contrario di ciò che lei avrebbe voluto. Si domandò quindi, con una punta d'angoscia, per quale dannato motivo ci stesse ragionando in quei termini. Fermò il corso dei pensieri, ben sapendo che quando uno trova decine di motivi per evitare qualcosa, è perché vuole che accada l'opposto.

Giunse nei paraggi della questura e parcheggiò all'esterno. Sarebbe entrato da uno degli ingressi secondari, vista l'esigenza di riserbo che caratterizzava la sua vita. Presentò il tesserino che usava in quelle circostanze, fotografia vera e nome falso, e arrivò contemporaneamente agli altri.

Si salutarono, con un po' di imbarazzo alcuni e con maggiore cordialità altri. Polizia, carabinieri, finanzieri, due magistrati; e un paio di funzionari di altre organizzazioni che, come quella di Tamburi, rivestivano ruoli più riservati e i contorni delle cui attività erano piuttosto indistinti.

Il questore apparì per ultimo, salutò e chiese sbrigativo le relazioni.

Alcuni descrissero situazioni di ordinaria amministrazione; altri quadri più preoccupanti, come l'ipotesi di una guerra tra clan derivante da un vuoto di potere. Massimiliano rifletté che a volte certi arresti, o certe morti naturali, erano eventi meno positivi di quanto potessero apparire.

Poi, nelle pieghe di una delle relazioni minori in coda alla riunione, venne fuori una notizia che gli fece drizzare le antenne. Stava parlando un vicecomandante dei vigili del fuoco, mentre la maggior parte dei presenti sussurrava di calcio e di scudetti o lanciava occhiate spazientite verso l'orologio alla parete. Il vicecomandante era un uomo ossuto dalle lenti spesse che si aggiustava di continuo sul naso, leggendo con voce stridula da un foglio spiegazzato. Esaurita la lista degli edifici pericolanti, delle scuole in cui pioveva dai soffitti e dei palazzi monumentali con gli intonaci a rischio, disse:

«E nella discarica nord è stata ritrovata la carcassa di un ordigno bellico, una bomba della Seconda guerra mondiale. Sono intervenuti gli artificieri, sapete che i ritrovamenti sono molto frequenti, ma non c'è stato bisogno della loro operatività. Nella discarica sono state anche rinvenute due autovetture risultate poi rubate, che...».

Massimiliano lo interruppe:

«Scusi, cosa vuol dire che non c'è stato bisogno dell'operatività degli artificieri?».

La domanda scosse gli altri partecipanti dalla sonnolenza e dal disinteresse. Uno dei magistrati si girò verso Tamburi corrugando la fronte, come a cercare di ricordarsi chi fosse.

«Prego? Di che si parla?»

Massimiliano rispose, freddo:

«Della relazione del vicecapo dei vigili del fuoco, dottore. Stava dicendo che sono intervenuti gli artificieri per il ritrovamento di una bomba della Seconda guerra mondiale».

L'uomo sembrava infastidito.

«E allora? Ce ne sono decine, forse centinaia. Questa città, amico mio, ha subito oltre cento azioni aeree dei cosiddetti liberatori, tra il '42 e il '44. Ne verranno fuori per decenni, nei mercatini se ne vendono pezzi come fermacarte. Qual è il problema?»

Preoccupato per l'attenzione suscitata dal suo intervento, il vicecomandante si affrettò a specificare:

«Comunque non c'è stato bisogno di disinnescarla, perché dentro non c'era niente. Era vuota, insomma».

Il magistrato sogghignò:

«Visto? Non c'era niente. Nessuna strada da chiudere, nessun rischio per qualche struttura, nemmeno l'onere di doverla far brillare da qualche altra parte».

Massimiliano annuì, come a scusarsi.

«Meglio così, dottore. Grazie.»

La riunione si concluse con l'annoiato aggiornamento alla successiva, che tutti speravano fosse indetta più avanti possibile.

Massimiliano si avviò alla macchina, sedette al posto di guida ma non si mosse dal parcheggio. Perché stava pensando.

Pensava al fatto che una bomba da duecentocinquanta chili, di quelle medie usate nei bombardamenti di guerra, conteneva circa centoquaranta chili di tritolo; e quelle di minore dimensione, usate soprattutto dagli aerei più leggeri nelle incursioni notturne sugli obiettivi sensibili, una quarantina.

Pensava al fatto che, al netto di una parte che di sicuro si era deteriorata, quello che ne restava aveva una residua, incredibile potenza.

Pensava che per asportare il tritolo da una bomba inesplosa ma comunque innescata servivano mani esperte e capaci. Quelle di un ingegnere, per esempio.

Pensava che se ad appropriarsi dell'esplosivo fosse stata un'organizzazione, l'involucro vuoto non sarebbe stato certo gettato in una discarica a cielo aperto dove avrebbe potuto essere ritrovato, com'era difatti accaduto.

Pensava che nelle precedenti relazioni delle diverse forze dell'ordine non era emersa nessuna immissione sul mercato clandestino di un quantitativo rilevante di esplosivo. Circostanza che non risultava neppure nei rapporti quotidiani a cui Massimiliano poteva accedere per vie segrete.

Pensava al rischio enorme che si correva a tentare di estrarre l'esplosivo da una bomba, il rischio concreto di saltare in aria con tutto quello che c'era per centinaia di metri attorno. Ci voleva una bella motivazione, insomma.

E pensava a cosa potesse servire tutto quel tritolo a uno che non apparteneva a un'organizzazione criminale, non voleva rivenderlo e ciononostante era disposto a morire pur di procurarselo.

Avviò il motore per tornare in sede. Ma stavolta non guidò piano.

XXVI

Se qualcuno avesse potuto vederlo, sarebbe rimasto affascinato; la stessa fascinazione incantata di quando si assiste a una danza, o ai movimenti fluidi di un animale nel proprio habitat. Un pesce nella barriera corallina, per esempio; o un camoscio tra le rocce dell'alta montagna.

La casa di Andrea Catapano non era concepita per chi ci vedeva. Andrea non aveva mai voluto persone nel suo ambiente, faceva tutto da solo secondo precisi criteri: forme e non colori, spazi e non accoppiamenti, volumi e non tinte. Per la consuetudine dei vedenti alcune cose avrebbero potuto risultare pacchiane, stonate, mal assortite. Per lui, che danzava fra i suoi oggetti, tutto era a posto. Tutto era perfetto.

Nella più completa oscurità, ignaro del riverbero dei lampioni che penetrava dalle fessure delle tapparelle, Andrea si mosse verso lo studio. Se glielo avessero chiesto, avrebbe spiegato in che maniera vedeva. Conosceva e ricordava alla perfezione cosa voleva dire guardare un tramonto sul mare o il riflesso della luna sulla neve; era in possesso dei parametri per affermare che vedere è un concetto che può prescindere dagli occhi, e che se difficoltà ci sono per i non vedenti è perché il mondo viene disegnato da chi vede.

Il mondo esterno, è ovvio. Perché quello interno, la sua tana, era attrezzata per lui. E solo per lui.

Avrebbe spiegato, se gliel'avessero chiesto, che vedere può significare percepire un odore di legno o di cotone, di seta o di bambù, perché la materia conserva il sentore anche dopo anni che è stata trattata e trasformata. Avrebbe spiegato che un dito, il dorso di una mano, un braccio possono percorrere le forme sfiorandole appena e ricostruirle con precisione. Avrebbe spiegato che lo spostamento dell'aria, pure in un ambiente chiuso, ha un suono che un udito raffinato può catalogare e rammentare.

Ma non gliel'avrebbero chiesto. Aveva scoperto presto che nella gente "normale" sentir parlare un cieco della cecità genera disagio e senso di colpa, per cui prova a cambiare discorso in fretta dopo aver commiserato un po'.

Poco male, rifletteva Andrea. L'altrui sottovalutazione era una risorsa importantissima. Pensassero pure che lui e quelli come lui erano in una condizione di inferiorità. Sarebbe stato più facile fare ciò che voleva, tenendosi sottotraccia.

Giunto nell'ampio vano che faceva da studio e da soggiorno, si avvicinò al grande mobile che ricopriva due delle pareti, costruito a mano molti anni prima da un artigiano fidato. Una serie di scaffali alti pochi centimetri ospitava migliaia di astucci in plastica, sul cui dorso c'erano minuscole incisioni di punti e linee secondo un linguaggio non codificato noto solo a chi l'aveva inventato, cioè a lui.

Sapeva dove andare. Le dita scorsero una mezza dozzina di astucci e si soffermarono su uno. Lo tirò fuori e si avviò verso le due poltrone in pelle poste una di fronte all'altra. Sedette, prese il nastro e lo inserì nel registratore sul tavolino, dotato di un paio di cuffie di ultima generazione.

Si alzò e andò in cucina. Le cose andavano fatte secondo una ritualità definita. Prese un bicchiere dall'acquaio e lo portò con sé nello studio. Sostò nei pressi di un mobile bar, prese una bottiglia di armagnac invecchiato trent'anni – una delle rare concessioni al piacere che permetteva a se stesso – e versò due dita di liquido ambrato. Il suono del liquore che cadeva nel bicchiere era un'irrinunciabile anticipazione del piacere.

Tornò a sedere e inforcò le cuffie. Bevve un sorso, aspettò di sentire il sapore e il piacevole bruciore scendere nello stomaco. Si rese conto che stava solo rinviando un momento che avrebbe avuto per lui risvolti tristi e dolorosi: si sarebbe trovato di fronte a un bivio che avrebbe provocato un dilemma assai difficile da sciogliere per la sua coscienza.

Sospirò, e premette il tasto della riproduzione.

Un fruscio lieve, poi qualche rumore ambientale. Davanti agli occhi morti di Andrea Catapano si dissolsero trent'anni, e il suo studio fu sostituito da un ufficio con una grande scrivania su un lato, dietro la quale erano appese una sequenza pluriennale di calendari dell'Arma, la fotografia di un presidente, altre immagini con la costante di un uomo alto in varie fasi della vita, vestito da soldato o in giacca e cravatta mentre riceveva decorazioni con l'aria impacciata.

C'erano un tavolo tondo, un divano in pelle consumato, due poltrone spaiate. Le sedie erano scostate, i posacenere pieni e l'aria pesante. Si era appena conclusa una riunione, tutti erano usciti e a lui, solo a lui, era stato detto di trattenersi.

Andrea ricordò la sensazione di piacere derivante dalla consapevolezza di essere l'unico confidente di Massimiliano Tamburi, colui che raccoglieva strategie e programmi, ma anche debolezze e fragilità dell'uomo che gli era stato amico e di cui, in silenzio, era stato innamorato per tutta la vita. Come ogni volta che il pensiero andava a lui, sentì la puntura del rimorso per aver sempre tenuto in funzione il registratore tascabile, anche quando l'occasione, come in quel caso, era tutto meno che formale.

Lo facevo per poter risentire la tua voce, Massimiliano. Solo per questo. Per cercare inflessioni e toni, per capire meglio qualcosa di te. Per notti e notti, in quei tempi e in questi. Era solo per risentire la tua voce.

Massimiliano stava dicendo, al di là dei trent'anni:

«Quindi la questione è chiusa, va bene così. Speriamo non ci siano ulteriori strascichi, mi dispiace così tanto per lei. Tu che ne pensi, Andrea?».

Sentì se stesso tossire, in imbarazzo.

«Non lo so, capo. Certo, poteva andare in maniera diversa, ma lo sai, i danni collaterali possono essere inevitabili. Non te ne fare un cruccio, ti prego. L'importante era il bersaglio grosso, ti pare? E quello è stato messo a posto.»

Il fruscio gli propose l'immagine di un bel viso pensoso che annuiva. Credette di ricordarlo con le maniche della camicia azzurra arrotolate sugli avambracci bruni, il colletto sbottonato e la cravatta allentata.

«Sì, immagino di sì. Ma non riesco a togliermi quella faccia dagli occhi, tutto qui. Peccato. Degli altri cosa sappiamo?»

La voce di Andrea rispose:

«Se la caveranno. Certo, andranno tenuti d'occhio, il che, detto da me...».

Quello era il punto in cui si sentiva la bellissima, calda risata di Massimiliano. Andrea scherzava sulla propria menomazione solo per farlo ridere, poi consumava quella risata riascoltandola mille volte.

«Che deficiente, che sei. Come se non sapessimo tutti e due, ma lo sanno anche gli altri, che nessuno è in grado di sorvegliare come te. Che fortuna ho avuto, a trovarti.»

«Di' piuttosto: "Quanto sono stato bravo ad accorgermi di te. Prendendoti dall'archivio dove ti avevano gettato come un ferrovecchio". Non ti ringrazierò mai abbastanza, capo, per avermi dato questa meravigliosa opportunità che...»

Come aspettando la battuta di una sinfonia ascoltata migliaia di volte, un dito si alzò sul bracciolo per dare il tempo all'interruzione di Massimiliano:

«Ma smettila. Piuttosto, ascolta, devo dirti una cosa importante e mi devi aiutare. E riguarda... riguarda lui».

«Dimmi, capo. Che succede?»

«Si è organizzato per scappare dal Paese. Comprensibile, credo.»

«Ma… E come? Chi te l'ha detto?»

Ci fu una pausa, poi la voce di Massimiliano calò di volume, e Andrea immaginò che si fosse voltato verso la finestra come faceva sempre.

«L'antiterrorismo ha intercettato una telefonata, non riuscivano a capire alcuni passaggi e me l'hanno sottoposta. Roba facile, ci ho messo poco. Parlava con una sua amica, una nota dell'ultrasinistra che tengono sotto controllo, per questo è emersa. Lei, che in codice chiamano Cicci, gli ha offerto un "passaggio" e ha parlato del Grande Insetto. Quelli dell'antiterrorismo dicono che è il cifrato per Mosca. Che fantasia, eh?»

L'Andrea di oggi ascoltò la perplessità dell'Andrea di allora:

«Ma… e noi lo lasciamo andare, capo? Non lo fermiamo, non lo…».

Lo bloccò la voce attutita di Tamburi, che guardava il cortile attraverso la lastra sporca.

«Sai, ci ho pensato a lungo. Non ha fatto niente. Anzi, in circostanze diverse avrebbe avuto diritto persino a una protezione. Poi, è bravo, dicono. Magari là diventerà ancora più bravo, potrà… potrà aiutare gente. Infine, devo confessarti una cosa.»

Che mi devi confessare, capo? Quale carico mi vuoi dare, che mi porterò addosso per trent'anni e mi presenterà il conto dopo tanto tempo?

La voce di Tamburi divenne più chiara. Con gli occhi della memoria, Andrea lo vide girarsi verso di lui:

«Io voglio che parta. Voglio che se ne vada. Devo dirti di più, Andrea? Lo so che tu vedi molto meglio e più degli altri».

Una pausa, poi l'Andrea di allora parlò, e l'Andrea di adesso, a fior di labbra, ripeté le esatte parole:

«No, capo. Non devi dirmi niente. E lo capisco, credimi. Va bene così».

Nel ricordo, Massimiliano annuì, sollevato. Poi disse:

«Però ti prego: promettimi che non lo dirai mai a lei. Resterà una mia... debolezza. Non lo faremo sapere mai. D'accordo? Promesso?».

Un istante di silenzio, poi:

«Certo, capo. Stai tranquillo».

Andrea allungò il dito individuando subito il pulsante dello stop, e fermò la riproduzione.

Tacque, le cuffie ancora attorno alla testa. Prese il bicchiere e finì l'armagnac.

E ora, pensò, sta a me, capo. O vengo meno alla promessa, e non ho mai mancato a una parola data a te; o contribuisco a salvare un bambino innocente destinato a morte certa, che perdipiù porta il tuo nome. Cosa vuoi che faccia, capo?

Un camion della spazzatura passò sferragliando.

XXVII

Ottobre 1990

Villa Borghese infliggeva a volte delle giornate di una bellezza che Corrado Lembo trovava intollerabile, anche nell'ambito di quelle "ottobrate romane" di cui si parla sempre. L'ottobrata, pensava lui, in città la subisci, fra gas di scarico e angosciante assalto dei turisti: qui, invece, è come se la primavera si facesse largo a spallate in mezzo all'autunno.

Sì, perché i colori sono quelli della stagione che precede l'inverno, mentre in città una bella giornata è una bella giornata, punto. Lo straniamento vero, la contraddizione, l'incoerenza della primavera a ottobre la devi andare a sentire a Villa Borghese.

Così rifletteva Lembo, che romano non era ma a Roma viveva da trent'anni senza interruzione, e quindi si riteneva romano per una specie di usucapione di cittadinanza. Anzi, più romano di chi ci era nato, così come è più cristiano un convertito di chi è stato educato ad avemaria e padrenostro, giacché il piacere di Roma era frutto della ragione e non dell'abitudine.

Era dunque con godimento istintivo che aveva accolto l'ordine di recarsi là, quel pomeriggio di sole e di aria limpida. Di certo meglio, e di gran lunga, delle opprimenti luci artificiali che rischiaravano i corridoi angusti e le stanze pompose del ministero dove svolgeva i due lavori, quello vero e quello finto, talora perdendo di vista quale fosse l'uno e quale l'altro, dato che lo utilizzavano entrambi i superiori quasi che sul funzionario avessero potere di vita e di morte.

Lui però quegli incarichi li eseguiva con lena, perché una carriera si costruisce con condiscendenza e ottime relazioni, oltre che con determinazione ferrea, delazione e capacità di accoltellare schiene. In senso metaforico, s'intende.

Il lavoro vero e quello finto diventavano più facilmente distinguibili se li si pensava come quello segreto e quello emerso. Le scartoffie sulla sorveglianza degli istituti di cultura italiana all'estero erano quello emerso: una montagna di carte su progetti quali l'analisi linguistica degli stilnovisti in Finlandia, il valore storico del melodramma in Spagna, un convegno sull'ermetismo negli Stati Uniti, con liste di spese da valutare e autorizzare.

Quello sommerso, fatto di ammiccamenti, sussurri e biglietti da strappare, riguardava un altro tipo di sorveglianza, di un'altra rete.

Pestando la ghiaia del vialetto verso la panchina dove era diretto, Corrado Lembo rifletté sulla sostanziale somiglianza fra le due attività. Si trattava in effetti della stessa cosa, solo che i progetti della seconda rete non si concretizzavano in liste di spese ma in azioni da compiere, spesso pericolose, spesso letali, sempre illegali: là si doveva camminare sulle uova, perché a eventuali errori non si poteva porre riparo.

Le gerarchie erano chiare, e se un superiore ti dava un ordine, quell'ordine andava eseguito in fretta e senza fare domande. I problemi andavano risolti, non posti; e le soluzioni dovevano essere precise e puntuali, altrimenti non si avanzava di carriera. E Corrado Lembo era determinato, alla sua non più tenerissima età, a dare la scalata ai vertici della struttura.

Quel giorno, all'ora di pranzo, era entrato trafelato un usciere e l'aveva chiamato al cospetto di un uomo, in fondo a un corridoio che partiva da un salone in cima a una rampa di scale, dietro un androne a cui si accedeva da un cortile. Lembo sapeva che a ogni passo corrispondeva un grado. L'uomo, che non si era curato di presentarsi, gli aveva detto che un importante funzionario di una struttura amica di un Paese amico nell'ambito di un'alleanza fra amici aveva bisogno di intrattenere con lui un'amichevole chiacchierata fra amici. Su una tale panchina di Villa Borghese, facciamo alle tre e un quarto.

Lembo gli aveva chiesto come avrebbe riconosciuto quel vecchio amico, ottenendo in risposta uno sguardo vacuo e inespressivo dietro lenti spesse. Era uscito retrocedendo e inchinandosi.

Il lato positivo era Villa Borghese e il suo trionfo di uccellini e colori autunnali. Quello negativo era il dover incontrare da solo chissà chi. Era un mondo difficile, quello. Non si poteva mai sapere.

La panchina era deserta. Lembo individuò una parte priva di guano di storni e sedette, compunto e impacciato. Attese cinque minuti, nell'ambito dei quali guardò l'orologio diciotto volte. Allo scoccare delle quindici e quindici, dal fondo del viale vide giungere un uomo grasso e goffo imbozzolato in un impermeabile sgualcito. Protetto da lenti da sole, ondeggiava su scarpe bicolore che facevano poca presa sulla ghiaia.

Non c'era nessuno intorno, tranne due ragazzi sotto un albero che si baciavano al limite del codice penale, comunque fuori portata uditiva.

L'uomo si lasciò andare sulla panchina. Il collo taurino era segato da un colletto troppo stretto benché sbottonato, i capelli erano lisci e unti. Lembo rimase zitto, lo sguardo fisso davanti a sé, non sapendo cosa dire e soprattutto a chi. L'altro lo osservava, in apparenza divertito:

«Eleganti. Siete così eleganti... che invidia. Noi, se anche ci facciamo vestire su misura spendendo migliaia di dollari, al vostro confronto sembriamo sempre appena alzati dal letto. Chissà come accidenti fate».

Lembo, che andava fiero della propria figura asciutta e degli abiti nei quali investiva, si girò fingendo sorpresa:

«Mi scusi, dice a me?».

L'altro scoppiò in una risata fragorosa, picchiandosi le ginocchia:

«No, no, parlavo con una delle ventisei persone che sono qui attorno, non le vede? Lui, lei, loro due. Sì, dottor Lembo, in effetti parlavo con lei. Complimenti per l'intuito».

Dietro le orecchie di Lembo comparvero due chiazze rosse.

«Capirà, finché non si è certi dell'identità del soggetto con cui si parla, non si dovrebbe...»

L'uomo grasso lo scrutò con la curiosità di un anatomopatologo:

«Perché, adesso è certo della mia identità?».

Lembo sospirò. Il riferimento ai dollari, l'accento anglosassone sguaiato e l'abbigliamento volgare lasciavano pochi dubbi, era vero. Ma non sarebbe stato carino farlo notare.

«No, signore. Ma nemmeno mi serve conoscerla, credo. No?»

«No, non le serve, carissimo. Io invece so benissimo chi è lei e di cosa si occupa nella sua... azienda, diciamo. Ecco perché ho voluto questo appuntamento.»

Lembo si agitò sulla panchina, che gli stava gelando il sedere. L'umidità risaliva attraverso i pantaloni, attingendo l'intimo e l'epidermide meno nobile in suo possesso. Si rese conto che l'altro, sagace, aveva frapposto il brutto ma utile impermeabile tra sé e la pietra bagnata.

«Sarei stato onorato di riceverla in ufficio, signor...»

L'uomo ignorò l'assist.

«No, no. Non si sa mai chi si incontra, e poi mi sarei perso, tutti quei corridoi, tutte quelle scale... Da noi l'ascensore ti porta dritto dove devi andare, il più delle volte sottoterra.»

Lembo provò un brivido. Non avrebbe saputo dire se veniva dai calzoni o dal riferimento macabro dell'altro. Il quale seguitò, cordiale:

«Allora, Lembo, come saprà, o almeno immaginerà, i suoi superiori ci inoltrano con cadenza settimanale i rapporti delle vostre attività sul campo. Intendiamoci, nessuno si illude che siano esaustivi, spesso lamentiamo qualche ritardo, o peggio, qualche... come si dice? Omissione, sì. E non va bene, specie adesso che le cose vanno come vanno in ambito internazionale. Dobbiamo stringerci fra noi, da bravi fratellini. Mi spiego?».

Lembo si chiese se sarebbe mai riuscito ad alzarsi. Il tessuto dei pantaloni pareva ormai cementato alla panchina. Deglutì.

«Posso assicurare che la struttura che fa capo a me invia con puntualità...»

L'uomo fece un cenno vago a mezz'aria con la mano grassoccia.

«Sì, sì, certo, parlavo in generale. Comunque, quello che mi interessa adesso, e per cui ho voluto incontrarla, è un rapporto sull'attività di una vostra unità distaccata, diciamo in una città del Sud. Mi spiego?»

Lembo rilevò la fastidiosa abitudine del ciccione di concludere con quella domanda ogni concetto, quasi parlasse a un deficiente. Annuì, pronto:

«Allora intende l'unità di intercettazione e ascolto. È l'unica struttura indipendente che abbiamo al Sud. Si occupa della decrittazione e dell'analisi di...».

«Sì, lo so di cosa si occupa. E so che è di istituzione tutto sommato recente, che ci lavorano persone che vengono da diverse sezioni, carabinieri, poliziotti...»

«Sì. Sotto la direzione di... di un funzionario molto valido, che...»

«Tamburi Massimiliano, che lei conosce bene perché avete lavorato insieme in più occasioni. Ha ragione, è molto bravo. Come sono bravi quelli che lavorano con lui. Anche troppo, a dire la verità.»

Lembo sbatté le palpebre.

«Cosa intende con “anche troppo”, signore?»

L’uomo parve concentrare l’attenzione sullo spirito con cui i due ragazzi, a una trentina di metri, si scambiavano effusioni.

«Quei due mi ricordano Nashville. Dio, quanto tempo...» Poi si girò verso Lembo: «Sa, a volte succedono fatti che sembrano essere qualcosa e invece sono qualcos’altro. E se uno li ignora, non è biasimabile se crede di dover fermare un processo che invece, in un’ottica più ampia, è un bene che si completi».

Il sedere ormai zuppo e la criptica lezione di filosofia politica diedero ai nervi all’italiano.

«Senta, signore, io non capisco quello che dice. Se vuol essere più esplicito, gliene sarò grato: altrimenti la prego di fare riferimento al mio superiore diretto, che saprà...»

L’uomo si tolse le lenti, rivelando due piccoli occhi neri immersi nel grasso. Privi di espressione, come quelli di un uccello. Senza traccia dell’allegria irridente che aveva avuto fino a un attimo prima, disse:

«Senti, stronzo, io il tuo superiore lo faccio cacciare in due secondi, e se sono qui a perdere tempo con un fesso come te è perché la questione è importante e va risolta subito, senza intermediari. Se avessi potuto farmi vedere in zona, sarei andato io da questo Tamburi e mi sarei fatto accreditare in maniera tale da farmi ricevere dal picchetto d'onore. È chiaro? Fai di sì con la testolina, se è chiaro».

Il cambio deciso di tono, unito all'inquietante spettacolo degli occhi da uccello, fu così sorprendente e repentino che Lembo restò a bocca spalancata.

Si riscosse e annuì deciso, più volte.

L'uomo si rimise le lenti da sole e sorrise, beato.

«Oh, ecco il mio ragazzo, bravo. Allora, le cose stanno così, ascoltami bene.»

E cominciò a parlare, mentre i due giovani sotto l'albero passavano alle vie di fatto e l'umidità del pomeriggio ottobrino calava su Villa Borghese.

XXVIII

Ottobre 1990

Vasile scosse il capo, e siccome in via eccezionale si era lavato i capelli, la chioma fluente si agitò morbida e vaporosa.

«No, Ion, scusami, ma non sono convinto. Punto primo: chi accidenti è, questa persona? Abbiamo uno che lo presenta, che gli fa da garante? Per quale motivo dovremmo fidarci di lui?»

Invece del giovane alto rispose Mihaela, e con tono bellicoso. Negli ultimi giorni era successo qualcosa alla ragazza minuta. Sembrava che la concretezza data a un progetto partito come velleitario e campato in aria l'avesse resa risoluta, e adesso era la più estremista del gruppo:

«E che stai facendo, Vasile, stai assumendo un maggiordomo? Vuoi referenze scritte, una lettera di raccomandazione? Ma ti rendi conto della sciocchezza che stai dicendo, sì?».

Anche Costi, che fumava seduto cupo in un angolo, disse la propria:

«Se hai paura basta dirlo, fratello. Ci vogliamo bene, siamo uniti: tu lo dici e ti defili adesso, prima che cominciamo a organizzarci sul serio. Così tu non sai niente e stiamo tutti più tranquilli».

Vasile quasi strillò:

«Io defilarmi? Ma sei scemo? Ti ricordo che sono stato il primo a dire che si doveva passare ai fatti, che la storia delle rivoluzioni parte sempre da un gesto, da una dimostrazione. Sono io che ho preso il foglio dalla bacheca dell'università, sono io che ho avuto l'idea!».

Ion disse, conciliante:

«Ed è un merito che nessuno ti toglie, credimi. Ora però è necessario passare dalle parole ai fatti. Questo tizio che dice di chiamarsi Jimmy appartiene a un'organizzazione di minatori del Nord dell'Irlanda. Non sono solo comunisti, sono anche vittime dell'Occidente. Lui ha avuto il fratello e la sorella uccisi dai poliziotti della dannata regina, ti assicuro che in corpo ha più odio di noi. Perciò si è offerto di darci una mano».

Vasile disse:

«Ma non sono cattolici, da quelle parti? Credo che una delle ragioni della separazione sia proprio quella religiosa, no? E allora perché ci aiuterebbe in questa… faccenda?».

Costi ridacchiò:

«Ma sentilo, non riesce neanche a pronunciarlo».

Ion rispose a Vasile:

«Sì, infatti, è quello che ho detto anch'io a Jimmy. Mi ha risposto che lui se ne frega, è ateo; ma che questa è proprio la ragione per cui non vogliono farlo loro direttamente, dicono che la gente, l'opinione pubblica che li segue per l'ideale, li abbandonerebbe subito. Perciò mettono a disposizione l'organizzazione, che come puoi capire è molto esperta in questo tipo di azioni, per aiutarci».

Vasile non era convinto:

«Ah, sì? E perché lo farebbero, allora? Se la loro stessa gente gli volterebbe le spalle, perché questo tizio dovrebbe...».

Mihaela squittì:

«Ancora, cazzo? Ma che hai al posto delle palle, si può sapere? Se hai paura vattene, maledizione!».

Ion sollevò la mano verso di lei, continuando a fissare Vasile:

«No, no. È giusto porsi certe domande, ci aiutano a capire, a evitare mosse avventate. Pure questo gli ho chiesto. Mi ha risposto che molti di loro, in contatto con altri un po' dappertutto, capiscono che è adesso il momento di colpire. Che abbattendo un simbolo simile capirebbero dovunque, a est e a ovest, che nessuno si può opporre per ragioni economiche o religiose a un processo per il quale sono morti milioni di uomini e donne. E credimi, lo guardavo in faccia mentre parlava: era sincero, amico mio. Se credi a me, devi credere a lui».

Vasile era agitato. Lanciava occhiate nervose a tutti, incontrando le fiamme che partivano dallo sguardo di Mihaela e il gelo che sputava quello di Costi. Non voleva però cedere:

«Ion, io sono con te e lo sai. Lo sono stato fin dall'inizio. E non ho paura di niente, perché chi decide di fare una cosa come questa non deve avere paura di niente. Ma tu lo capisci, vero, che noi valiamo poco? Che buttarci all'inferno sarebbe una cosa da nulla? Lo so, questo Jimmy ti ha fatto vedere la foto di... quella foto, e tu sei pieno di dolore e rabbia, ma non dobbiamo commettere sciocchezze!».

Costi replicò, pacato:

«Davvero? E allora rispondi tu, cacasotto. Che motivo avrebbe questo tizio, o chiunque altro, di aiutarci per poi fermarci e mandarci in galera? A che servirebbe? Dammi una ragione, forza, illuminami dall'alto della tua immensa cultura politica. Sei un intellettuale, no? Hai tutte le letture che ti servono. Spiega a un ignorante».

Vasile allargò le braccia:

«Ma che ne posso sapere, io? Parliamo così, tra di noi, di questa cosa. Ne parliamo in maniera incredibile per noi stessi, tanto è enorme e assurda. Poi dal nulla emerge un tizio che ha... quella foto, che si offre di risolverci tutti i problemi pratici che, come tu stesso hai detto più volte, Costi, sono quasi impossibili da risolvere, come detonatori, esplosivi, inneschi... E anche di accedere al posto, di poter operare con calma e mettere in atto la cosa. Ma davvero non dobbiamo neppure chiederci chi cazzo sia, questo genio della lampada che realizza desideri? Che facciamo, non guardiamo in bocca al cavallo donato?».

Ion intervenne, col tono di un maestro che spiega a un allievo:

«Vasile, ti ho già detto che mi ha spiegato di essere in contatto con associazioni comuniste romene che operano in clandestinità. Che oggi più che mai in tutto il mondo i comunisti devono sostenersi a vicenda, e che ogni azione non è di poche persone, ma di tutti. Noi siamo la parte terminale, non devi pensare a questo attentato come a una cosa decisa e messa in atto da un gruppo di studentelli lontani da casa, ma a un'azione di guerra mondiale tra capitalismo e comunismo».

Rinfrancato dalla risposta articolata, il ragazzo dai capelli lunghi disse:

«E una cosa di tale vastità la lascerebbero fare a noi? Consentirebbero di premere il grilletto a dita giovani e tremanti?».

Mihaela rise, beffarda:

«Ma che bella immagine, compagno poeta. Che saldezza di ideali».

Ion non le diede ascolto:

«Proprio per questo, invece. Non siamo controllabili, non siamo individuabili. Pensaci, Vasile: non siamo iscritti a un'organizzazione, non facciamo parte di istituzioni, non siamo militari, non siamo nemmeno esuli. Siamo solo un gruppo di ragazzi che studiano in un debosciato Paese occidentale pigro e sonnacchioso. Siamo l'arma ideale, se guardi le cose con obiettività».

Vasile annuì, pensoso.

Ion continuò:

«La partecipazione delle altre entità, mi ha spiegato Jimmy, è totale. Ci daranno piena copertura. Il materiale è già stato procurato, e con l'aiuto di Costi verrà preparato e collocato dove servirà. Poi avremo le istruzioni in merito a come dovremo comportarci, a come dovremo gestire la cosa. Ci è stato detto solo di non fare mosse avventate, di non parlare con nessuno, nemmeno in termini generali. Dobbiamo evitare, fino ad allora, anche discussioni politiche o partecipazioni a manifestazioni. Mi raccomando, Miha, soprattutto tu».

La ragazza assentì, decisa:

«Non preoccuparti, Ion. Sono consapevole di quello che stiamo facendo, so bene che tradirsi adesso metterebbe tutto a rischio. Io ho solo paura di... Lo sai, cosa mi fa paura».

Vasile commentò, ironico:

«Ah, ecco. Qualcosa fa paura anche a te, allora».

Costi specificò:

«Ion, a quello devi pensare tu, nessuno di noi può. E sarà fondamentale. Non è possibile fare in altra maniera».

«Non temete. Non sarà un problema. Non dopo ciò che è successo a mio padre.»

XXIX

«Pronto? Ciao. Mi senti?»

«Ah, eccoti! Ciao! Alla fine te l'hanno detto, che ti cercavo!»

«Sì, sì. Lo sai, mi sposto sempre. Ma prima o poi mi trovano. Mi avvisano e io ti chiamo, anche se da... da utenze improvvisate, come adesso.»

«Infatti, che numero strano... Vabbe', nemmeno te lo domando, dove sei. Come stai, però, te lo posso chiedere, no?»

«Certo, certo. Sto bene, dài, tutto sommato. Sento un po' l'età, forse. Sarà questo modo di lavorare, avrei bisogno di un posto... Un posto più o meno fisso, dove stare quando non faccio interventi.»

«Sono anni che te lo dico: la tua è una scelta difficile. Bellissima, per carità, sia chiaro, ma sai come la penso: ha un valore individuale. Un talento come il tuo dovrebbe essere al servizio della collettività, dovrebbe sostenere socialmente quello che...»

«Cicci, per favore, ne abbiamo parlato tanto. Quando sei in sala operatoria, il paziente è uno solo. Non operi il tessuto sociale, operi una persona. È sempre così. Quindi, se il bambino è africano o svizzero, se è americano o australiano, mi dici cosa cambia?»

«Cambia, cambia molto, perché alla fine su di te non si può fare conto, non si pianifica. Dimmi una cosa, per favore: statisticamente, ti capita di intervenire più su ricchi o su poveri?»

«No, guarda, a me questo discorso non lo devi fare. Io non prendo un centesimo, a stento il rimborso delle spese e quello che mi serve per sopravvivere, e lo sai!»

«Non fraintendermi, so benissimo con quale spirito affronti il tuo lavoro. Ma rispondi alla mia domanda: operi i ricchi o i poveri, tu?»

«Non c'entra niente. Per... per la mia scelta di vita non posso certo andare in strutture pubbliche, ospedali statali, eccetera. Ed è ovvio che nelle cliniche private l'accesso più facile ce l'hanno le persone abbienti.»

«Vedi? Proprio quello che volevo dire io.»

«No invece, e ti spiego perché. Prima di tutto, ogni volta concordo i versamenti che i genitori o i tutori dei miei pazienti dovranno fare alle associazioni di ricerca e di beneficenza. Poi impongo sempre, e dico sempre, che insieme a un paziente proposto dalla rete privata me ne portino uno proposto dai gruppi di protezione e dalle agenzie non governative, che opero a un giorno di distanza.»

«Davvero? E chi controlla che sia così? Hai idea di quanto sia raro e importante un chirurgo che risolva i problemi come fai tu? Pensi di aver operato due bambini di diversa condizione, e invece hai operato due ricchi. Te lo dico io.»

«Sempre la solita, eh, Cicci? Tu e il mutamento del mondo con l'azione dal basso. Ma il mondo non muta. L'ho capito da moltissimo tempo. Comunque, perché mi cercavi?»

«Scusa, ma una dottoressa di periferia non può aver voglia di sentire un caro amico? Magari era solo per scambiare due chiacchiere, in ricordo dei tempi andati. Come sei malpensante.»

«Dài, non scherzare. E poi, come sai, io non ho nessuna voglia di ricordarli, i tempi andati.»

«E invece non bisogna dimenticare, sennò i vecchi debiti non li paga nessuno. I tempi andati non sono abbastanza andati, per dimenticare.»

«Cicci, per favore, parla... Niente metafore, te ne prego.»

«Ti devo presentare una situazione complessa. Ma ti sorprenderò, vedrai.»

«Che situazione?»

«Paziente di circa due anni, tumore di Wilms infiltrato...»

«Cicci, non posso. Ho due in lista ai quali ho già detto che...»

«Aspetta, lasciami finire. Insomma, un nefroblastoma aggressivo e avanzatissimo, la risonanza parla di una massa di dieci per sei, interessamento dei linfonodi paravertebrali, area di necrosi, infarti intramurali. Sta attaccando la vescica, secondo me è questione di un mese, massimo due.»

«Ti ho appena detto che ho due pazienti che sono al limite, perché insisti? E quale sarebbe la sorpresa?»

«La sorpresa, mio caro, è che non ti chiedo affatto di operare questo bambino. Anzi, non devi in nessun caso.»

«Non capisco. E allora per quale motivo me lo stai dicendo?»

«Perché questo, *Herr Doktor*, è il pagamento di un debito antico. Che, dal tuo punto di vista, non è altro che l'esazione di un credito.»

«Cicci, basta. Questa conversazione non è divertente e io sono molto stanco. Se vuoi dirmi cosa accidenti vuoi, fallo: altrimenti, ci sentiamo un'altra volta.»

«Ti racconto. Qualche sera fa, rientrando dopo una giornata che non ti dico, mi ritrovo due persone sotto casa, un uomo e una donna. Lui si qualifica come poliziotto dimostrando di essere due volte stronzo: una in quanto poliziotto e un'altra perché se ne vanta pure, fascista di merda. La donna aveva tutti i capelli bianchi, ma è più giovane di come sembra.»

«Per favore, puoi arrivare al dunque?»

«Sì, ci arrivo. Li faccio entrare, mi dicono del bambino, e indovina chi gli aveva dato il mio indirizzo? Ascione in persona!»

«Davvero? Forse ha imparato la lezione, quel pallone gonfiato.»

«Sì, magari. Ma non è questo il punto. Io ho negato di avere i mezzi per raggiungerti, cosa peraltro vera perché per sentirti devo ricorrere al telefono senza fili di clinica in clinica. Ma mi incuriosiva lei, aveva un modo di guardare che mi faceva pensare a qualcosa. Insomma, c'era un'atmosfera strana, come se... Come se indagassero.»

«Cicci, tu sei rimasta al tempo in cui i poliziotti erano tutti nemici. Avessero avuto qualcosa da nascondere, nemmeno ti avrebbero detto che...»

«Sì, ammetto di averci pensato. E credevo che il bambino fosse finto, che quegli accertamenti fossero falsi, tanto che me li sono salvati sul computer proprio per verificare. Ma poi ho controllato, ed è tutto vero.»

«Continuo a non capire cosa vuoi dirmi, Cicci. Perché non la smetti coi giri di parole?»

«Perché voglio farti capire come ci sono arrivata. Perché la notizia è grossa. Perché forse aspetti da trent'anni quello che sto per dirti. Ecco perché.»

«Ti avverto che sto per chiudere questa comunicazione, Cicci. Ti saluto.»

«Ehi, no! Ma se ti ho detto che non avrai nessun onere da tutto questo, se non quello di toglierti un peso dalle spalle! Perché fai così?»

«Per il semplice motivo che, come ti ho più volte detto in questi anni, io non voglio ricordare. Né nel bene né nel male. Sai benissimo quale impatto ha avuto quella cosa nella mia vita. Ho già dato.»

«Era mia amica, lei. Era anche amica mia. E io non ho dimenticato, e se lo vuoi sapere non voglio superare proprio niente. Quindi adesso mi ascolti, e quando avrò finito sceglierai se ridere, come rido io, o fregartene. Ma mi stai a sentire. Me lo devi. Chiaro?»

«Ti devo molto, sì. E non lo scordo. Dài, parla.»

«Insomma, mi accerto che il bambino esiste davvero. È in ospedale, la primaria la conosco, una in gamba. Ma nessuno può risolvere la questione, almeno nessuno di umano. Chiamo in ospedale, mi qualifico, dico che sono venuti a consultarmi ma non ho il recapito, non me lo danno, la privacy e le solite cose. Ma mi dicono com'è la situazione: la madre è una giovane vedova, il poliziotto è un amico, non un parente.»

«E quindi?»

«E quindi era la nonna, quella che è venuta con lui. Mi avevano riferito anche il nome, che non mi diceva niente, e d'altronde non poteva perché non lo abbiamo mai saputo, all'epoca.»

«Che vuoi dire, Cicci? Perché avremmo dovuto...»

«Perché è lei, Nico. È lei. L'ho vista una volta sola, ma non l'ho mai dimenticata.»

«Non... non ti capisco, Cicci. Non...»

«Ha alzato gli occhi, e io quegli occhi li ho riconosciuti. È la nonna del bambino che tu non opererai. E così avremo quello che ci è dovuto.»

«Ma il bambino che c'entra, Cicci? Noi non...»

«Ne vedo morire tanti, di bambini. Il destino è segnato, l'ho capito dagli accertamenti. Non c'è più niente da fare.»

«E che cosa dovrebbe restituirmi, questo? Cosa dovrebbe restituirci, la morte di un bambino?»

«Il fatto che ha perso un figlio. E che adesso perderà il nipote. Paga anche lei, dopo tanti anni. Vita per vita.»

XXX

Ottobre 1990

Entrarono più o meno insieme, recependo l'urgenza della convocazione di Tamburi a una riunione fuori orario nel suo ufficio.

Ottobre si era messo a fare ottobre. La giornata era di pioggia intensa e umidità infiltrante. Le lastre sporche della finestra erano rigate e picchiettate d'acqua. Giungeva distinto l'urlo furioso del vento imprigionato nel cortile.

Massimiliano attese che prendessero posto.

«Allora, signore e signori, da tutti voi sono arrivati riscontri circa il fatto che non perdevamo tempo a seguire questa traccia. Pertanto dobbiamo ringraziare l'intuizione della signora Morozzi. Credo sia il caso di riassumere la situazione, così faremo quello che ci compete.»

Marco Sfinzi era seduto sul bordo del tavolo, una gamba penzoloni:

«Che sarebbe, capo?».

«Un rapporto articolato a Roma, al ministero; che comunque è già informato di ogni nostra attività, ovvio.»

Sfinzi si strinse nelle spalle:

«E allora che differenza fa? Se ne sono già al corrente...».

Andrea gli rispose, con dolcezza:

«Non è la stessa cosa, Marco. La relazione sulle attività è pura routine, ma il rapporto conclusivo di un'indagine articolata, col richiamo a quello che sta succedendo e l'indicazione di un imminente pericolo di attentato, è altro. Diventa urgente, urgentissimo: e va su tavoli diversi».

Massimiliano annuì:

«Dovremmo inviarlo per conoscenza alle unità operative, che dovrebbero disporre un intervento immediato».

Sfinzi corrugò le sopracciglia:

«Cioè, verremo esclusi? Noi, che abbiamo scoperto tutto?».

Spada, che era esperto nelle procedure, disse in tono didattico:

«Sfinzi, noi siamo un'unità di intercettazione e ascolto. Stiamo sul campo per attuare la sorveglianza, fornendo i risultati ai livelli decisionali. Sta a loro poi, una volta verificate le corrispondenze e le circostanze, stabilire i termini e le modalità di azione».

Marco sembrava una pentola a pressione con la valvola otturata. Teresa sussurrò a Sara che quando diventava così le faceva ancora più sangue.

«Mi state dicendo che noi non siamo tra le unità operative? Che accidenti vuol dire, che quello che facciamo noi, pedinamenti, analisi, intercettazioni ambientali, eccetera non è "operativo"?»

Tamburi rispose, paterno:

«Non è così, Marco. È che noi facciamo il lavoro più importante, per questo ho ottenuto che si formasse una unità a parte e non si continuasse ad avere uno o due elementi che svolgessero questa funzione all'interno di altre strutture. Voi avete fatto un lavoro egregio, e ne sono fiero. Però la redazione del rapporto definitivo deve vederci sicuri al cento per cento di quello che stiamo dicendo, perché poi si attiva un processo che non si può più fermare. È chiaro?».

Andrea intervenne, pacato:

«Forse allora è meglio intenderci bene su questo, capo. Che ne pensi se riassumiamo nei dettagli quello che abbiamo?».

«Va bene. Comincia proprio tu, Marco.»

Il giovane non riusciva a nascondere il proprio disappunto, ma disse:

«L'idea originaria è stata confermata dalle azioni dei sorvegliati negli ultimi giorni. Vasile Ungur si è procurato due giornali che recano il programma articolato della visita del papa, incontrando anche una ragazza dell'associazione studentesca cattolica incaricata di organizzare l'appuntamento con la comunità dei giovani, il quale avverrà il secondo giorno alla Mostra d'Oltremare».

Massimiliano assentì, poi chiamò in causa un altro.

«Spada?»

L'uomo si raddrizzò, sistemò le lenti sul naso e consultò dei fogli fitti di appunti.

«Costi Lupei, lo studente di Ingegneria, si è recato presso un capannone dismesso nell'area industriale. Il tragitto è stato scelto per depistare: mezzi pubblici in direzioni opposte, tappe fuori zona. Purtroppo non c'è stato modo di identificare il contatto, ma al sopralluogo successivo sono saltati fuori pezzi di cavetti e un morsetto che abbiamo prelevato. L'ipotesi è che abbia preso lezioni su come assemblare un ordigno collegato elettricamente.»

Massimiliano chiese, secco:

«Per quale motivo non c'è stato modo di identificare il contatto?».

L'altro arrossì:

«C'erano sei uscite dal capannone, capo, e l'area attorno era deserta. Un avvicinamento sarebbe stato rilevato, e dall'ingresso usato da Lupei non è passato nessuno, tenevamo d'occhio la scena col binocolo. Si sanno muovere, i loro interlocutori».

Tamburi si rivolse a Teresa:

«Pandolfi, la ragazza?».

Bionda si fece trovare pronta:

«Mihaela Sala si è recata due volte al collocamento. Poi ha preso contatto con l'agenzia privata che si occuperà del servizio di supporto all'organizzazione della visita, guardie e gestione degli incontri. Non conosciamo l'esito, perché si tratta di un'azienda che lavora sotto appalto, ma l'ultima conversazione si è svolta all'interno di un ufficio che teneva aperta la finestra e ho potuto decodificare il labiale. Diceva: "Certo, certo, in qualsiasi ruolo". L'agenzia copre l'intera visita, impegnerà un centinaio di persone. Non sappiamo in quale occasione sarà impegnata Sala, ma se raccordiamo l'informazione col contatto di Vasile Ungur con l'associazione cattolica...».

Andrea concluse:

«... dobbiamo immaginare che stiano pianificando l'azione proprio alla Mostra d'Oltremare, il secondo giorno della permanenza papale. In effetti, capo, sarebbe una scelta intelligente: il momento di maggior entusiasmo, l'affluenza massima, il numero enorme dei ragazzi di tantissime organizzazioni di ogni ordine e grado, dai bambini agli universitari».

Massimiliano annuiva:

«A questo si unisce la sparizione dell'esplosivo contenuto nella bomba della Seconda guerra mondiale. Be', mi pare che abbiamo elementi a sufficienza per il rapporto. Lei, signora Morozzi, che ci dice dei due fratelli?».

Sara se ne stava in disparte. Seguiva la conversazione, e intanto coltivava i propri pensieri.

«Entrambi hanno variato solo di poco le abitudini, negli ultimi giorni. Stanno molto insieme, lui va a prenderla al policlinico. In due occasioni, dopo un breve scambio di battute, lei ha pianto: una volta poco, mi è parsa commozione derivante da ricordi, si è anche rammaricata della propria debolezza perché ha rifiutato il fazzoletto che lui le porgeva. La seconda volta è stata più interessante.»

Si era creato un silenzio attento. Gli sviluppi dell'indagine avevano avuto l'effetto di conferire alle parole di Sara una rilevanza che prima non avevano.

Massimiliano quasi soffiò:

«Dica pure, signora».

Sara parlò quasi tra sé, fissando come sempre un punto in basso. Marco Sfinzi, chiacchierando con Spada, aveva detto che per lui era una forma di autismo.

«Purtroppo non capisco la lingua, capo. Ho provato a studiarla, ma ho idea che tra loro i due fratelli usino un linguaggio più... confidenziale, con espressioni dialettali. Insomma, non posso dire niente sui dialoghi. Però, la seconda volta, lui è stato... dichiarativo. Era come se ripetesse qualcosa, parole di altri. Lei ascoltava, poi ho avuto l'impressione che... che lo pregasse. Le spalle in avanti, i movimenti del mento, la mano destra sul braccio di lui. Perfino le ginocchia, lievemente piegate. Era come se lo supplicasse.»

Andrea disse, piano:

«Forse voleva convincerlo a desistere. La ragazza è quella più inserita, con una carriera. Mi sembrerebbe giusto».

Sara si strinse nelle spalle:

«Sì, forse. Ma lui è rimasto rigido, più pallido del solito. Pareva un giudice che aveva pronunciato una sentenza irrevocabile. Poi si è girato e se n'è andato. È stato allora che lei ha pianto».

Seguì un lungo silenzio. Poi Tamburi disse:

«Va bene. Mancano dieci giorni, c'è tutto il tempo per il ministero. Scriverò io il rapporto. Vi ringrazio molto: un lavoro splendido. Potete andare».

XXXI

Ottobre 1990

Non avrebbe dovuto andarci, Tamburi era stato chiaro: gli elementi raccolti erano sufficienti, il rapporto sarebbe stato redatto e chi doveva decidere in merito a un intervento diretto lo avrebbe fatto.

Ma qualcosa di indistinto danzava tra il conscio e l'inconscio, incurante dello squilibrio che causava. E per via della propria natura ordinata, Sara mal sopportava gli elementi non classificabili.

La suddivisione dei compiti aveva fatto sì che a Sara toccasse Ana Florescu, la sorella di Ion, oltre al ragazzo stesso. Aveva preso la faccenda sul serio, e Carlo e Giorgio l'avevano vista a casa pochissimo. Non che le fosse dispiaciuto, in realtà: quando restava da sola col marito avvertiva sempre più forte il disagio derivante dalla consapevolezza di non essere sincera, lei che per mestiere smascherava menzogne.

Doveva ammettere di sentire per Carlo niente di più dell'affetto provato per chi ha condiviso un progetto, ma che poi, sentimentalmente, è rimasto indietro. Aveva persino difficoltà a ricordare di averlo amato, almeno nel senso che adesso dava all'amore. E sospettava che anche lui, dietro il sorriso assente con cui a volte la fissava, provasse il medesimo sentimento. Si chiedeva quanto, dei matrimoni che osservava dall'esterno, dipendesse dalla pigrizia. Quanto fosse un piano inclinato, che faceva rotolare tutto verso un finale già scritto.

Il lavoro l'aiutava, ne era consapevole. Sara non era come gli altri, che allo scadere dell'orario staccavano ed entravano in un'altra vita. Teresa, per esempio, che pure dava enorme importanza alla carriera, si divertiva eccome; la invitava ogni sera ad andare da qualche parte, e Sara sospettava che coinvolgesse Marco Sfinzi nei suoi festini.

Lei, invece, non riusciva a lasciare il terreno della sorveglianza che stava attuando. Quasi che, a forza di interpretare gesti ed espressioni, si calasse in una persona come nella lettura di un romanzo avvincente, di quelli che non si mollano e tengono svegli tutta la notte.

Ana era diventata una specie di ossessione. Il fratello, Ion, era più facile da interpretare perché non viveva conflitti. Era ideologizzato, manicheo, rigido nei giudizi. Il disgusto per l'Occidente traspariva da ogni gesto, non si faceva mai coinvolgere dall'ambiente, ignorava addirittura i corteggiamenti delle colleghe di università, frustrandone ogni tentativo.

Al contrario la ragazza, con la sua bellezza solare, era dilaniata da un conflitto. Al di là dei due episodi di cui Sara aveva parlato in riunione, l'atteggiamento di Ana esprimeva un'evidente prostrazione. Non era preoccupata: era schiacciata dalla preoccupazione. L'occhio esperto di Sara ne rilevava ogni traccia, in corsia e nel tragitto verso casa, quando leggeva su una panchina davanti al policlinico e si fermava ogni due pagine scrutando il vuoto, o quando si passava una mano sulla faccia per cancellare il peso delle notti insonni.

Quella sera Ana aveva un appuntamento col fidanzato, il bel medico romeno con cui ora passava molto meno tempo. Sara aveva pensato di evitare una sorveglianza ravvicinata, a causa dello sguardo che qualche settimana prima aveva scambiato con l'uomo nella trattoria; sentiva che in quell'istante il medico era stato consapevole di lei, e non poteva correre il rischio di essere riconosciuta.

Aveva fatto qualche ricerca: Nicolae Popescu, professore associato di Chirurgia pediatrica; una sorta di giovane talento nel suo settore, stimato e già abbastanza noto, così tanto che qualche malalingua, intercettata da Sara fingendosi una studentessa, asseriva che l'assunzione di Ana come ricercatrice dipendesse da lui. Nessun contatto di alcun tipo con associazioni o gruppi di dubbia finalità, nessuna amicizia discutibile, nessuna dipendenza o vizio, nessuna tendenza al lusso o alla venalità. Una brava persona e un medico davvero capace.

Nell'ultima settimana, Ana lo aveva evitato con una serie di scuse. Niente viaggetti, niente notti nel suo appartamento in collina; nemmeno pranzi insieme, due saluti veloci in ospedale, Sara sospettava sollecitati dall'uomo. Quella sera si sarebbero finalmente visti, lo aveva capito dalla visita della ragazza al parrucchiere a fine lavoro; e l'espressione addolorata, le rughe profonde all'angolo della bocca di lei facevano pensare a un appuntamento tutt'altro che felice.

Per questo Sara, nonostante la chiusura ufficiale dell'indagine in termini per lei più che gratificanti, aveva deciso di assistere all'incontro. Era la conclusione di un percorso, doveva finire quello che aveva cominciato. Un fatto di ordine.

Seguì a distanza Ana, che si avviò a piedi. Camminava svelta, ma per Sara la sua andatura era già una dichiarazione. Gambe rigide, testa bassa, mani nelle tasche del soprabito. Non pioveva più, ma c'era una forte umidità.

La meta della giovane era un caffè con una sala interna. L'accolse il dottor Popescu, con un sorriso che si spense subito appena incrociò lo sguardo di Ana.

Non c'era molta gente, non era facile dissimulare la propria presenza. Sara doveva collocarsi in modo che l'uomo non la vedesse, o l'avrebbe smascherata. Prese posto alla massima distanza possibile, su un lato, così da essere coperta da altri avventori. Da quella posizione scorgeva la schiena di lui e il viso di lei.

Era frustrante non poter capire le parole dalla lettura delle labbra, doversi fidare delle espressioni, dei movimenti. Quando se ne parlava tra colleghi li sorprendeva con una interpretazione più o meno perfetta dei loro pensieri reali, al di là di quello che dicevano: ma c'era un margine d'errore che avrebbe volentieri evitato nella circostanza.

Ana stava parlando fitto. Il labbro inferiore tremava, la gestualità tradiva un'enorme tensione. Stava spiegando qualcosa, un antefatto, Sara ne era certa. Si piegava in avanti, inclinava il capo verso sinistra; ogni tanto allungava la mano verso quella dell'uomo, inerte sul tavolo, ma non la toccava mai.

Le spalle di Popescu erano immobili. La testa, di cui vedeva solo la nuca, era dritta. Non annuiva, non negava. Ascoltava con piena concentrazione.

Eppure, pensò Sara lanciando rapide occhiate senza che nessuno si accorgesse che stava osservando la coppia, c'era qualcosa di strano. Popescu non appariva partecipativo rispetto a ciò che Ana gli diceva. Si sarebbe aspettata un gesto di rassicurazione, di conforto di fronte alla commozione di lei. E invece niente. Perché?

Poteva esserci un'unica risposta: Ana stava forse confessando un tradimento della sua fiducia. Si stava giustificando, cercava di spiegare.

L'illuminazione, come spesso accadeva, sintonizzò Sara su una nuova linea interpretativa. Assunsero un senso rinnovato la contrazione della mascella, l'aggrottarsi delle sopracciglia, il tremito delle mani, il toccarsi di continuo l'avambraccio.

E c'era qualcos'altro. Fierezza, orgoglio, o almeno il riflesso di quei sentimenti. Ana sapeva che Nicolae non sarebbe stato d'accordo con lei, ma aveva delle motivazioni valide, spinte giustificative forti.

A un certo punto, l'uomo rispose.

Sara non ne vedeva l'espressione, non ne udiva la voce e non ne avrebbe capito le parole, eppure la schiena, la nuca, le braccia e persino i piedi sotto il tavolo le parlavano con chiarezza.

Era indignato, preoccupato, avvilito. Fu duro, violento, sanzionatorio: la mano destra si muoveva in orizzontale, come a tagliare l'aria, i muscoli erano tesi, i capelli morbidi saltavano a ogni frase. Sul viso della donna si leggeva frustrazione, angoscia; e anche la triste conferma di ciò che si aspettava, e la paura della solitudine.

Sara si domandava il senso di ciò a cui assisteva. La donna parlava della decisione del fratello e di quanto stava organizzando con gli amici, ne era certa: ma perché quella mortificazione, quella sofferenza? E soprattutto, perché quella reazione di lui? Era in disaccordo, lo si capiva con chiarezza: perché allora non cercava di consolarla, di proporle una soluzione? Perché non la sosteneva, non provava ad aiutarla?

Li aveva visti insieme molte volte, ne aveva percepito l'amore, il coinvolgimento. Popescu non era un uomo duro: al contrario, sapeva ascoltare, era protettivo. Perché ora la maltrattava? Perché era così spietato?

Senza che Sara potesse prepararsi all'evento, l'uomo si girò. Proprio dalla sua parte.

La vide. Sbiancò. Sara teneva in mano un libro che si era portata dietro per l'evenienza: una ragazza insignificante con qualcosa da leggere in un caffè, una sera di ottobre, per prendere calore al riparo dell'umidità. Ma quando Popescu si voltò, i loro occhi si incrociarono.

Di nuovo.

Sara distolse lo sguardo, concentrandosi sulle righe che scorrevano sulla pagina. Il cuore le batteva furioso nelle orecchie. La mente definì i contorni del colloquio che avrebbe tenuto se l'uomo le avesse chiesto conto della sua presenza: ma cosa vuole da me, come si permette, io non l'ho mai vista, se non se ne va chiamo qualcuno.

Ma non ce ne fu bisogno. L'uomo tornò a girarsi verso Ana, e con poche battute secche pose fine all'incontro. Gettò dei soldi sul tavolo, prese il soprabito e uscì svelto.

Passò accanto a Sara, non la degnò di attenzione.

Dall'altra parte della sala, Ana si mise le mani sulla faccia e prese a piangere piano.

XXXII

Ottobre 1990

Corrado Lembo attendeva Massimiliano Tamburi a circa duecento metri dal portone dello stabile in cui, sotto il falso nome di una ditta di import-export, operava l'unità di intercettazione e ascolto.

Il tragitto del responsabile dell'unità cambiava ogni volta, più per rispettare antiche abitudini che per reali esigenze di sicurezza, ma l'ultimo tratto era sempre lo stesso, un pezzo di strada da fare a piedi nel grigio anonimato di una periferia non più popolosa da cinquant'anni. Era perciò facile prevedere il punto da cui sarebbe passato.

Tamburi si accorse di Lembo quasi prima di vederlo, abituato com'era a rilevare le minime alterazioni nel panorama: una figura ferma, in ombra, sul lato della via che stava percorrendo. Non rallentò l'andatura né la velocizzò, ma sbottonò la giacca con la destra senza togliere la sinistra dalla tasca del soprabito. Quando fu a una decina di passi, l'uomo uscì dall'oscurità ridacchiando come per uno scherzo ben riuscito.

«Oh, Tamburi, le vecchie abitudini non muoiono mai, eh? Ma stai tranquillo, nessuna minaccia. Non fisica, almeno.»

Massimiliano fece una smorfia. Riabbottonò la giacca per coprire la fondina sotto l'ascella.

«Devi stare attento, collega. Un sacco di gente c'è rimasta, per colpa del senso dell'umorismo. Qual cattivo vento ti porta da queste parti?»

Lembo gli si affiancò.

«Sii deduttivo, Massi. Se avessi voluto parlarti in via ufficiale di qualcosa di poco importante, ti avrei chiamato al telefono. Se avessi dovuto dirti qualcosa di ufficiale e importante, ti avrei convocato a Roma. Se si fosse trattato di un argomento riservato, ti avrei chiamato da una linea sicura. Se si fosse trattato di qualcosa di riservato e urgente, sarei venuto in ufficio. Quindi, perché mi sono messo a prendere freddo in un portone di merda, in una strada di merda di un quartiere di merda di una città a due ore di macchina, invece di godermi il panorama, si fa per dire, dal tuo ufficio?»

«Sì, in effetti è stata questa la sequenza dei miei pensieri appena ho riconosciuto la tua sagoma antiestetica. E infatti stiamo andando verso un bar. Prima però mi dici perché non nel mio ufficio: capisco l'esclusione di Roma, dove pure i muri hanno orecchie, come si diceva un tempo, ma qui...»

«Non è igienico, Tamburi, farsi vedere. Non lo è mai, se uno fa il mestiere che facciamo noi, ma col grado che ho io. Meglio restare...» fece un gesto vago con la mano, «eterei, come una leggenda. A proposito, ma lo sai che il tuo nome gira tuttora nei corridoi come quello di un eroe mitologico? Al corso di addestramento parlano ancora di quella cosa che facesti a Leningrado, quando...»

Massimiliano tagliò corto:

«Corrado, non riesumiamo salme da un passato che tutto è meno che bello da ricordare. Come mai sei qui: un'altra epurazione in corso? Mi devo preparare?».

L'uomo ostentò una faccia scandalizzata:

«Ma se ti ho appena detto che sei un mito! No, no: tutti contenti, anzi, contentissimi del lavoro che stai facendo qui, e con una squadra raccogliticcia, gente raccattata da altre forze. Io ne sono felice, lo sai, essendo un tuo vecchio, caro amico che...».

«Che mi accoltellerebbe volentieri alla schiena, se ce ne fosse la necessità. Guarda che io ti conosco.»

Lembo considerò la questione con apparente serietà:

«Be', sì, immagino che lo farei. Però mi dispiacerebbe. Questo si può mettere a verbale, almeno».

Sedettero a un tavolino, Massimiliano fece cenno per due caffè.

«Allora, che è successo? Per essere deduttivo, come dici tu, si tratta di un argomento molto serio, urgentissimo e non ufficiale. Quindi, sputa il rospo.»

Il collega sembrò a disagio.

«Senti, Tamburi, non voglio perdere tempo a indorare la pillola: non a te. Mi risulta che oggi tu debba redigere un rapporto che chiude un'attività di indagine svolta dalla tua unità. Non perdere tempo neanche tu a negare.»

Massimiliano lo fissò, muto. Una rabbia fredda gli montava dallo stomaco verso la testa, e sapeva quanto la rabbia fosse una pessima consigliera. Aspettò l'onda, bevve un sorso dalla tazzina, la ripose. Poi disse:

«Adesso, Corrado, mi dici cosa cazzo ne sai del rapporto che devo preparare visto che non l'ho ancora fatto. E chi te l'ha detto, e perché ti interessa. Dopodiché mi alzo e vado in ufficio, perché come hai detto tu, ho una cosa da scrivere».

Lembo era dispiaciuto:

«Sei sempre lo stesso, non vuoi ragionare. Chi può avermelo detto, secondo te? Lo sai che riceviamo il resoconto delle vostre attività settimanali, quindi conosciamo l'indagine anche se non abbiamo letto le conclusioni. Ma davvero credi che siamo i soli a operare sul territorio? Che non ci siano anche... gli altri?».

«Aspetta, aspetta: che significa, gli altri? Non sei qui come rappresentante del ministero, allora?»

L'uomo lo guardò scandalizzato:

«Io? Ma certo che sì, sei impazzito? Voglio dire che il ministero ha recepito le... le necessità di una struttura alleata, e mi ha pregato di venire a parlare con te».

«E a parlare di cosa, scusa?»

Lembo bevve a propria volta un sorso di caffè:

«Mmh, che buono. Soltanto per questo varrebbe la pena di vivere qua, mi dovrai assumere, prima o poi. Allora, Massi, avete fatto un ottimo lavoro: un'intuizione straordinaria e un'attività successiva rigorosa e molto ben svolta. Certo, mancano le conversazioni rilevate, ma capisco che la lingua... Comunque, questi ragazzini che lavorano con te sono bravi sul serio, te ne diamo tutti atto».

«Ma? Perché c'è un ma, no?»

Lembo si asciugò le labbra con un tovagliolino.

«No, no. Su questo non c'è un ma. Il lavoro è ottimo e non si discute. Il ma è a valle. È sull'opportunità di dare seguito all'indagine.»

Tamburi si strinse nelle spalle.

«Ah, ma questo mica compete a me, Corrado. Io faccio il rapporto, ve lo mando e voi decidete se è opportuno o meno dare seguito, non sono fatti che ci riguardano. Liberissimi di ignorarlo o di tenerne conto, gerarchicamente...»

«Ecco, appunto. Gerarchicamente i nostri superiori mi hanno mandato qui per non dare seguito con un rapporto. Perché, come hai detto tu, una volta che è partito si attiva una serie di procedure che i nostri amici, e di conseguenza i nostri capi, non vogliono attivare.»

Massimiliano era rimasto a bocca aperta:

«Scusa, ma stiamo parlando della stessa cosa? Perché si tratta di alcuni ragazzini romeni che si sono messi in testa di fare nientemeno che un attentato al papa, e dico al papa, durante la visita in città dal 9 di novembre. È probabile che non riusciranno nemmeno a entrare, o si faranno saltare in aria preparando una bombetta in un garage. Loro e gli esaltati che gli stanno dando una mano».

«Ecco, Tamburi. Fermati qui. Loro e chi gli sta dando una mano.»

La frase, appena soffiata e in tono piatto, ebbe lo stesso effetto di un lungo, appassionato discorso. Massimiliano sentiva il cuore pulsare nelle orecchie. Mise a posto la tazzina con delicatezza e si guardò attorno come se per la prima volta si rendesse conto di dove si trovava.

«Vuoi dire che... Ma perché? Perché quelli dovrebbero avere interesse a... E per quale motivo noi dovremmo permettergli di...»

«Non sono cose che riguardano te né me. Forse nemmeno sei o sette gradi sopra di noi. E magari non è neppure come immagino io, diciamo. Ma prova a ragionare su una situazione non ancora risolta, in cui in moltissimi posti l'opinione della gente non sia proprio orientata come si potrebbe immaginare. Pensa se questa gente, di fronte a una condizione di perdurante miseria, dovesse essere spinta a rivoltarsi contro i nuovi governanti democratici.»

«Ascolta, Corrado, noi...»

L'altro continuò:

«Pensa se invece questa gente dovesse veder cadere, per mano di un vile, orribile atto terroristico, un santo. Una figura simbolica della bontà del nuovo corso. Capisci, sì? Darebbe una spinta decisiva a tutto, sanerebbe tutto. Risolverebbe tutto. E i rapporti degli agenti sul campo, che arrivano come i nostri, cambierebbero subito di segno. Ma questa è solo la mia immaginazione. Nella pratica, mi si chiede di ordinarti, in via riservata, di fermare ogni attività su questo gruppo di studenti romeni che ovviamente non hanno alcuna intenzione terroristica. In effetti, ti si vuole risparmiare una brutta figura e anche la scrittura di un rapporto inutile, che imporrebbe una serie di operatività prive di senso. È chiaro, sì?».

Tamburi apparteneva a un mondo dove si sapeva quando fermarsi, e soprattutto quando smettere di chiedersi le motivazioni delle cose che succedevano. Un mondo dove agli ordini superiori si rispondeva sissignore, senza eccepire. Massimiliano Tamburi era un soldato, e lo era sempre.

«È chiaro. Ma certe volte, Lembo, e te lo dico in nome dei vecchi tempi che tu hai ricordato, non posso fare a meno di sentirmi stanco.»

L'altro rammentò, in apparenza senza senso, il disagio di una panchina umida a Villa Borghese.

«Anch'io, amico mio. Anch'io.»

XXXIII

Lo vide dalla finestra del corridoio, appena dovette uscire per il cambio della flebo.

Era con Viola, il cui umore sembrava migliorato; ma Sara sapeva che si trattava di una facciata tirata su con razionalità e fatica. Ogni tanto le rivolgeva uno sguardo smarrito, una muta richiesta di aiuto.

Avrebbe voluto non saper leggere i sentimenti e i pensieri. Avrebbe voluto non capire dall'atteggiamento della dottoressa Castellini, dalle rughe, dalle spalle e dalle mani lo spegnersi lento di ogni speranza per il nipotino. Le era diventato così penoso che preferiva non esserci nel momento del quotidiano giro dei letti da parte della primaria. Non essere presente a quel silenzio tanto eloquente.

Viola teneva le mani sul viso. Era stanca, ma davanti al bambino non tradiva nulla che non fosse una testarda allegria. Sara l'apprezzava per questo, ma temeva un collasso emotivo.

Gli occhi le andarono al panorama, e lo vide. Stava in piedi, compunto, davanti all'entrata del padiglione. Soprabito, cappello dalla foggia antiquata, lenti scure. E la testa piegata, come a percepire una musica che suonava solo per lui.

Sara mormorò qualcosa a Viola e si fiondò per le scale, il cuore in gola. Lo trovò dove l'aveva visto. Non dovette manifestare la propria presenza, perché le disse subito:

«Ciao, Mora. La signora che piange è ben vestita, vero? Raffinata, abiti costosi ed eleganti. Una quarantina d'anni, bionda o castana chiara. E ha una borsa piccola. È così?».

Sara lanciò un'occhiata alla panchina a cui Andrea dava le spalle, a venti metri di distanza.

«Bionda, sì. Tutto giusto, ma ha una cartella di documenti sulle gambe.»

«Lo so, ho percepito che li sfogliava, la borsa è a tracolla. Ha un modo di piangere che non ha nulla di sguaiato, il fruscio quando porta le mani alla faccia è di cachemire, roba buona, e il soprabito ha una fodera pesante. Mormora un nome, Luca, ha la voce giovanile, senza inflessione dialettale.»

Sara fu ferita da quell'analisi fredda di un dolore schiacciante. Come il suo.

«Luca è il figlio, è nella stanza di fianco a quella… alla nostra. È in coma farmacologico, clinicamente morto. Le carte di cui avverti il rumore sono i moduli per l'autorizzazione all'espianto degli organi, che lei, che è vedova e ha solo questo bambino, deve firmare. E sì, Andrea, è molto elegante.»

Il cieco sobbalzò, come fosse stato schiaffeggiato.

«Non volevo, Mora. Non era questo che volevo dire. Io non vedo, lo sai: era per la conferma di quello che avevo capito, il dolore l'ho sentito, fortissimo. E mi dispiace. Per questo sono venuto. Per questo sono qui.»

«Perdonami, Andrea. Sono stanca. E sfiduciata.»

L'uomo attese, poi disse:

«Se puoi concedermi un attimo, Mora, vorrei dirti una cosa».

Lei lo prese sottobraccio e lo accompagnò a un'altra panchina, distante dalla porta d'ingresso e da quella dove la madre di Luca faceva i conti con un futuro che le pareva una montagna troppo alta da scalare.

C'era vento, l'aria era ostile nonostante il verde e gli alberi e le foglie. Andrea sedette, lisciò il soprabito sulle gambe con un gesto ordinato.

«Non mi piacciono, gli ospedali. Lo so, non piacciono a nessuno, ma sapessi che cosa orribile per chi ha il mio modo di captare e vedere. La fretta, la speranza, la disperazione. La voglia di fuggire, il non poterlo fare. Io intuisco tutto. E anche tu, povera Mora, anche tu capisci molto più di quello che vorresti. Siamo proprio sfortunati, a volte, eh?»

Sara sorrise triste, sapendo che Andrea se ne sarebbe accorto.

«Sì, Andrea. Siamo sfortunati. E prima ancora che mi parli ti voglio dire grazie per essere venuto fin qui. Avresti potuto chiamarmi, ti avrei raggiunto io.»

L'uomo sorrise a propria volta. Sara pensò che aveva una bella espressione, di quelle che addolciscono e inteneriscono chi osserva.

«No, no. Ho preferito venire io. Te lo dovevo. Era un debito che avevo anche nei tuoi confronti.»

Sara era perplessa.

«Perché dici così? Io sono venuta a chiederti aiuto, e questo... tutta questa cosa che sta succedendo non è certo colpa tua. Forse, invece, sono io, sai. Forse la colpa è mia.»

Il cieco annuì, quasi comprendesse le ragioni di quelle parole. Poi accennò verso il padiglione.

«Come va? Il bambino come sta, come procede?»

Sara avvertì calare una nuvola nera. Sollevò il capo in direzione della finestra del corridoio e intravide il volto esangue di Viola che, immobile e privo di espressione, puntava verso la loro parte. Facendo vagare lo sguardo lungo l'edificio, scorse almeno tre persone che, affacciate, scrutavano loro o la madre di Luca, seduta sull'altra panchina. Nessuno pareva tradire pena, o compassione, o curiosità.

Sembrano loro i ciechi, pensò Sara. Se li potessi vedere, Andrea, sentiresti lo stesso brivido che provo io adesso.

«Non starò a dirti fesserie, amico mio. È un processo che, una volta avviato, non si ferma. Come una clessidra, e tu guardi scendere la sabbia granello dopo granello senza poter fare niente. Lo vedi ridere, lo vedi giocare. Ha gli occhi così pieni di futuro, quando è sveglio.»

L'uomo pareva scolpito nel marmo, sempre piegato in avanti per ascoltare meglio.

«Me li ricordo, sai. Me li ricordo bene, gli occhi pieni di futuro dei bambini. Appaiono più grandi di quelli degli adulti, invece sono uguali: ma hanno tutto quel futuro dentro.»

Sara si sentì soffocare e respinse le lacrime che le arrivavano alle spalle.

Deglutì.

«Dimmi, Andrea. Dimmi, amico mio.»

E Andrea parlò.

XXXIV

Bisogna capire, sai, Mora. Ci sono un sacco di cose da capire, e se chi te le potrebbe spiegare non c'è più, se sei legato a una parola, a un tono di voce, a un movimento che hai colto tanto tempo fa, capire è complicato.

Molto complicato.

Io ho una vita ferma. Come un lago, diciamo, ma è soltanto un esempio. Chi è abituato al mare crede che un lago sia acqua morta, ma non è così: ha solo movimenti diversi. Ci sono comunque le correnti, e i pesci e le barche, e le profondità e gli abissi: ma a guardarlo da fuori sembra un oggetto senza vita.

Io invece la vita ce l'ho, ma è fatta perlopiù di ricordi. Piena di tutte le cose che sono successe, che abbiamo fatto; a volte anche di quello che non abbiamo fatto. Quegli anni, tutti quegli anni, sono stati un mare in perenne tempesta. Mentre noi osservavamo, ascoltavamo, interpretavamo, si preparavano gli anni che sarebbero seguiti. Facevamo la nostra parte e nemmeno ce ne rendevamo conto.

Io ho fatto una promessa. In qualche assurda maniera, trent'anni fa mi è stato fatto giurare di non venire qui da te, per aiutarti a salvare il tuo nipotino. Che assurdità, ti pare? A vederla così, sembra che ci sia stato chi era in grado di prevedere il futuro. E invece no, è l'esatto contrario: è il futuro che è scritto e pianificato dagli eventi del passato. Il destino esiste, Mora, ma è all'indietro. Chissà perché nessun filosofo l'ha mai detto.

Tu la ricordi bene, quella vicenda. L'iniziasti tu, con una delle tue meravigliose intuizioni. Hai sempre avuto questo dono, che non era di leggere il pensiero dal linguaggio del corpo, come pensavamo tutti allora: il tuo dono, la tua incredibile facoltà era di collegare. Di osservare senza pregiudizi, senza decidere prima ciò che avresti visto, e di desumere con semplicità solo ciò che c'era da desumere.

In questo, Mora, tu sei unica. Lo sei sempre stata, e se lui s'innamorò di te è perché lo vide. D'altronde lui vedeva sempre prima quello che gli altri avrebbero capito dopo, magari troppo tardi.

Se ci pensi, sarebbe stato più ovvio non dare peso a quanto dicevi. Eri una ragazzina, appena arrivata da noi, senza esperienza e capace in una materia che non si studia ma che si sente: perché darti ascolto? Invece lui ti ascoltò, e successe quello che successe.

Tu credi che non sappiamo cosa accadde dopo, fino a quando si compì tutto. Credi che sia finita lì, che nessuno si rese conto di te, di quello che facesti. Ma non è così. Forse sarebbe andata in quel modo se a continuare fosse stata Bionda, o Marco. Perfino Spada, stupido burocrate senza fantasia. Ma tu, tu avevi i suoi occhi addosso. Eri davvero convinta che non lo sapesse?

Però era d'accordo con te. La vedeva allo stesso modo, altrimenti ti avrebbe fermata. Seguimmo tutto, quello che accadde lo sapevamo nei dettagli. Attivò una rete di conoscenze, fece delle telefonate, incontrò persone. Fece in maniera che tu fossi protetta, che non ti potesse accadere niente: e non fu semplice, perché di rischi ne corresti, eccome. Senza saperlo, senza mai rendertene conto, Mora. Eri così giovane.

E lui era innamorato di te. Credo di essere stato il primo a capirlo, e per me lui era già una forma indistinta, una macchia di colore in mezzo al grigio. Ma le incrinature della voce, il movimento dei piedi, lo sfregamento della stoffa della camicia quando si tormentava il colletto erano come una confessione diretta. Era innamorato di te e ti dava del lei, e ti chiamava signora, e ogni volta che lo diceva c'era un minuscolo accento di dolore perché signora significava una casa, un figlio e soprattutto un marito.

Ecco perché so cosa ti sono venuto a dire, Mora. Perché non riusciva a tenere per sé questo sentimento. Come un adolescente, come un ragazzino che non è in grado di avere altro argomento che l'amore, ossessionato da un viso o da un corpo, e lo deve esternare e non può, perché non è giusto, perché può significare fare del male, e se vuoi bene a una persona non vuoi che le accada niente di male. Ma almeno ne vuoi parlare, a qualcuno devi farlo sapere, e quel qualcuno fui io, per Massimiliano.

No, non me lo disse mai esplicitamente. Non era quel tipo d'uomo. Ma non poteva non sapere che per me era chiaro come il sole, palese come se mi avesse fatto un discorso lungo un'ora. Era pieno di te, Mora. Col dolore di non poterti avere e di saperti di un altro. Ma almeno poteva proteggerti, questo sì: almeno poteva occuparsi di te. Per uno come lui era più che sufficiente.

È per la necessità di parlarne con me che mi coinvolse fin dall'inizio. Per questo sono in grado di dirti quello che sono venuto a dirti, per questo so quello che so. Non ricordavo tutto, lo ammetto, pure se qualcosa potevo anche dirti l'altra volta, quando sei venuta da me, ma mi hai fatto il regalo di darmi una buona ragione per ascoltare le mie cassette, che sono le onde del lago che sembra fermo ma continua a vivere nei suoi abissi.

La donna, la dottoressa Castronuovo di cui mi hai raccontato, era una collega di Popescu, il fidanzato di Ana. Come spesso fanno i medici, passavano molto tempo insieme. Lei era attiva nei movimenti extraparlamentari, la sinistra radicale, diciamo, quindi Massimiliano seppe di quello che faceva: volantinaggio, attacchinaggio, qualche lancio di pietre, bubù e bubà ma niente di davvero pericoloso. Cicci era il suo nome di battaglia. Le iniziali di nome e cognome, Carolina Castronuovo, in arte Cicci.

Credo fosse innamorata della romena, è omosessuale, aveva pure una fidanzata all'epoca, ma secondo me era pazza di lei. Massimiliano, che ne vedeva le immagini, mi diceva che in effetti era una bellezza, capelli lunghi e lisci, gambe slanciate. Ma il suo amico era lui, Popescu. Non che facessero politica insieme: fu questo che ci spiazzò, credemmo che il movimento di Cicci fosse cointeressato in quell'azione, diciamo così, e invece non c'entrava niente, la lotta armata era già un concetto vecchio e al di là di un po' di confusione in piazza non si andava, figurati un attentato di quella portata.

Ma quando successe quello che successe, lui, Popescu, non aveva altri a cui rivolgersi. Al contrario della ragazza, del fratello e degli altri romeni, lui non aveva contatti. E sapeva come sarebbe finita se fosse andato da quelli là, dagli altri. In fondo era stato lui, indirettamente, a fare quello che aveva provocato il resto.

Certo, avrebbe potuto parlare con te. Anzi, era la soluzione più logica. Mi confrontai con Massimiliano e concertammo un'eventuale modalità: saremmo intervenuti e avremmo fatto in modo che tu non corressi alcun rischio. Ma non ce ne fu bisogno.

Lui in questo fu coerente, interpretò la situazione correttamente. Ne rilevammo l'intelligenza, per essere uno non del settore fece le scelte giuste.

Cicci prese contatto con i suoi vertici, in stretti rapporti con quelli dell'Est che continuavano a sperare che il comunismo resistesse. Lo aiutò ad andarsene, furono molto veloci e discreti. Funzionavano bene, all'epoca. Niente da dire.

Sapemmo di lui, quando partì. Forse avremmo potuto seguirne le tracce, anche se sarebbe stato necessario chiedere un'indicazione a quegli altri, a quelli a cui aveva mandato all'aria i piani, perché l'organizzazione per sapere dov'era non poteva prescindere da loro. Ma Massimiliano non voleva saperlo, per non avere mai la tentazione di doverlo dire a te, Mora. Se tu gli avessi chiesto di lui, di Popescu, ne sarebbe morto.

Gelosia. Soltanto gelosia, niente più di questo. Popescu riuscì a fuggire solo grazie alla gelosia di Massimiliano. Da ridere, a pensarci.

E arriviamo al dunque, Mora. Al dilemma che mi sono posto. Perché Massimiliano, il nostro Massimiliano, che in maniera diversa anima i ricordi dei due laghi che siamo diventati tu e io, mi fece fare una promessa.

Non l'unica, ahimè. Si fidava della mia parola e aveva ragione. Io non venivo meno. Mai. Non a lui.

Ma quando ti sei presentata da me, l'altro giorno, e ti ho udita parlare del bambino, mi è successo qualcosa di strano: io ti ho sentita con le orecchie di lui, di Massimiliano. E ho pensato a quello che avrebbe voluto che facessi.

Per questo sono venuto, Mora, mancando alla mia promessa. Sono venuto a dirti chi è Carolina Castronuovo, perché sa dov'è il tuo dottore. E anche chi è, il tuo dottore.

Perché attraverso chissà quale corrente del lago, il destino del bambino è intrecciato con quello dell'altro Massimiliano. Il tuo, il nostro Massimiliano.

Perché il destino, Mora, si scrive al contrario. Te lo dico io.

XXXV

5 novembre 1990

Sara bussò, in maniera così lieve che a Massimiliano quasi sfuggì. Aveva l'abitudine di non serrarsi dentro se non quando erano in corso conversazioni riservate, dunque il battente semiaperto era un segnale: si poteva accedere.

«Prego, prego. Si accomodi pure.»

Lo disse senza sollevare la testa dal documento che stava esaminando.

Lei entrò e rimase in piedi. Il dirigente le fece segno di sedersi.

«Chiuda la porta, prego.»

Terminò la lettura, tolse le lenti e si accomodò meglio. Sara avvertì tornare sulla pelle la tensione del loro primo incontro da soli, come se nulla fosse accaduto di lì in avanti. Uguale a una scossa elettrica. Si dispose in attesa.

«Cara signora, credo di non averle reso adeguato merito per quello che ha fatto, con l'indagine sui romeni. Non era semplice, agire sul campo è più complesso e articolato rispetto all'analisi delle immagini o all'ascolto delle intercettazioni. Complimenti, davvero.»

«La ringrazio, dottore. Devo riconoscere che è molto gratificante, un sistema tutto diverso di lavorare. Sono tecniche che si affinano col tempo, e sono convinta che...»

Tamburi la interruppe, gentile:

«Certo, e credo lei abbia le qualità per diventare un'agente perfetta. Ne ho visti tanti, pure troppi, in questi anni. Reputo il suo un talento straordinario. Specie nel dissimulare se stessa».

«Che intende, dottore?»

Massimiliano si alzò e andò alla finestra. La giovane si persuase che fosse un modo per non mostrarle l'espressione del viso. Come volesse nasconderle qualcosa. Provò l'ebbrezza di un minuscolo trionfo.

«Intendo che lei, signora, riesce a essere invisibile. A scomparire, a diventare parte dell'arredamento, a perdere evidenza. Una manifestazione fisica di assenza di movimento, di estraniamento dal contesto. Ho l'impressione che emetta onde contrarie all'ambiente, cancellando la presenza.»

Sara taceva, cercando di capire dove volesse andare a parare.

«A ben riflettere, è notevole. Tenendo conto che lei, signora, è tutt'altro che invisibile.»

Era un complimento? Sara riteneva di sì, ma non aveva il coraggio di ammetterlo.

«Ne sono lieta, dottore. Spero di poter essere utilizzata nell'operazione predisposta per sventare l'attentato. Il riconoscimento dei soggetti potrà aiutare non poco, e...»

La schiena di Tamburi la interruppe di nuovo.

«Ecco, appunto, signora. È la ragione per la quale le ho chiesto di venire da me. Perché dopo l'ottimo lavoro svolto, per il quale volevo ribadirle il mio personale apprezzamento, sarebbe stato sgradevole ricevere da altri la notizia che non ci saranno azioni ulteriori.»

Sara sbatté le palpebre, sorpresa.

«Vuol dire che saremo esclusi? Ma non è giusto! Abbiamo dimostrato di essere in grado di...»

Massimiliano si girò. Il viso come pietrificato.

«No, signora. Non siamo esclusi noi. Non ci sarà nessuna azione. Nessuna, in assoluto.»

Sara ebbe un leggero capogiro. Aveva un'anima razionale, e non cogliere la concatenazione degli eventi la disorientava.

«Mi scusi, dottore, non capisco: il nostro, il suo rapporto non è stato tenuto in considerazione? Le conclusioni non sono state soppesate con sufficiente attenzione? Com'è possibile?»

L'uomo fece due passi, le mani in tasca. Si appoggiò allo spigolo della scrivania, a un metro circa da Sara.

«Mi rendo conto, signora, che certi aspetti di questo nostro strano, assurdo lavoro risultino poco comprensibili. Specie a chi, come lei e gli altri ragazzi, è abituato a maggiore chiarezza e semplicità. E cioè io indago, arrivo a determinate conclusioni, queste conclusioni vengono verificate e ci sono le conseguenze: un arresto, un giudizio. Qui questo non succede. Qui anche la verità, una volta raggiunta, viene sottoposta a verifica rispetto all'opportunità del relativo utilizzo.»

Sara fissò gli occhi in quelli di Tamburi. Non lo faceva mai, ma quella volta lo fece. La luce lattiginosa della mattina di novembre, sebbene filtrata dallo sporco della lastra, intensificò comunque quello sguardo. Il cuore dell'uomo parve arrestarsi. Massimiliano pensò di non aver mai visto niente di così bello.

«Dottore, abbia pazienza: ci sarà un attentato all'uomo forse più importante del nostro tempo. Avverrà qui, in questa città che è sotto la nostra giurisdizione, a opera di un manipolo di ragazzi inesperti che si potrebbe fermare con tre vigili urbani. Noi siamo riusciti, per fortuna o per bravura, a individuarli e a ricostruire con precisione le modalità dell'azione, facciamo rapporto e a Roma non danno seguito? Mi scusi, ma la questione riguarda il senso stesso del nostro lavoro!»

Massimiliano non aveva mutato espressione. Se ne stava lì, appoggiato allo spigolo della scrivania, i piedi incrociati. Una parte del dirigente rilevò che non aveva mai visto veemenza in Sara, e lo spettacolo era tutt'altro che sgradevole benché quel fervore fosse indirizzato contro di lui; l'altra parte comprese che con Sara bisognava essere rigidi, se si voleva farla crescere in quella professione.

«Signora, siamo suddivisi in livelli per una ragione, altrimenti ognuno potrebbe autodeterminarsi. Mi è stato detto di non redigere il rapporto e io mi sono uniformato all'ordine, come faccio sempre e come ciascuno di noi dovrebbe fare. Punto.»

Sara fremeva, percorsa da una collera che non sapeva controllare.

«Punto? Punto, dice? Ma si rende conto, dottore, che centinaia di persone ci rimetteranno la pelle, se questi quattro pazzi riescono a portare avanti il piano? Che se ci fermiamo noi, adesso, morirà tutta la gente coinvolta, e chi sopravvivrà avrà la vita rovinata per sempre?»

Tamburi rifletté che in ogni altra circostanza, da ogni altra persona avrebbe rifiutato una simile reprimenda. Ma stavolta si sentiva stringere il cuore.

«Qualcosa, signora, non mi quadrava fin dall'inizio. Chi sostiene i romeni in questo progetto ridicolo? Senza un appoggio forte non avrebbero nemmeno una possibilità vaga di riuscita. Zero. Come una squadra di ragazzini che giocano a pallone in un campetto di periferia con la pretesa di vincere la Coppa dei campioni. Eppure alla fine ci sono riusciti, o almeno così sembra. Come hanno fatto? Lei lo sa?»

Sara rispose, secca:

«Dottore, ma questo che rilevanza ha rispetto alla circostanza che siamo alle porte dell'attentato? L'hanno fatto, tanto basta».

«E invece rileva. Eccome, se rileva. Perché ad aiutarli sono stati gli stessi che mi hanno ordinato di non fare rapporto.»

A Sara girava la testa.

«Ma… ma perché, scusi? Che senso ha? I nostri, o i nostri alleati… Perché non ci hanno bloccati prima, allora? Ricevevano i rapporti sull'attività settimanale, no? Non ci fermiamo! Potremmo noi da soli…»

Tamburi comprese di essersi spinto troppo oltre. Si alzò e disse, duro:

«Non ci siamo capiti, signora. Ordini superiori ci obbligano, non ci chiedono ma ci obbligano, a non dar seguito all'indagine, neppure sul piano burocratico. Qualsiasi cosa accadrà o non accadrà, rientrerà nella responsabilità di chi ha impartito tali ordini».

La donna chiuse la bocca a metà frase. Fissò a lungo il superiore, gli occhi che mandavano lampi. Poi scattò in piedi.

«È tutto, dottore? Posso andare?»

Massimiliano fece per parlare. Invece sospirò e fece cenno di sì con la testa.

Sara uscì. E andò da Teresa.

XXXVI

Percorrendo a piedi la salita che portava al caffè sotto il castello, Sara pensava a Teresa.

Il fatto che per vedersi insistessero nel ricalcare le procedure del vecchio codice era la metafora di un'intesa fra antiche e particolari colleghe: all'interno di una struttura rigida, in mezzo alla concatenazione degli eventi, ma sempre irregolari.

Se dovevano parlare di un argomento già investigato, l'appuntamento se lo davano nella stessa zona del precedente. Così – avevano ragionato da ragazze un'èra geologica prima – se una non si presenta, l'altra saprà in quale ambiente indagare per ritrovare la compagna. Chiaro, sorella?

Non avrebbero potuto essere più diverse, Sara e Teresa. Erano ormai diventate una leggenda da tramandare; loro, che osservavano e intercettavano, più di quelli che andavano sul campo con la pistola nella fondina e l'automobile blindata. Loro, che sorvegliavano in silenzio, più di quelli che operavano dietro le linee nemiche sotto falso nome. La Mora e la Bionda, le due che non fallivano mai.

Sara cancellava il proprio aspetto fino a sparire, Teresa era sempre seduttiva ed estroversa. Sara aveva avuto due soli uomini, Teresa usava e gettava via i maschi come fazzoletti sporchi. Sara non aveva esitato a lasciare il lavoro per stare vicino al compagno malato, Teresa aveva fatto della carriera un imperativo esistenziale.

Quando però le cose si mettevano male, l'una cercava l'altra, e soltanto l'altra. E al di là del tempo e delle circostanze, e malgrado si sentissero poco, l'altra c'era. Era sempre stato così, e sarebbe sempre stato così.

Stavolta fu Sara a prendere posto al tavolino, in attesa. L'aria era plumbea, il panorama declinato in tutte le sfumature di grigio. Aveva un suo fascino, però, con le lontane increspature del mare e la montagna coperta a metà da nuvole basse.

La Bionda arrivò camminando con usuale perizia sui tacchi alti, passo deciso e lunghe falcate. Due ragazzi in scooter per poco non persero l'equilibrio nell'osservare i glutei tonici fasciati da jeans attillati.

Teresa si lasciò cadere su una sedia, ordinando al sollecito cameriere un calice di Chardonnay.

«Le rotture di palle arrivano puntuali all'ultimo minuto, appena devi uscire. Una legge di Murphy che non ammette deroghe. Ciao, Mora. Dimmi del cucciolo.»

Sara l'aggiornò sulle condizioni del piccolo Massimiliano. Nell'udire la propria voce raccontare l'evolversi della situazione, avvertì una morsa stringerle il cuore. La faccia di Teresa era indurita dalla frustrazione.

«Ho capito. Non c'è più tempo... Ho preso informazioni sulla primaria, Castellini Elisabetta. È brava, ottima reputazione, ne parlano tutti bene. Non lo so se è una buona notizia, perché se dice che non si può fare più niente, allora nell'ambito del canonico con ogni probabilità è vero.»

«No, non è una buona notizia, in effetti. Ma corrisponde a quello che avevo immaginato. Così come sono certa che si sia applicata al caso di mio nipote col massimo della professionalità. Da come si muove e da ogni atteggiamento, sono pronta a scommettere che dal suo punto di vista non ci sono più speranze.»

Teresa si strinse nelle spalle.

«Ma noi non ci rassegniamo, giusto? Mica ci diamo per vinte. Andiamo avanti. No?»

La forza che Teresa fingeva di avere commosse Sara. Un groppo le serrò la gola, si portò una mano sugli occhi. Teresa sapeva che, nella gamma delle assai limitate manifestazioni di Sara, quella mano equivaleva allo scoppio di un pianto dirotto. Allungò un braccio, toccò la gamba dell'amica.

«Oh, non ti permetto cedimenti, va bene? Ho detto che salveremo il bambino e, per la miseria, ce la faremo. Mi vuoi stare a sentire, adesso? Perché, piccola Mora, ho delle notizie. La tua Biondina ha fatto i compiti.»

Da sotto la mano Sara annuì, senza la forza di parlare. Teresa allora estrasse un foglietto dalla tasca.

«La tizia è presente negli archivi, come forse saprai. Castronuovo Carolina, Cicci per gli amici o dovrei dire i compagni, dato che ai bei tempi andati era spesso e volentieri sulle barricate: leggendo il discreto curriculum, mi sono fatta l'idea che, se fosse nata una quindicina d'anni prima, avrebbe fotografato gente col giornale in mano sotto la stella a cinque punte.»

«Sì, sì, ero già risalita a questo. So pure che era in contatto con gente all'Est, ai tempi della caduta del Muro.»

«Esatto. E qui entriamo nel merito della faccenda, perché il campo l'abbiamo ristretto. Ho fatto due cose: ho richiesto i tabulati delle utenze a lei intestate e l'ho messa sotto intercettazione. Non adotta particolari cautele, e i rapporti informativi mi confermano che non fa più politica, nemmeno come fiancheggiatrice. Per una che all'epoca si dava da fare, il panorama adesso dev'essere ben triste.»

Sara domandò, delusa:

«Quindi i contatti che aveva non li tiene più?».

La Bionda emise un suono di diniego:

«Non ho detto questo. Ho detto che i contatti dell'epoca con associazioni terroristiche non li ha più. E d'altra parte gli interlocutori sono venuti meno, ti pare? In compenso ha un'interessante frequentazione con delinquenti. È la pediatra d'elezione dei latitanti e delle famiglie di quelli in galera. Se una è contro il sistema da ragazza, lo è anche da vecchia».

«E quindi, ai nostri fini?»

Teresa picchiettò sul biglietto:

«Ti ho detto che ho richiesto i tabulati, ed è emerso che ogni tanto, all'incirca ogni mese e mezzo, la nostra amica fa una telefonata all'estero. Non sempre allo stesso numero: una volta in Svezia, un'altra in Galles, un'altra ancora in Germania. Ce ne sono pure tre in Russia, ma a utenze diverse».

Sara la fissava. L'espressione dell'amica tradiva soddisfazione, ma quello che diceva non portava a niente.

«E come puoi affermare che non sia più in contatto con associazioni terroristiche, allora?»

«Perché si tratta di strutture ospedaliere. Ecco perché. Chiama presso ospedali e cliniche private attrezzati con complessi operatori, ho verificato. Per la verità ho messo al lavoro uno stagista, un ragazzo d'oro ma sexy quanto uno scarafaggio.»

Sara cercava di calmare il cuore in tumulto.

«Cioè, chiama ospedali? E per dire cosa?»

«Ah, questo lo ignoro, sai bene che non ascoltiamo le conversazioni, a meno che non mettiamo qualcuno sotto sorveglianza. E farlo adesso è difficile, perché ci stanno addosso tutti con la dannata privacy, gli avvisi di garanzia, eccetera. Posso dirti che le telefonate di Cicci agli ospedali e alle cliniche non durano mai più di un minuto e quarantacinque secondi misurati con precisione.»

La Mora ne fu sorpresa.

«Davvero? E che significa?»

Teresa ridacchiò.

«Quanto mi piaci quando sgrani quegli occhioni belli. Non lo so che significa; però, entro ventiquattr'ore da ogni telefonata, la nostra cara compagna riceve una chiamata dall'estero. Questa sempre dallo stesso numero, e la durata è assai maggiore, arriva fino a una ventina di minuti. È già più significativo, ti pare?»

Sara fu contagiata dal risolino di Teresa.

«Ed è successo anche di recente?»

L'amica si fece seria:

«Sì, Mora. Stavolta me ne sono fottuta della privacy e degli avvisi di garanzia e ho registrato la conversazione. Si trattava di un caso di forza maggiore, no? In fondo questo nanetto è la mia unica occasione di fare la nonna in condominio, perché tu e io condividiamo tutto».

Sara fremeva:

«E allora?».

Teresa sventolò il foglietto:

«E allora quello che si sono detti è qui, Mora. E dalla lettura che farai per conto tuo quando me ne sarò andata, potrai giungere a tre considerazioni: una buona, una cattiva e una abbastanza clamorosa».

Sara aveva quasi paura di allungare la mano per prendere il foglietto. La brezza volgeva al freddo, il grigio del panorama al nero. Il cameriere, da lontano, attendeva altri ordini.

«Quali sarebbero le tre considerazioni? Dimmi prima questo, Bionda.»

Teresa si morse il labbro superiore in un modo che a Sara ricordò Pardo.

«Quella buona è che avevi ragione, la dottoressa Castronuovo conosce il chirurgo e sa come rintracciarlo. E adesso lo possiamo raggiungere anche noi perché ho fatto mettere sotto rilevazione l'utenza. A meno che non si disfaccia del telefono.»

«Ora dimmi quella cattiva, per piacere.»

Teresa sospirò.

«Questa gran puttana ti conosce e ce l'ha con te. Tanto da dire al tizio che non vuole in alcun modo che si occupi di tuo nipote.»

A Sara parve che ci fosse un piccolo terremoto.

Teresa concluse:

«Quella clamorosa, Mora, è che il tizio, il chirurgo, è lui. Proprio lui, riemerso dall'inferno».

XXXVII

5 novembre 1990

Sara era furiosa, come non ricordava di essere stata mai. Uscita dall'ufficio di Tamburi corse in bagno, si chiuse la porta alle spalle, girò la chiave e restò all'impiedi, la fronte sulle piastrelle fredde, i pugni serrati lungo i fianchi, le unghie nel palmo.

Una condizione lontana dalla sua natura riflessiva e introspettiva, portata al dialogo più che alla discussione. Non era abituata a confronti come quello appena avuto con il dirigente. Anche in famiglia, con Carlo, il rapporto era sempre stato tranquillo, improntato a una reciproca gentilezza, mai passionale. Adesso, invece, sentiva il battito accelerato, il respiro corto.

E quello che era più assurdo, lei, che era sempre stata incline all'obbedienza gerarchica, adesso si confrontava con una insopprimibile voglia di prendere a ceffoni il superiore, il quale pretendeva che accettasse supinamente l'azzeramento del lavoro fatto. Una parte di Sara, quella che continuava ad analizzare qualsiasi emozione, prese atto che tanta passione era una novità assoluta.

Non del tutto spiacevole.

Quando ebbe riacquisito un ritmo normale di respirazione, indossò la solita espressione neutra e tornò in ufficio. Dove, dopo qualche minuto, giunse una trafelata Teresa con uno sbaffo di rossetto su un lato della bocca.

«Ah, Mora, eccoti, per fortuna. Ti devo parlare con urgenza, ma non qui. Usciamo?»

Sara non chiedeva di meglio.

Andarono in un caffè nei pressi. Si accomodarono nella saletta al piano superiore dotata di un paio di tavolini, un soppalco abusivo tirato su per guadagnare spazio ma con l'utilissima funzione di garantire riservatezza fuori dell'ufficio.

Sara scrutò la collega.

«Hai il rossetto sbavato. Che succede?»

La Bionda prese un fazzoletto di carta e si pulì. Era molto bella e lo sapeva. Vestiva alla moda e si comportava da donna fatale pur essendo ancora giovane. Sara si sentiva più vecchia di almeno vent'anni.

«Mi sono sacrificata per la causa. Mi diverto tanto con il lavoro sul campo! Ti racconto: ricordi che sono riuscita a risalire alla richiesta di Mihaela Sala, la ragazza romena, all'agenzia di servizi che recluta gente per la visita del papa? Quella che procura il personale, le hostess, eccetera?»

«Sì, certo. E questo che c'entra col rossetto?»

La ragazza ostentò un'aria di finta superbia:

«Be', ho i miei metodi per ottenere informazioni. E il ragazzo che seleziona le richieste, in quell'agenzia, è molto carino».

«Bionda, dài, ma che combini?»

«Uh, quanto sei antica! Ci siamo visti, nel pomeriggio è da solo in ufficio e le occasioni vanno colte. Mi ha chiamata per dirmi delle assunzioni, e indovina? Mihaela Sala è stata presa.»

L'altra sbuffò:

«Sì, ma la novità che porto io rende inutile questa notizia».

«Davvero? E perché mai?»

Omettendo le sensazioni che aveva provato, Sara le disse quanto le aveva comunicato Tamburi in merito al rapporto non presentato e alla conclusione delle attività sul caso.

Teresa era sconcertata:

«E quindi non ci dobbiamo più muovere?».

«Non solo: non dobbiamo riferire niente. In assoluto. Se ne parliamo, disobbediamo agli ordini. Ti rendi conto? Una cosa così enorme, e noi non dobbiamo fare niente.»

La Bionda andava comprendendo un po' alla volta.

«Incredibile. E d'altra parte, Mora, se questi sono gli ordini, ci conviene uniformarci. Tu vieni dalla polizia di Stato, ma io, che sto nei Servizi, ti posso garantire che se non si seguono le direttive ti fanno un culo che non te lo dimentichi più. Quindi, lasciamo perdere subito.»

Sara era esterrefatta.

«Vuoi dire che sei d'accordo anche tu? Che molliamo permettendo a quei pazzi esaltati di ammazzare chissà quanta gente, oltre che se stessi?»

Teresa annuì, decisa:

«Certo che sì, che vuoi fare? Anzi, per fortuna mi hai avvertita! O sarei andata da Tamburi a pavoneggiarmi per aver scoperto questo fatto della ragazza. Giusto in tempo».

«Scusa, perché? Si sapeva già che Mihaela Sala avrebbe provato a infiltrarsi nel servizio alla Mostra d'Oltremare, no? E d'altra parte ci saranno così tanti ragazzi, vengono da tutta Italia, saranno migliaia a...»

Teresa fece una smorfia:

«E infatti la novità, mia cara signora Morozzi, sta proprio qui».

La sospensione della Bionda fu teatrale, unita a un sorso di caffè sorbito ad arte. Sara sollecitò una risposta:

«Quale accidenti sarebbe, la novità?».

Teresa depose la tazzina. Poi fissò seria la collega.

«Ascolta, adesso che so che l'ordine è di non seguire più la faccenda, non credo sia giusto dirti questa cosa, anche perché il modo in cui l'ho appresa, be'...»

Sara le afferrò una mano.

«Resterà fra noi. Te lo prometto. Ma ho il diritto di sapere, non credi? Con tutto il lavoro che ho dedicato a...»

«E va bene, te lo dico. Ma prima tu mi giuri che non prendi iniziative senza avvisarmi, chiaro? Avanti, giuralo.»

Sara friggeva sulla sedia:

«Dài, Bionda, dimmelo, accidenti! Siamo amiche, tu e io, ricordi?».

«Sì, lo siamo. Dunque, Mihaela Sala non è stata assunta per la Mostra, che è il posto dove si svolgerà l'incontro della seconda giornata, ma per il teatro San Carlo, in cui si terrà l'appuntamento della prima giornata con il mondo della cultura. Però non ti devi preoccupare, lei non potrà fare niente. Devono preparare la platea, gli addobbi, le transenne, faranno tutto il giorno prima.»

La mente di Sara lavorava frenetica.

«Che vuol dire? La ragazza non sarà presente all'incontro col papa? E allora che si è fatta assumere a fare?»

«Boh. Forse pensava di essere utilizzata anche per la Mostra, l'indomani, a volte usano lo stesso personale. O forse è un depistaggio, chi lo sa. Magari ci stiamo preoccupando per niente, e il rapporto è stato fermato proprio perché le alte sfere già sanno che si risolverà tutto con un nulla di fatto.»

Sara si alzò. Percorse un paio di metri nello spazio ristretto del soppalco, cercando di riflettere:

«No, no, significa qualcosa. Devo capire cosa. Ripetimi un po' qual è il programma del primo giorno?».

Teresa sbuffò:

«Dài, Mora, lo sai a memoria anche tu, lo abbiamo studiato nei dettagli, no? Il papa arriva, viene portato in Curia, incontra l'arcivescovo; insieme vanno a piazza del Plebiscito, dov'è allestito il palco, parla alla gente, tripudio di folla, eccetera. Poi va al San Carlo, che è proprio lì di fronte, e parla al mondo della cultura, cioè a scrittori, poeti, artisti e accademici. L'indomani invece incontra i ragazzi alla Mostra d'Oltremare, dove ci sarà una folla oceanica e...».

Sara si era fermata a bocca e occhi spalancati, fissava Teresa:

«Lei lo supplicava, Bionda. Lo supplicava per qualcosa, e io non avevo capito. Era così ovvio, e io non avevo capito, maledizione!».

«No, no, no, Mora, non lo fare. Non ci devi proprio pensare più a questa storia, me lo hai promesso, tu non hai idea di come reagiscono quando non si eseguono gli ordini! Non farlo nemmeno, toglitelo dalla testa!»

Sara annuì. Una luce le brillava negli occhi.

«Gli stava chiedendo perdono, ecco che stava facendo. Gli stava chiedendo perdono, e non per qualcosa che aveva fatto. Per qualcosa che doveva ancora fare!»

Annuì di nuovo, come impazzita.

E andò via, di corsa.

XXXVIII

6 novembre 1990

Nicolae Popescu uscì dall'edificio a fine turno. Tutto in lui tradiva stanchezza per la lunga permanenza in sala operatoria, ma non solo: le spalle curve, l'espressione addolorata, il passo rigido non necessitavano di particolari attitudini interpretative.

Era insieme a tre colleghi, due uomini e una donna tarchiata, che invece chiacchieravano con una certa spensieratezza; il romeno chiudeva il gruppo, avulso dalla conversazione.

Sara stava nell'ombra, confusa col muro scrostato di un palazzo; davanti a lei transitavano scooter e automobili, donne e uomini. Era invisibile, più di sempre. Eppure il dottore alzò lo sguardo come se lei l'avesse chiamato, e la scrutò da una trentina di metri.

Restarono così, occhi negli occhi, separati dal flusso di un mondo che non si accorgeva di loro. Stavolta la ragazza non voleva passare inosservata, non dissimulava la propria presenza come nelle precedenti occasioni in cui si erano incontrati; era comunque sorpresa dal fatto che quell'uomo l'avesse sempre vista, notandola in un contesto in cui usava scomparire con facilità.

Popescu salutò i colleghi e si avviò nella sua direzione. Solo la donna parve incuriosita e seguì malevola il tragitto del medico verso l'indecifrabile figura che sembrava attenderlo; poi fu richiamata da uno degli altri e se ne andò, osservando da sopra la spalla, finché poté, quell'inconsueto incontro.

L'uomo attraversò la strada, prestando attenzione a non rimanere investito, e si avvicinò a Sara.

Rimasero in piedi, l'uno di fronte all'altra. Sara riconobbe che era di eccezionale bellezza, come del resto Ana, la fidanzata. Le pupille nere, curiose, con una scintilla di preoccupazione sul fondo; il naso affilato, la mascella squadrata e le labbra piene, sotto una massa di capelli corvini.

Ruppe lei il silenzio:

«Buonasera, dottor Popescu. Mi scusi per questo incontro senza appuntamento».

«Se è disposta a spiegarmi per quale motivo mi sta seguendo, va bene. Altrimenti non credo di voler parlare con lei.»

«Le spiegherò quello che posso, se c'è un posto dove discutere in via riservata.»

«E me la chiede lei, la riservatezza? Lei, che mi sorveglia da lontano?»

«Mi creda, non è detto che sia l'unica a sorvegliarla. Non è affatto detto.»

Una nuvola di preoccupazione passò sul viso di lui, che tornò all'edificio dal quale era appena uscito. Sara gli andò dietro, anche se non era stata invitata a farlo. Popescu scambiò un cenno col custode e si avviò per un corridoio, entrando poi in un salottino da visita. Chiuse la porta, accese la luce, sedette su una poltrona. Sara prese posto di fronte a lui.

«Devo chiederle chi è, cosa cerca, chi altro dovrebbe seguirmi e perché. Senza queste risposte, dubito di voler procedere col nostro colloquio.»

Si sentiva l'accento romeno, ma lieve: e la scelta delle parole sembrava antiquata, formale. La voce era calda e rotonda, l'espressione quasi fanciullesca. Sara pensò che era davvero affascinante, molto più di quanto le fosse sembrato osservandolo da lontano con Ana.

«Dottore, non posso dirle come mi chiamo e nemmeno a quale... azienda appartengo, anche se sono certa che saprà dedurlo dalla conversazione, se acconsentirà ad andare avanti. E nemmeno posso dirle molto su chi potrebbe sorvegliare entrambi in questo momento, perché con precisione non lo so neanch'io.»

Popescu fece per alzarsi:

«Allora questo dialogo non ha ragione di essere, signorina. La saluto, e la prego di non importunarmi più».

Sara disse, quieta:

«Si tratta di Ana, dottor Popescu. La sua fidanzata, che è in grave pericolo».

Il medico si fermò a metà, le mani sui braccioli. Risedette, lento.

«Senta, non so proprio a cosa si riferisca. La mia ragazza, Ana, è una professionista stimata e non corre alcun pericolo. Ci dev'essere un errore.»

Sara teneva gli occhi sul viso di lui, che ne era ipnotizzato. Non riusciva a distogliere lo sguardo da quelle due lune di un colore indefinibile tra il verde e l'azzurro, come due pezzi di vetro screziato.

«Dottore, non c'è tempo. Non dovrei essere qui, sto correndo un grave rischio, mi creda. E sono certa che lei sappia benissimo di quale rischio parlo. E le dico di più.» Si sporse in avanti, le mani in grembo. «Lei è combattuto, dottore. Quando la sua fidanzata le ha raccontato quello che è intenzionata a fare, anzi, per essere precisi, che è costretta a fare, lei ha reagito male ed è scappato. Perché in realtà vuole prendere le distanze, allontanarsi da questa faccenda senza restarne coinvolto. Ma adesso, a pochi giorni da quella conversazione, non riesce a dormire, sul lavoro è distratto, il pensiero la perseguita e non sa cosa fare. Non ha più cercato Ana, e forse nemmeno lei l'ha cercata, ma è combattuto tra fuggire e invece portarla via.»

Sara aveva tratto la propria sintesi dalla postura del medico, dalla reazione di lui quando Ana gli aveva parlato, dal passo strascicato all'uscita dell'ospedale, dalle occhiaie, dal velo ispido di barba, dalla cravatta allentata e mal accoppiata con la camicia, in contrasto con la ricercatezza nel vestire delle altre volte in cui l'aveva osservato da lontano. Ma anche da ciò che aveva appreso da Teresa, la tessera di un puzzle fino ad allora fuorviante. L'esibizione scenografica delle capacità interpretative di Sara ebbe su Popescu l'effetto di una lettura del pensiero, da parte di una sconosciuta che si comportava come un fantasma.

Il medico si abbandonò sulla poltrona. Diede un rapido sguardo attorno, come per assicurarsi che non stava sognando.

«Io... io non so di cosa stia parlando. E peraltro non credo che i miei rapporti con la signorina Florescu la riguardino e che...»

«La prego, dottore, non c'è tempo. Potrebbe essere già troppo tardi. Mi deve dire cosa le ha detto Ana l'ultima volta che vi siete visti, cosa deve fare, chi la costringe a farlo.»

Il dottore scuoteva la testa, come per un diniego alla situazione più che a Sara:

«Ripeto, non so di cosa stia parlando, signorina. Noi... noi abbiamo avuto un litigio, per questioni... per questioni che riguardano la sua famiglia, ecco. E no, non ci siamo più sentiti da allora, ma non capisco cosa intenda quando parla di tempo e di gente che costringe Ana a fare o a non fare...».

Sara indurì lo sguardo.

«Lei non vuole capire, dottore. La sua ragazza si sta mettendo in una condizione dalla quale non potrà uscire mai più. Non dovrei essere qui a dirglielo, ma è solo uno strumento in mano ad altri. E anche suo fratello Ion lo è, lo sono i suoi amici. Lei è l'unico a poterla fermare.»

Il medico era sconvolto dalla paura.

«Ma le giuro che non so niente, maledizione! Ana mi ha detto soltanto che sarebbe dovuta partire, andare in un posto segreto col fratello, perché lui aveva fatto un casino e doveva aiutarlo! Che si trattava di politica, e Ana sa che io di politica non voglio saperne. Le dispiaceva tanto, mi ha detto solo questo! Per quale motivo ora lei dice che io sono l'unico a poterla fermare?»

Sara si fermò a riflettere. L'uomo era sincero: l'aria sconvolta, le frasi composte senza esitazioni o inciampi, le sopracciglia corrugate e le mani prive di tremito fornivano un quadro univoco. Ana aveva tenuto il segreto anche con lui. La faccenda era più complicata del previsto.

Decise di rispondergli:

«Come le dicevo, la sua fidanzata è di certo sorvegliata e non è contattabile da nessuno al di fuori di chi vede abitualmente. La ragazza nemmeno lo sa, è gente abilissima. Se lei la incontra, può convincerla a ragionare».

Popescu abbassò la voce, quasi ci fosse qualcuno a origliare:

«Io però di lei mi sono accorto... E fin dalla prima volta».

«Sì, è vero. E non me lo spiego, in effetti. Ma è probabile che quella sia gente più esperta di me. Però questo adesso non conta. Conta che lei deve fermare Ana. A ogni costo.»

«Ma fermarla da che, si può sapere? Dal partire col fratello? Dal tornare a Bucarest per sapere che cosa è successo al padre, che è stato arrestato?»

«Non è vero niente, dottore. Non deve partire, almeno non prima di... di fare qualcosa di terribile, che per il suo bene non posso dirle. E non dovrà fare parola di questo colloquio, né con Ana né con nessuno. È una mia iniziativa personale, se qualcuno sapesse del nostro incontro saremmo spacciati entrambi. Mi ha capito? Mi ha capito bene?»

L'uomo annuì. In qualche strana maniera, anche lui riusciva a leggere assoluta sincerità negli occhi di Sara. Lei lo sentì, e ne fu sollevata.

«Quindi mi ascolti: deve prendere un appuntamento con Ana, domani stesso. La porti in un luogo aperto e si posizioni in maniera tale da rimanere lontano e vedere chiunque si avvicini. Le consiglio il molo di Mergellina: camminate fino alla fine, dove non si ormeggiano le barche. È chiaro?»

Di nuovo Popescu fece cenno di sì. Lei continuò:

«A quel punto si faccia dire la verità. Sono certa che ne sarà capace. La convinca che non deve niente a nessuno, che rovinare per sempre la propria vita non ha senso. Le faccia capire che ciò che vuole fare è in perfetta antitesi con la professione medica, la strada che ha scelto».

Popescu ascoltava, via via terrorizzato:

«Ma che deve fare, Ana? Chi la costringe a fare... a fare questa cosa che dice?».

«Non glielo posso dire, dottore. Ma se qualcuno può fermarla, se qualcuno può indurla almeno a pensarci, quello è lei.»

«E come lo sa?»

Perché ho visto come ti guarda, pensò Sara. Ho visto come si prepara alla tua venuta e l'espressione che ha appena arrivi. Ho visto la luce che emana, come cammina quando viene da te e come cammina quando invece si allontana, tanto lenta e triste quanto prima volava felice.

Perché quell'amore riempie la vita, e rinunciarvi è quasi impossibile.

La sua mente andò veloce all'immagine di sé al fianco dello sconosciuto con cui aveva fatto un figlio; e a lei stessa che cercava di calmarsi poggiando la fronte sulle mattonelle gelide del bagno dell'ufficio.

«Lo so e basta. Mi prometta che lo farà.»

L'uomo assentì, sconcertato. Poi chiese:

«E come farò a dirle se… a dirle com'è andata?».

Sara si alzò, calma:

«La cercherò io. Aspetti qui ancora dieci minuti dopo che sarò uscita, prima di andare via».

XXXIX

Nevicava. Addirittura.

Non proprio fiocchi, di quelli che mettono allegria; piuttosto nevischio, aghi pungenti che si respiravano con difficoltà e creavano una poltiglia in cui si camminava a disagio.

Dal tavolino in disparte che le consentiva il controllo degli accessi nella caffetteria dell'ospedale, Sara rifletteva su quanto l'esterno condizioni il clima all'interno, pure in un luogo come quello. Nella grande città del Sud dalla quale veniva, entrava il sole persino dagli spiragli e anche chiusi fra quattro mura sembrava di essere all'aria aperta; in quel luogo oltre le grandi montagne, invece, sembrava tutto organizzato per attendere un tempo migliore. E nell'attesa, stare meglio possibile.

La chiamata di Teresa, come concordato, le aveva rivelato dove si trovasse quello che cercava. La Bionda aveva commissionato una rilevazione delle permanenze dell'utenza individuata, quella che chiamava Cicci in risposta al suo ondivago cercare in giro per il mondo. Le ultime tappe funzionavano più o meno allo stesso modo: arrivo, due giorni di permanenza, ripartenza.

La sala non era grande, l'edificio aveva ricettività limitata. A quanto aveva letto in rete durante il viaggio, si trattava di una struttura d'eccellenza che faceva della riservatezza una regola imprescindibile, come del resto la nazione che la ospitava. Una sede che figurava – stando ai tabulati procurati da Teresa non senza difficoltà, come la Bionda le aveva rinfacciato – in numerose tappe dell'ossessivo peregrinare dell'utenza telefonica: sei volte in un biennio, un luogo evidente d'elezione.

Sara si guardò attorno. Una ventina di tavolini, quasi tutti occupati. Le vetrine illuminate del bancone cercavano di rendere appetitosi snack che non lo erano affatto. Distingueva con nettezza chi era lì per lavorare e chi, invece, frequentava quel luogo con dolore. Era come se fossero in divisa, due squadre contrapposte a giocare una partita che aveva un solo risultato prevedibile.

Lo vide entrare, e il cuore le saltò un battito: nonostante fosse lì per lui, nonostante i chilometri percorsi nottetempo, nonostante l'attesa e la folle aspettativa, il cuore le saltò un battito.

Era invecchiato. I capelli erano grigi, anche se ancora folti e morbidi. Il volto, di cui intravide una porzione, era rugoso e la pelle aveva il colorito insano di chi sta poco all'aperto. Curvo, passo strascicato. Indossava un cappotto scuro sul quale brillavano gocce di pioggia e neve. Nella destra teneva una cartella in pelle.

Alcuni giovani medici, seduti a ridere e scherzare sull'altro lato della sala, tacquero e si diedero di gomito appena si accorsero del suo ingresso. Lui non se ne curò, avanzando verso il bancone.

Si fermò, dandole le spalle. Sara pensò che non era possibile, non di nuovo, non dopo tanti anni. Invece lui raddrizzò la schiena, quasi avesse ricevuto un richiamo silente. Si mise come in ascolto, poi si girò lento in direzione di Sara, senza incertezze.

E dai capi opposti della sala, i due si guardarono negli occhi.

Nella parte della sua mente che continuò a ragionare mentre il resto rimaneva congelato in quello sguardo che squarciava tempo e spazio, Sara si disse che avrebbe riconosciuto quegli occhi in qualsiasi contesto. Anche se non fosse andata fin là per trovarli. Anche se non avesse atteso. In qualche assurda maniera, era più sorpresa di lui.

Incatenati, senza veli e senza difese, riconoscendosi al di là delle menzogne e delle sofferenze, gli occhi di entrambi restarono nella stessa dimensione. Lui si mosse, scansò i tavoli e la raggiunse. I giovani medici si domandavano chi fosse quella donna di cui fino ad allora non si erano accorti, che senza richiamarne l'attenzione era stata riconosciuta dal Maestro dal passato oscuro e il presente leggendario.

Arrivò al tavolo e sedette, senza aver mai abbandonato gli occhi di lei. Stettero zitti per qualche minuto, e sembrò un anno.

Adesso che le era vicino, le fu ancora più evidente quanto fosse invecchiato. Malgrado le rughe, lo sguardo era identico. E identica era la bocca, identico il naso. Era forse addirittura più bello, ma tanto sofferente: una sofferenza di cui, all'epoca, non c'era traccia.

«Mi devi dire come ti chiami. È uno dei tuoi debiti nei miei confronti.»

Era vero. Una delle cose che gli doveva. E il primo, fondamentale segno di quanto fossero mutate le circostanze.

«Sara. Il mio nome è Sara.»

Annuì, ripetendo: Sara. Sara. Lasciando la parola rotolare sulla lingua, assaporandola e ingoiandola con la solennità di un'ostia. Sara.

«Me l'aspettavo. In realtà mi aspetto di incontrarti da anni, ma ero sicuro che sarebbe successo adesso. Da quando mi ha chiamato Cicci, ho avuto la certezza che mi avresti trovato.»

Lei non riusciva a calmare il palpito del cuore. Aveva ripetuto cento volte quello che doveva dirgli, e ora tutto le sembrava inadeguato.

«Non lo avrei fatto, Nico. Se non fosse stato necessario, non lo avrei fatto.»

Lui rise. Senza allegria, senza rumore, rise. Un verso gracchiante, quasi spaventoso. I giovani medici si guardarono, sorpresi.

«Necessario. Una parola strana, non trovi? Lo dicesti pure quella volta: è necessario che ci parli, dottore. È necessario che glielo dica. È necessario, Sara? Cosa sarebbe necessario, che non lo era anche allora? Spiegami. Ti ascolto.»

L'accento era lo stesso, la scelta delle parole più diretta, meno aulica. Il tono secco, amaro. Gli anni erano passati. Allora, ora.

«Non puoi non aver capito che io non volevo. Che non pensavo che sarebbe accaduto, che credevo di poter... di poter fermare tutto, senza conseguenze. Non puoi, dopo tanto tempo, pensare diversamente da così.»

Lui si chinò in avanti, le sputò in faccia una frase:

«Non è un po' troppo semplice cavarsela in questa maniera, Sara? Non è una via d'uscita facile, dopo avermi rovinato l'intera vita?».

«Non volevo. Io non volevo, non capisci? Cosa avrei dovuto fare, nemmeno provare a fermarli? Hai idea di quello che sarebbe successo, Nico? Sarebbe cambiata la storia, il destino di milioni di persone! E sarebbe morta tanta gente, anche in quella situazione!»

Lui la fronteggiava, gli occhi mandavano fiamme.

«Magari no! Magari il mondo sarebbe migliore, adesso. Magari la situazione non sarebbe questa, con milioni di persone in miseria per pochi oligarchi multimiliardari, con una tanto atroce povertà, malattie, infamia.»

Sara si guardò attorno:

«Non mi pare che tu faccia il missionario in Africa, Nico. Mi sembra che tu venda il tuo talento in posti come questo, invece».

«Tu! Tu vieni sin qui a farmi la morale? Questo è il mio modo di dare una mano, non capisci? Che ne sai tu, di dove vanno a finire i soldi che guadagno? Faccio più io così che decine di associazioni umanitarie, te lo posso garantire. E comunque, che cosa vuoi da me? Che altro vuoi da me?»

Non aveva alzato la voce, ma la posizione sulla sedia, la faccia stravolta dall'emozione, i palmi aperti sul tavolino attiravano l'attenzione lo stesso. Sara, invece, non aveva cambiato la sua, di espressione.

«Lo sai benissimo, Nico. Te lo ha detto di sicuro la tua amica. Mio nipote, il figlio di mio figlio che è morto, sta per raggiungere il padre. Un tumore di Wilms, dicono che non sia operabile. Io non posso perderlo, Nico. Non posso. E forse al mondo tu, soltanto tu, lo puoi salvare.»

L'uomo sembrava non credere alle proprie orecchie:

«Io ho passato questi trent'anni a odiare solo una persona più di me stesso: te. Senza conoscere il tuo nome, senza sapere se fossi viva o all'inferno come speravo, io ti ho odiata. Ho odiato il fatto di aver creduto a quello che mi hai detto, a questi dannati occhi che mi parvero sinceri. Io, che non ho mai sbagliato a valutare chi mi stava davanti, da te mi sono fatto fregare come un cretino. Non hai avuto pietà per me, allora. Perché dovrei averne io adesso?».

«Perché non la sbagliasti, la valutazione. Ero sincera: e non sapevo, non potevo immaginare che le cose sarebbero andate come sono andate. Ecco perché. E perché mio nipote non deve pagare per colpe che non ho. Hai sbagliato a odiarmi, Nico, non avresti dovuto. E ancora di più sbaglieresti adesso, a voltare le spalle a un bambino che sta morendo.»

Il medico pareva sul punto di esplodere.

«E credi che lui sia l'unico, sì? La gente muore, Sara. La malattia non ha pietà, non sceglie tra il bene e il male. Ce ne sono sempre di più, di bambini che muoiono, e i politici si guardano bene dal dire come mai. Inquinamento, cibi geneticamente modificati, terreni con rifiuti radioattivi interrati. Sei convinta che il tumore di tuo nipote sia casuale, forse? Sei convinta come fanno tutti, per comodità, che siano malattie che ci sono sempre state? Non pensi mai che forse tu e i tuoi amici avete contribuito a mettere in piedi un mondo che produce tutto questo?»

Sara lo fissò, smarrita.

«Non lo so, Nico. Forse hai ragione. Ma per quello che può valere, ti giuro che ho sempre creduto di stare dalla parte giusta.»

Il dottore si alzò, di scatto.

«No. Io non aiuterò tuo nipote, e non lo aiuterò proprio perché è tuo nipote. E non avrò scrupoli, e non mi fermerò, e al posto suo opererò un altro bambino, e un altro ancora, finché mi reggerò in piedi, e i soldi serviranno ad aiutare altri bambini lontano da qui. Guardalo morire, Sara. E impara cosa vuol dire essere la causa della morte di una persona amata.»

Se ne andò, seguito dagli sguardi curiosi dei giovani medici.

XL

7 novembre 1990, ora di pranzo

Il ristorante non era grande, e a pranzo in un giorno feriale era poco frequentato. Oltre a loro c'erano due coppie di età diversa, forse genitori e figlio, o figlia, con relativi fidanzati, e una famiglia di sei persone di cui due bambini rumorosi e ridotti al silenzio da una madre enorme e minacciosa.

La scelta era stata di Nico: non voleva correre il rischio di essere sorvegliato, adesso che era al corrente di occhi puntati su Ana, su di lui e chissà su quanti altri. Non voleva dirlo alla ragazza perché pensava di metterla in pericolo, ma Nico sapeva: e tanto bastava.

Il posto era sul mare. Una vetrata consentiva una vista mozzafiato su scogli e annessa distesa grigia, in perenne movimento sotto il cielo di novembre. Sulla lastra, mal pulita, erano visibili le righe e le macchie di pioggia dei giorni precedenti, ma il quel momento le nuvole davano tregua. Preferivano assistere silenziose agli eventi, pronte ad aprirsi a un ottimistico sole o a inondare di lacrime la terra.

Popescu aveva dovuto insistere. Ana era impegnata nei preparativi per il fantomatico blitz in programma a Bucarest insieme al fratello, da dove sarebbe rientrata dopo qualche giorno. Al telefono si era detta dispiaciuta per la discussione che avevano avuto, ma proprio non poteva fare a meno di andare: la madre non stava bene. E aveva bisogno soprattutto di lei, che voleva parlare da pari a pari con i dottori che l'avevano in cura.

A lui era parso evidente quello che da vicino non aveva chiaro, e cioè che Ana mentiva, e mentiva anche malamente. Era approssimativa, distratta. E quando le aveva detto che voleva vederla, per la prima volta da quando si conoscevano lei aveva cercato di evitare l'incontro, adducendo impedimenti di vario tipo. Nico era stato però deciso, fino a percepire nella voce della giovane l'incrinatura della paura. Si era sentito triste nell'approfittare dell'amore di Ana, poi aveva pensato che era per il suo bene e aveva insistito.

In verità, il dottore aveva bisogno di capire. Quello che gli aveva raccontato quella strana ragazza senza nome era così assurdo da sembrare vero; e gli occhi di quella donna, di solito ben nascosti, quando erano aperti diventavano due finestre su un panorama pieno di luce. Lui, però, non poteva immaginare che una come Ana, che aveva investito così tanto nella propria vita e nel futuro, fosse capace di gettare tutto alle ortiche.

Presero posto vicino alla vetrata. Ana gli apparve diversa, o forse era lui a essere influenzato dalla situazione. Gli pareva truccata più del solito, come a coprire occhiaie e segni di stanchezza; e lo sguardo vagava sul panorama, sulle stoviglie e sui bicchieri, sugli altri avventori, si posava dovunque tranne che su di lui.

Ordinarono. Parlarono del più e del meno. Nico cercò di non risultare inquisitorio, voleva darle modo di aprirsi. Ana gli disse delle preoccupazioni per la madre e dei frequenti dialoghi col fratello Ion sull'argomento.

Era lo spiraglio che Nico attendeva.

«Scusa, ma non riesco a capire. Se i tuoi hanno voluto per te e per tuo fratello un futuro lontano da Bucarest, era proprio per cautelarvi da quello che poteva succedere e infatti è successo, no?»

La ragazza scrutava il mare, che non aveva soluzione di continuità col cielo. Continuava a sorseggiare vino bianco e non aveva toccato nulla del cibo che aveva nel piatto.

«Non è così semplice, Nico. Nessuno poteva prevedere ciò che è avvenuto, tantomeno i miei. Sembrava tutto così... solido, immutabile. Prima della partenza, papà mi disse davanti al resto della famiglia che si aspettava il mio ritorno: mi avrebbe fatto ottenere un posto prestigioso all'Ospedale centrale, per aiutare la gente. La nostra gente.»

«Perché, secondo te c'è differenza tra un paziente e un altro? Aiutare o meno le persone dipende da dove vivono, o da come la pensano? Ti rendi conto di quanto sia assurdo questo discorso?»

Ana depose il bicchiere e fissò Nico, per la prima volta quel giorno.

«Tu, piuttosto. Ti rendi conto di quello che sta accadendo da noi? Lo capisci che il mondo intero sta crollando, che gente perbene, tranquilla, che faceva onestamente il proprio lavoro e aveva ideali di giustizia adesso è in galera, o peggio?»

Popescu si guardò attorno, preoccupato che qualcuno li ascoltasse. Nonostante parlassero nella loro lingua, nonostante il tono di entrambi fosse basso.

«Io vorrei sapere che ti sta capitando, Ana. Sei sempre stata piena di voglia di vivere e di futuro. Hai sempre guardato avanti, abbiamo parlato di casa insieme, di bambini. Non abbiamo mai considerato di tornare in Romania. E soprattutto non ti sei mai interessata alla politica, maledizione! Perché diavolo ti esprimi come una dannata partigiana, adesso?»

Lei riprese il bicchiere, bevve un lungo sorso.

«Perché finora pensare ai miei era pensare a una famiglia potente e felice. Perché anche se non avevo voglia di tornarci, rivolgere la mente a casa era rasserenante. E poi perché ancora non avevano ammazzato mio padre come un cane, quei vigliacchi bastardi.»

Le parole erano state pronunciate in tono quasi discorsivo. Ma la faccia di Ana sarebbe rimasta per Nico indimenticabile, e gli avrebbe orientato l'intera esistenza. Negli occhi aveva una luce nera, una determinazione di cui non la riteneva nemmeno capace. Era un'altra donna, quella che aveva davanti: non meno bella, forse anche più affascinante, ma non la ragazza di cui si era innamorato.

«Che... cosa dici? Ammazzato tuo... Ma non è possibile, sei pazza? E come lo avresti saputo?»

«L'hanno detto a Ion. E gli hanno fatto vedere una fotografia. Mia madre è in stato di reclusione, dei miei zii non ci sono notizie. È probabile che siano stati uccisi anche loro.»

Nico era sconcertato.

«E perché... per quale motivo non me lo hai detto prima, si può sapere? Perché mi hai tenuto fuori?»

Ana finì di bere, depose il bicchiere e allungò la mano su quella di lui. Era calda, morbida. Il pollice scorse l'indice di Nico in una lenta carezza. Il medico avvertì il cuore spezzarsi in mille frammenti.

«Perché è meglio per te che tu non sappia niente di quello che succede, amore mio. Niente. Di quello che succede lontano, di quello che succede vicino. E siccome è meglio per te, non ti dico nulla.»

Lui si sentì soffocare:

«No, invece! Devi dirmelo, Ana, devi parlarmi. Perché così posso contribuire a farti vedere le cose nella giusta luce! Non può essere Ion il tuo unico contatto con la realtà. Parlami, dimmi come stanno i fatti: io ti aiuterò!».

Lei sorrise, e fu come se piangesse.

«Hai tutte le ragioni, Nico. Tuo nonno ha trascorso in carcere undici anni sotto il regime comunista, tua madre è stata espulsa dalla facoltà di Medicina, è dovuta scappare in Russia, dove tu stesso sei cresciuto. Per te è diverso, la nostra terra ti ha cacciato. La mia famiglia invece ha contribuito al cambiamento. Non è la stessa cosa, mio fratello mi aveva avvertito che non avresti potuto capire.»

Lo sforzo di esprimersi a bassa voce aveva reso rosso scuro il viso di Popescu.

«Tuo fratello è un pazzo fanatico, Ana. Non puoi non rendertene conto. Se vuole compiere qualche follia, e a questo punto credo davvero che sia così, tu non devi farti coinvolgere. Lo capisci che qualsiasi stupidaggine organizzata da quattro ragazzini non ha nessuna possibilità di successo?»

«No, non è come dici. C'è altra gente, molta gente, impegnata attorno a mio fratello. Lui, noi, siamo soltanto la parte terminale. Ma il piano è grande e risolutivo.»

Nico si agitò sulla sedia.

«Ma tu, tu non c'entri niente con tutto questo! Ascolta, ti prego: partiamo. Adesso, senza nemmeno passare da casa. Andiamocene da qui, andiamo lontano, in America, in Australia. Siamo due scienziati, siamo bravi, capaci. Ci costruiremo un futuro, cambieremo nome. Staremo insieme, avremo tutto quello che abbiamo sempre sognato, te lo giuro.»

Gli occhi neri di Ana si riempirono di lacrime.

«È tardi, amore mio. Ogni cosa è già scritta e organizzata. E purtroppo la mia presenza è decisiva. Non posso abbandonare Ion. Lo devo a mio padre, a mia madre, al mio Paese.»

«Che vuoi dire? Lascia che se la sbrighino loro, dannazione! Se vogliono rovinarsi l'esistenza, che lo facciano da soli!»

Ana si alzò.

«Andiamo via, Nico. Andiamo a casa tua. Voglio fare l'amore con te. E non voglio parlare più di niente: regalami un'ora senza passato e senza futuro. Regalami un'ora di vita, in mezzo a tutta questa morte.»

Il medico guardò verso il mare. Non poteva vedere un'auto parcheggiata su un lato, dalla quale una donna osservava da lontano il ristorante, e ogni movimento ed espressione erano per lei traduttori delle parole che erano state pronunciate.

E la donna non poteva vedere un'altra auto, nella quale c'era un uomo che osservava lei.

XLI

7 novembre 1990, pomeriggio

Sara era rientrata in ufficio, tenendosi nell'ombra. Nessuno si era accorto della sua assenza fuorché Teresa, sia perché lavorava nella stessa stanza sia perché la sorvegliava con una certa preoccupazione.

Appena la vide rientrare, sibilò:

«Sei pazza, tu sei pazza! Dovresti dimetterti e andartene a casa per fare la moglie e la madre, o al limite tornare dov'eri prima, a dirigere il traffico o qualsiasi altra cosa facessi, maledizione! Si può sapere dove sei stata, per tre ore?».

La Mora si tolse in fretta il soprabito, poi sedette al suo posto, affannata.

«Qualcuno ha chiesto di me? Chi è venuto, mentre non c'ero?»

«Guarda, ti è andata bene che Tamburi oggi non è venuto in ufficio, dicono sia andato a Roma, al ministero. Altrimenti ci sarebbe stata di certo una riunione. Ma hai corso un rischio spaventoso: si può sapere per quale dannato motivo?»

Sara si avvicinò all'amica e disse, piano:

«È lei, Bionda. Lo farà lei. Ne sono sicura».

La collega sbatté le palpebre, perplessa.

«Lei chi? E farà che? Non ti capisco, cosa vuoi dire?»

Sara lanciava occhiate alla porta chiusa, pronta a cambiare discorso non appena si fosse aperta.

«Ana, la sorella di Ion. Lo farà lei. E quello che hai scoperto tu su Mihaela Sala, che è stata assunta per il San Carlo, dice tutto con chiarezza.»

Teresa sembrava incredula:

«Non voglio più ascoltare una parola, cazzo! Ma ti rendi conto che stai contravvenendo a un ordine impartito davanti a testimoni? Lo capisci che puoi essere giudicata da un organismo militare e non vedere più la tua famiglia dalla sera alla mattina per chissà quanto tempo, ammesso e non concesso che tu li riveda più? Noi siamo una struttura militare, te ne sei scordata? Mi-li-ta-re! E solo per il fatto di starti a sentire, sono colpevole anche io!».

«Va bene, come vuoi. Allora sono stata a casa, perché mio figlio mi voleva. Sono una brava mamma e un'ottima moglie. Punto. Torniamo al lavoro.»

La Bionda era inviperita:

«E no, Mora. Hai cominciato e adesso finisci, altrimenti come faccio a salvarti la vita impedendoti di suicidarti? Dimmi dove sei stata e a fare che, poi mi fai delle promesse e ti ci attieni. Parla».

Sara non vedeva l'ora:

«Popescu, il fidanzato, l'ha portata a pranzo. Non ho potuto appostarmi in sala, poca gente e ambiente piccolo, ma mi sono messa in macchina in maniera da vederli, e comunque non cambia molto perché non capisco la lingua, lo sai».

Teresa era perplessa:

«E perché sarebbe significativa questa cosa? Non vanno mai a pranzo fuori?».

«No, no. Lei gli aveva detto che doveva partire col fratello, e invece non deve andare da nessuna parte. Lui lo sapeva, e ha fatto in modo di...»

Teresa alzò una mano, le dita tremanti:

«Ferma, ferma, scusa. Hai detto che lui sapeva che lei non sarebbe dovuta partire? Ho sentito male, vero? Hai sbagliato a usare i verbi, hai saltato un passaggio o...».

«Era necessario, Bionda. Era l'unico modo per cercare di fermarli. Non c'è tempo per nessun'altra strategia.»

Teresa scosse la testa, la mano ancora alzata. Sembrava una bambola con un meccanismo guasto.

«No. No. Non lo hai fatto davvero. Non posso immaginare che tu, che non sei ancora così esperta di questo ufficio, abbia preso un'iniziativa come questa. Tu sei quella riflessiva, ricordi? Ti sei distratta, Mora. Quella impulsiva, quella estroversa sono io, la Bionda, vedi i miei capelli? Non tu. Tu sei una madre, sei tranquilla. E comunque noi siamo tutti analisti. Non operativi sul campo, capisci? A-na-li-sti.»

«È meglio se la chiudiamo qui, Bionda. Prima di tutto perché non mi sei di nessun aiuto, continui a ripetere le stesse cose come un disco rotto; secondo, perché hai paura di metterti nei guai. Io invece voglio sventare un attentato che ucciderebbe centinaia di persone, e se vogliono fermarmi, be', non glielo consentirò. Poi mi arrestino, mi fucilino, mi deportino o facciano quello che credono. Io vado avanti.»

Teresa deglutì, guardò la porta come aspettandosi di veder entrare il plotone d'esecuzione:

«Ormai è fatta. Siamo perdute. Tanto vale che mi racconti. Cosa hai detto al dottore? Gli hai detto chi sei, gli hai dato l'indirizzo dell'ufficio, che hai fatto?».

«Niente, non sa chi sono e nemmeno come mi chiamo. E in qualche modo assurdo nemmeno mi sono rivelata, mi aveva già vista. Lui... lui è come in grado di percepirmi, ho avuto addirittura l'impressione che uscendo dal ristorante si sia girato dalla mia parte, e avevo l'auto distante, li guardavo col binocolo. Gli ho detto che Ion e gli altri stavano preparando qualcosa, e che lui era l'unico possibile contatto per capire che cosa e fermarli.»

Teresa aveva nelle pupille una luce di follia.

«Ah. E perché allora questo pranzo?»

«Perché l'ultima volta in cui si erano visti lei gli aveva detto che doveva partire per Bucarest per questioni di famiglia e lui si era arrabbiato, perché riteneva pericoloso il viaggio. Io gli ho detto che le cose stavano probabilmente assai peggio, e che sarebbe stato opportuno parlasse con lei, per capire qualcosa di più. Soltanto questo.»

Teresa annuì.

«Allora dimmi com'è andato il pranzo.»

Sara assunse un'aria perplessa:

«C'era un riflesso sulla vetrata, che era anche sporca, sai, la pioggia di questi giorni. Ma lui le ha parlato chiaro, le ha chiesto la verità. E lei, ne sono certa, gliel'ha detta. Quindi adesso devo parlare di nuovo con lui, per capire».

Teresa strabuzzò gli occhi:

«Cioè, ci vuoi parlare di nuovo? Col dottore? E se le ha detto lui, la verità? Che noi li stiamo sorvegliando, che sappiamo quello che stanno preparando? Non capisci il rischio che corri? Potrebbero aspettarti e farti la pelle!».

Sara fece cenno di no:

«Sono certa che non andrà così. Lui, vedi, non ha il minimo interesse nei confronti del gruppo dei ragazzi, anzi: se potesse liberarsene con una denuncia, lo farebbe volentieri. A lui importa di Ana, la vuole salvare. E per salvarla, ha bisogno di me. Chiunque io sia. E poi quello che gli ho detto ha ricevuto conferma, Ana gli aveva mentito. Adesso, ne sono sicura, vuole solo sapere che cosa fare».

La porta dell'ufficio di Tamburi si aprì, per lasciar affacciare Andrea.

«Avevi ragione tu, capo. Per filo e per segno.»

Massimiliano, seduto alla scrivania con le lenti da lettura a metà del naso e una penna a mezz'aria, sollevò la testa dai fogli e sospirò:

«E Dio sa se non avrei voluto, amico mio. Che vuole fare, adesso, questa piccola pazza?».

L'altro entrò, chiudendosi il battente alle spalle.

«Per fortuna non ha resistito e ne ha parlato con Bionda. Abbiamo fatto bene a mettere quel microfono, perché nemmeno l'altra ci avrebbe detto niente. E le pazze passano a due.»

La battuta suscitò in Tamburi un sorriso malinconico.

«Sì, le abbiamo capite bene entrambe. Allora, dimmi qual è il suo piano. Così prepariamo il nostro.»

XLII

8 novembre 1990, mattina presto

Massimiliano Tamburi percorreva gli ultimi duecento metri con meno voglia del solito.

L'unità era il suo orgoglio, la sua creatura. Non aveva avuto figli e nemmeno ne aveva voluti, l'esistenza che aveva scelto non prevedeva quello sviluppo; e quando forse avrebbe potuto, allontanatosi in via definitiva dal campo, era così cristallizzato nelle proprie abitudini e nella solitudine da non immaginare più di averne; del resto il rapporto con l'ex moglie era ormai un ricordo fumoso.

Per questo motivo era in quella struttura dedicata all'intercettazione, all'ascolto e all'interpretazione del linguaggio non verbale che aveva profuso la propria creatività. Era convinto che quello fosse il modo di prevenire, di evitare situazioni di violenza, sopraffazione e guerra, di cui aveva visto fin troppe esemplificazioni. Conoscere i piani, poterli contrastare e sciogliere le questioni prima che si arrivasse al sangue era meritorio, positivo. Ne era più che convinto.

L'istituzione dell'unità aveva fatto conseguire al colonnello Tamburi un traguardo importante; ma a lui interessava ragionare in termini di vite potenzialmente salvate, di situazioni risolte in anticipo, piuttosto che di prestigio o promozioni.

Era questo a metterlo in crisi. Perché ciò per cui aveva messo in piedi tutto – la scoperta preventiva di un grave danno – era in aperto contrasto con la sopravvivenza dell'unità stessa. Per ragioni politiche losche e assai discutibili principî.

Ma il colonnello Tamburi era abituato a eseguire gli ordini, e quelli che aveva ricevuto erano perentori. Doveva solo fare in modo che le cose si risolvessero al meglio, per lui, per l'unità e per quella piccola testarda che si era messa a inseguire una follia.

Quando attaccò l'ultimo tratto, stava pensando a Sara. A quegli occhi che si era ritrovato a fissare, alla vertigine che aveva provato. Al misto di rabbia fredda nel rendersi conto che la ragazza seguiva una pista di testa propria, e al contemporaneo terrore che si cacciasse nei guai.

Paura di perderla. A voler essere chiari. A cosa sei disposto, colonnello Tamburi, per non far chiudere l'unità che hai creato? Per evitare di non vedere più la luce di quegli occhi?

Dall'ombra del solito portone venne fuori Corrado Lembo, e a Tamburi parve un orribile déjà-vu. Scrutò il collega:

«Dobbiamo smettere di vederci così, Lembo. Questo rapporto va regolarizzato».

L'uomo era pallido, sudato nonostante l'aria fresca, impaurito. Prese Massimiliano sottobraccio.

«Vieni con me senza fare storie, per cortesia. Mi state facendo passare più guai tu e la tua maledetta unità che tutta la faccenda di Ustica. Per favore, attento a quello che dici, se vuoi che ne veniamo fuori.»

Lo condusse verso un'automobile scura sul lato opposto della strada. Tamburi si fermò appena si rese conto della direzione.

«Spero tu sappia quello che fai, Lembo. Sennò faccio fuori pure te, con tutto quello che abbiamo passato insieme.»

Il collega sbuffò, infastidito:

«Ascolta, Massimiliano: questa è gente che se vuole farti sparire non ricorre a mezzucci. Cannoneggia dritta l'ufficio. Quindi non farmi perdere tempo e sali in macchina».

L'auto aveva i vetri oscurati, quindi non si capiva chi ci fosse. Lembo aprì lo sportello posteriore e spinse all'interno Massimiliano, poi andò a occupare il sedile anteriore del passeggero. Dentro c'erano già un autista, che per tutto il tempo rimase rigido con le mani sul volante e lo sguardo fisso sul parabrezza, e un uomo stravaccato dietro di lui.

Era grasso, almeno tre menti affondavano nel colletto sbottonato di una camicia sgargiante. Indossava un trench stazzonato, con diverse macchie di chiara derivazione alimentare sul davanti. Un braccio era appoggiato sulla spalliera, l'altro adagiato su una coscia voluminosa che ricordava un prosciutto in corso di stagionatura. Il colorito era rossiccio, i capelli neri fluenti sulla fronte. Nonostante la semioscurità dell'abitacolo, inforcava grandi lenti da sole.

Corrado Lembo disse con voce incerta:

«Il colonnello Tamburi, dirigente dell'unità che sa lei. Massimiliano, lui è... Jimmy. Non so altro, ma ha tutti gli accrediti».

L'uomo annuì, quasi fosse stato appena citato un curriculum di rilievo.

«Buongiorno, Tamburi. E scusi per l'intrusione nella sua giornata. Ho molto sentito parlare di lei, sono contento di vederla.»

Massimiliano non mostrò rispetto né particolare curiosità.

«Non so se posso dire altrettanto, non avendo sollecitato questo incontro. E nemmeno mi è chiara l'irritualità dello stesso. Posso fare qualcosa per lei?»

Jimmy rise, esponendo una chiostra di denti larghi e forti. A Massimiliano ricordò uno squalo, ma pensò di essere influenzato dalle circostanze.

«Mi aspettavo questo atteggiamento, Tamburi. Non sono sorpreso, diciamo. Ma ha fatto proprio la domanda giusta, sa? Che cosa può fare per me?»

Lembo si mosse sul sedile. Era in una posizione scomoda, fra i due seduti dietro e l'autista. Da un lato avrebbe voluto essere dovunque meno che là (e in questo caso avrebbe dovuto scambiarsi con l'autista), dall'altro non voleva sminuire il proprio grado (e allora avrebbe dovuto voltarsi e partecipare al dialogo). Nel dubbio disse, con un belato:

«Come ti ho detto, Massimiliano, il signor Jimmy ha tutti gli accrediti; quindi, secondo il regolamento dei rapporti fra le organizzazioni, è configurabile come un superiore in grado…».

L'uomo lo fermò con un gesto secco della mano. Lembo chiuse la bocca con uno scatto.

«Sono sicuro che Tamburi sa benissimo quello che sono io e come deve comportarsi. Lui è esperto di linguaggio non verbale. E il suo atteggiamento e il mio parlano chiaro. È così, Tamburi?»

Massimiliano pensava in fretta. Quell'uomo era potente, astuto e violento. Caratteristiche non ostentate ma nemmeno nascoste. Uno squalo, gli aveva detto prima l'intuito: e così era. Mai mostrare di aver paura di quelli così.

«Ripeto, signore: che cosa posso fare per lei? Non le sfuggirà che un ritardo eccessivo renderebbe nervosi i miei uomini e depotenzierebbe eventuali comunicazioni. Quindi, se vuole dirmi…»

«Dritto al punto, Tamburi? Dite così, vero? Bene. Allora non perderò tempo. E il buon Lembo, qui, mi farà da testimone, ok?»

Corrado annuì festoso, mancando solo di una coda da agitare. Poi incrociò lo sguardo disgustato di Massimiliano e arrossì.

«Avete ricevuto ordine di fermare ogni attività in merito ai romeni, non aggiungo altro perché non ce n'è bisogno. È giusto?»

Tamburi annuì. Jimmy ne fu compiaciuto:

«E lei lo ha comunicato ai suoi sottoposti. È giusto?».

Di nuovo Tamburi annuì.

«Lei, colonnello, è sicuro dei suoi sottoposti? Nel senso che si attengono agli ordini, non prendono iniziative personali. È giusto?»

Corrado lanciò un'occhiata sbigottita a Massimiliano, che annuì ancora.

«Perché su questa operazione, colonnello, abbiamo molti uomini. Questi romeni sono assai bene assistiti, diciamo. La loro recita, con l'adeguata protezione, ha altissime possibilità di successo. Sono sceso in campo io stesso dopo non so nemmeno quanti anni, per assicurarmi che non ci fosse niente di sbagliato. Ok?»

Massimiliano non tradiva alcuna emozione. L'uomo continuò:

«Se non ci foste stati voi, tutto sarebbe filato liscio. Ma, a pensarci bene, non è stato sbagliato che siate comparsi, perché avete conferito una patina di verità alla situazione. Siete il nemico, la necessità di riservatezza. Quindi va bene che ci siate stati. Ma adesso dovete sparire. È necessario».

Lembo disse, querulo:

«Ma è chiaro, signore, è palese. Il colonnello Tamburi le ha appena detto che ha impartito l'ordine di cessare ogni attività e...».

Jimmy si tolse le lenti con un gesto brusco e fissò con gli occhi affondati nel grasso la mano di Lembo, appoggiata alla spalliera. Come avesse ricevuto una coltellata, l'uomo la ritrasse spaventato.

«Lo so, Lembo» disse l'uomo, «ho sentito. Ma siccome siamo, come dire, in prossimità della rappresentazione, mi devo assicurare che sulla scena non ci siano più attori del dovuto. Che le cose non vadano storte, insomma. E sa perché, Lembo?»

Il pomo d'Adamo di Corrado andò su e giù più volte. Jimmy proseguì, placido:

«Perché una volta completata la recita, tutti gli attori usciranno di scena. Con rapida efficacia. Maschi e femmine. Certo, qualcosa può sempre andare storto e ce ne faremmo una ragione: ma sul campo non rimarrà nessuno per raccontare com'è andata. Lo sa, vero, Tamburi? Mi risulta che è stato testimone di alcune nostre belle operazioni, quindi è a conoscenza di come lavoriamo. Ci siamo intesi, sì?».

Le pupille inespressive non avevano accompagnato il sorriso da squalo con cui erano state pronunciate quelle parole. Lembo ebbe un brivido e si mosse scomposto.

Massimiliano tacque per un attimo. Poi assentì:

«Tutto chiaro. Posso andare, signore?».

Non c'era alcun rispetto, in quelle parole. L'uomo inforcò le lenti e finì di sorridere.

Massimiliano uscì all'aria aperta.

XLIII

8 novembre 1990, mattina

Entrò in punta di piedi.

La lezione era cominciata da mezz'ora, l'aula era piena. Il corso era uno dei più seguiti, la selezione naturale era già avvenuta e gli studenti rimasti erano quelli davvero determinati e appassionati.

Il professore ordinario era anziano e disinteressato all'insegnamento, perciò l'attività didattica era affidata agli associati e talvolta agli assistenti. Popescu era il più preparato e disponibile, quindi le sue sessioni erano assai frequentate.

Sara restò in piedi nell'ultima fila, in mezzo a una decina di ragazzi che prendevano appunti in equilibrio precario. Il dottore stava descrivendo le complicazioni che possono sopraggiungere durante un intervento ai polmoni, o almeno così le parve di capire: la terminologia era tecnica, per lei poco comprensibile. Si concentrò sulla figura di Nico, di spalle a una quindicina di metri e a centocinquanta persone da lei, preso a indicare i particolari anatomici che apparivano in una fotografia attaccata a uno schermo luminoso. I movimenti rallentati, il tono piatto e didascalico: anche senza vederne il viso, a Sara era evidente che la notte del medico era stata di veglia e di preoccupazione. Quando lui si voltò, ne ebbe la riprova: rughe ai lati della bocca, camicia sbottonata, cravatta mal annodata.

Come sempre, si accorse di lei. Eppure la statura limitata della donna e la massa di studenti ne rendeva visibili soltanto gli occhi e i capelli, peraltro poco illuminati. C'era qualcosa tra loro due, una corrente che li metteva subito in sintonia, anche in condizioni in cui lei restava di fatto impercettibile.

Appena si rese conto di essere stata notata, Sara uscì e si avviò lungo il corridoio, sistemandosi a una decina di metri dal salottino di cui Nico aveva la chiave e dove l'aveva ricevuta l'ultima volta. Finse di leggere gli avvisi attaccati a una bacheca in sughero. Gran parte dei foglietti, tra quelli che proponevano posti letto in affitto e viaggi di studio, concernevano la visita del pontefice, nello specifico l'adesione a gruppi che sarebbero stati presenti all'incontro plenario da tenersi due giorni dopo alla Mostra d'Oltremare.

Forse, pensò Sara con un brivido. Che forse si sarebbe tenuto. E parte di quel "forse" dipendeva dall'esito del colloquio che sperava di avere di lì a poco. Guardò l'orologio, non aveva molto tempo. Teresa doveva dire che la baby-sitter tardava, che Sara doveva attenderla e avrebbe avuto comunque un ulteriore ritardo perché il bambino aveva qualche linea di febbre e non poteva lasciarlo: questo avrebbe preparato il terreno alla giustificazione per l'assenza. L'atmosfera in ufficio era pesante, non voleva attirare l'attenzione. Doveva rientrare prima possibile.

Come in risposta, Popescu fece capolino dal corridoio. Arrivò alla porta, tirò fuori le chiavi ed entrò. Quando fu certa di non essere notata da nessuno, anche Sara si infilò nel salottino.

I segni della preoccupazione e della stanchezza da vicino erano ancora più evidenti. L'uomo l'assalì, concitato:

«È vero, è tutto vero, aveva ragione. Quella pazza, questi pazzi stanno preparando qualcosa, una follia, lei deve impedirlo! Dovete sorvegliarli, magari arrestarli, ma dovete fermarli in ogni modo, maledizione!».

Sara sedette su una poltroncina, invitandolo a fare altrettanto.

«Purtroppo non è semplice, dottore. È una situazione, per così dire, articolata. Cosa è riuscito a sapere da Ana? Che le ha detto, con precisione?»

Lui si passò una mano tra i capelli.

«È stata evasiva, molto. Ha ammesso che non è vera la storia del viaggio, e io lo so che a lei non interessa la politica, che... Ma il fratello, Ion, è un pazzo fanatico. Lei non ha colpa, capisce? Lo deve dire a tutti, dev'essere chiaro che non ha colpa!»

Sara guardò ancora l'orologio. Doveva fare presto.

«Senta, dottore, dobbiamo capire meglio cos'hanno intenzione di fare. C'è chi sta operando attraverso i ragazzi, si servono di loro, insomma. Ma è gente abile, potente, non sarà facile aggirare la sorveglianza. Perciò la prego, faccia mente locale: se Ana non le ha detto niente di specifico, cosa ha capito lei? Pensi bene, rifletta: frasi non dette, sottintesi. Tutto quello che può servire.»

Nico si mise le mani sulla faccia, i gomiti sulle ginocchia. Presto, disse Sara fra sé. Fai presto.

Alla fine sollevò il viso disperato.

«Lei è la chiave. Proprio lei. È stata coinvolta perché è necessaria, non possono farne a meno. Ion l'ha obbligata moralmente, l'ha messa con le spalle al muro. Perché lo avrebbe fatto, se non perché non può farne a meno? Le ho chiesto mille volte di dirmi di che si tratta, anche dopo… anche nell'intimità. Se non me l'ha detto, è chiaro che c'è un motivo.»

«Dottore, ascolti. Riteniamo che l'azione che vogliono mettere in atto è un attentato al papa. In un primo momento abbiamo valutato l'incontro di dopodomani coi giovani, alla Mostra d'Oltremare: tanta gente, controlli più difficili. Poi invece abbiamo capito che il frangente scelto è l'appuntamento col mondo accademico al teatro San Carlo.»

Popescu era divenuto una maschera di terrore:

«Ma è domani! Il mio direttore di cattedra mi ha chiesto di andarci in sua rappresentanza, però io penso di non…».

Sara lo interruppe:

«No, no, dottore, lei ci deve andare. Perché ci andrà anche Ana. È un'assistente universitaria, no? Ed è necessaria alla realizzazione del piano, per via dell'accesso che le sarà consentito al teatro».

Il medico annuì, sconvolto:

«Sì, certo. Ma che potrebbe fare, lei? Non certo sparare, oppure... Dio mio, non è possibile, è un maledetto incubo...».

Sara cercò di riportarlo alla lucidità.

«No, credo debba attivare un meccanismo, forse un telecomando. Sono sicura che hanno sistemato dell'esplosivo, ma per farlo saltare serve qualcuno all'interno: e Ana è l'unica del gruppo che possa accedere al teatro.»

Popescu aveva bisogno di digerire l'idea.

«Ana? No, non lo farebbe mai. Noi medici salviamo la gente, mica l'ammazziamo. È una cosa impossibile, è il contrario di tutto quello che...»

Sara decise di rompere gli indugi. Si avvicinò a Nico e disse, secca:

«Ascolti, dottore. Le aveva detto di dover partire e non era vero, ha ammesso di essere costretta dal fratello a fare qualcosa, le ha fornito anche delle motivazioni. Non è più la persona che lei credeva di conoscere. Magari tornerà a esserlo, ma adesso non lo è».

Lui balbettò:

«Ma non potete intervenire prima? Sapete chi sono, sapete dove vogliono agire... Se è vero quello che mi ha detto, perché non andate a prenderli adesso?».

«Perché c'è chi non vuole fermarli. Perché c'è chi vuole che questo piano sia portato a termine. L'ordine è di farli andare avanti.»

Popescu non riusciva a comprendere.

«E lei, allora, che ci fa qui? Chi è lei?»

«Io... io agisco per conto mio. Perché anche il mio lavoro, come il suo, è salvare vite. E se domani questa operazione sarà conclusa, moriranno centinaia di persone. Compresa Ana, con molta probabilità. Non possono correre rischi, avranno piazzato una quantità di esplosivo tale da essere sicuri. E in ogni caso, mi creda, non è gente che lascia vivi i testimoni.»

Popescu si alzò. Aveva una luce diversa negli occhi.

«Mi dica cosa devo fare.»

«Ci deve andare. Deve impedirle di azionare il meccanismo. Deve farlo lei, non ci sono altre possibilità.»

«Ma... ma la prenderanno, la uccideranno! L'ha detto lei adesso, no? Ha detto che non lasciano testimoni! Se pure le impedisco di... di fare questa cosa, come potrò salvare lei? Io l'amo, lo capisce?»

Lo capiva, sì. Lo capiva.

«Ci sarò anch'io. Glielo prometto. Ci penserò io, so come fare. La farò sparire, poi aspetteremo che le cose si calmino. Mi vedrà, le farò un cenno, così starà tranquillo. D'accordo?»

Lui sospirò. Non aveva alternative, e lo sapeva.

«Va bene. Va bene, ci andrò. Spero di riuscire a fermarla, è molto determinata.»

«Un'ultima cosa: non prenda più contatti con Ana o con qualcuno dei ragazzi. Sono certa che sono sorvegliati. Non veda nessuno, oggi. E domani vada dritto in teatro, senza passare da altre parti. Ci vedremo là.»

XLIV

8 novembre 1990, metà mattina

Entrò trafelata, sperando di essere riuscita a passare inosservata.

Sfilò il soprabito e sedette alla scrivania. Cominciò a spuntare liste e incrociare luoghi e date. Dopo un po' entrò Teresa, rossa in viso.

«Ah, ti sei degnata. Catapano mi ha chiamata tre volte stamattina, per sapere dov'eri e cosa ti fosse successo. Hai idea dell'aria che tira, sì?»

Sara provò a rassicurarla.

«Dài, Bionda, sono una madre, dopotutto. Ci può essere un impedimento familiare, no? Sono cose che succedono, non è che lavorare qua renda la vita diversa dal lavorare in questura. Giorgio ha la febbre, la baby-sitter era in ritardo e io ho dovuto aspettare che arrivasse.»

Teresa sibilò:

«E questa è la stronzata che ho raccontato a Catapano, che come sai è il braccio non armato di Tamburi. Ma siccome la realtà è ben diversa, credo di avere il diritto di sapere che cazzo hai combinato oggi».

Sara convenne che era giusto. Riassunse l'incontro con Popescu e quello che si erano detti. L'espressione di Teresa era un misto di terrore e curiosità:

«Ti rendi conto che potevi essere tu stessa sotto controllo? Che magari ti hanno vista, e ora qualcuno sta battendo un rapporto su di te e sui tuoi spostamenti? E io che ero convinta di essere quella istintiva e intraprendente delle due... Adesso cosa pensi di fare?».

«Domani non verrò in ufficio, dirò che la febbre di Giorgio è salita e che sono preoccupata. Andrò al San Carlo, entrerò con la tessera della polizia, non avrò problemi, mi sono già informata sui colleghi che saranno addetti alla sorveglianza. Aspetterò che Popescu faccia uscire Ana e dirò a una volante che si tratta di una questione di sicurezza, la porterò a casa mia. A quel punto lo racconterò a Tamburi, lui la proteggerà.»

Teresa era sbalordita:

«In pratica lo vuoi mettere davanti al fatto compiuto. Diventerà furioso, non può funzionare».

«Non c'è altro modo per impedire questa follia. E poi, Bionda, l'ho guardato bene quando mi ha detto che dovevamo fermarci, che non si doveva andare avanti per via di ordini superiori. Ti garantisco che non è d'accordo neanche lui con ciò che ci ha imposto. Quando sarà il momento, sono certa che mi aiuterà.»

Prima che Teresa potesse risponderle, si affacciò Marco Sfinzi:

«Oh, bambine, venite nell'ufficio di Tamburi. Riunione fuori programma, edizione straordinaria. Cose grosse in ballo, è evidente».

Entrarono alla spicciolata secondo il solito ordine, sistemandosi nelle posizioni usuali. Poi si scambiarono occhiate perplesse.

Andrea Catapano era già presente, sprofondato nella poltroncina, un accenno di sorriso man mano che riconosceva i suoni di chi entrava.

Quello che era diverso era proprio Tamburi. In genere li accoglieva in piedi, le maniche della camicia arrotolate, il tono allegro e discorsivo per invitare al pieno coinvolgimento. Stavolta era seduto, indossava la giacca, la cravatta era ben annodata. Teneva gli occhi fissi, dietro le lenti da lettura, su un giornale che celebrava l'arrivo del papa ed enumerava gli eventi programmati.

Sara ne notò il pallore mortale. Un brivido le corse lungo la schiena.

Dopo qualche minuto di crescente tensione, Tamburi depose il quotidiano.

«Signore e signori, devo darvi una notizia che non vi piacerà. Da adesso e fino a nuovo ordine, nessuno potrà lasciare questo stabile. Agenti in borghese sono stati collocati all'ingresso in un'auto senza contrassegni, si alterneranno in turni di quattro ore.»

Il tono era stato asettico, una normale comunicazione di servizio. E no, non c'era alcun rammarico nella voce.

Il primo a reagire fu Marco:

«Ma… ma perché? È un arresto, un confino? Io ho la mia vita, non ho fatto niente di male, dannazione!».

Si alzò un coro di proteste. Anche Sara, alla quale l'angoscia aveva mozzato il respiro, disse qualcosa sul figlio con la febbre. Solo Andrea Catapano rimase muto, continuando a esibire l'assurdo mezzo sorriso.

Tamburi attese. Poi disse:

«Mi dispiace, non avrei voluto. Le organizzazioni interessate alla vicenda che sapete pretendono la certezza di non subire interferenze per il tempo necessario».

Spada si lamentò:

«Avrebbero potuto avvisarci prima, ci saremmo attrezzati! Questo, mi dispiace dirlo, non è un comportamento rispondente alle regole della...».

Il dirigente piantò lo sguardo sul viso dell'uomo. A quest'ultimo le parole si spensero piano in gola, come il volume di una radio che viene abbassato.

«Avanza pure le tue rimostranze, Spada. Nessuno si muoverà da qui fin quando non lo deciderò io. Le stanze di sopra sono state allestite come foresteria, ci sono letti e bagni a sufficienza, una cucina e cibo a volontà. Non potrete comunicare con l'esterno, provvederà Andrea ad avvisare le famiglie. Ora andate. Grazie.»

Rimasti soli, Andrea disse pacato al dirigente:

«Era proprio necessario, capo? Non bastava metterla sotto sorveglianza, e casomai fermarla?».

Tamburi si tolse la giacca, l'appese alla spalliera della poltrona e arrotolò le maniche della camicia. Era stanco.

«Stamattina è andata di nuovo dal medico romeno. E qui ha fatto dire che il bambino ha la febbre, pensa un po': nemmeno a scuola ci si giustifica così.»

«E allora? Magari le piace, magari c'è attrazione fra i due. Succede, a quell'età.»

Massimiliano sbuffò:

«Credimi, quasi preferirei. Ma se avessi visto la faccia di lui quando è arrivato al lavoro, avresti capito subito. Prendere contatto con uno di loro è stato un errore di una gravità intollerabile».

«Però non hai agito per via diretta, capo. Non l'hai arrestata, non l'hai bloccata. Le hai solo impedito di intervenire ancora, ma fino a questo punto l'hai fatta arrivare.»

«Si sarebbe fatta ammazzare, Andrea. Quelli non si fanno scrupoli, lo sai come si comportano. Ricordo fin troppo bene l'Africa, l'India, il Medioriente. Per non parlare di Berlino. L'avrebbero fatta scomparire, e noi non avremmo più saputo niente di lei.»

«Comprendo la tua paura. Ma avresti potuto parlarle, no? Avrebbe inteso. È una ragazza intelligente.»

«No, amico mio. Non avrebbe inteso. È testarda, determinata. E poi c'è quell'altra cosa.»

Andrea inclinò la testa, curioso:

«Cosa, capo?».

Tamburi andò alla finestra e tacque per qualche istante. Poi disse, piano:

«C'è che ha ragione».

XLV

Fra tutti gli aspetti che nell'ultimo periodo concorrevano a rendere la sua vita un incubo, uno in particolare sconvolgeva Davide Pardo: le sedie verdi.

Detta così, suonava come una fobia di terz'ordine, da commedia sentimentale hollywoodiana o da psicoanalista dei quartieri alti. Ma la spiegazione, ahimè, c'era ed era assai triste.

Le sedie della saletta esterna al reparto di Radiologia erano appunto ricoperte di un orribile tessuto verdognolo, che sarebbe già sembrato antiestetico in contesti ben più allegri, ma diventava addirittura insostenibile, almeno per lui, in quel luogo infernale.

Eppure, aveva ragionato in una delle pregresse occasioni, il verde è il colore della speranza; accompagna chiunque si trovi lì per un accertamento o, come nel loro caso, perché in attesa del risultato di un'indagine.

Pardo stava imparando molte cose sulla propria pelle. Per esempio, adesso sapeva con quale animo si poteva guardare la brutta stanza del commissariato in cui lavorava, dove i parenti dei fermati aspettavano notizie. Genitori di ragazzi presi con dosi di droga eccedenti il consentito, o che da ubriachi erano stati coinvolti in incidenti automobilistici, o che avevano partecipato a risse: dottore, per favore, può dirmi qualcosa? Può farmi sapere di mio figlio? La prego.

Ricacciò indietro le lacrime e prese a succhiarsi i baffi. Sara pareva come sempre una statua di pietra, immobile con le mani in grembo, lo sguardo concentrato su un punto davanti a sé. Pardo si chiese con un pizzico di fastidio dove quella vecchia sfinge senza cuore trovasse la forza di reprimere le emozioni, ammesso che ne provasse. Viola passava lo sguardo dall'una all'altro alla ricerca vana di un appiglio, di un conforto, ormai precipitata al di là della stanchezza e del dolore, in un territorio orribile dal quale non era previsto ritorno.

L'impotenza. Sarà pure retorico, rifletteva Pardo, ma alla fine quello che è davvero insopportabile è non poter fare niente. Dipendere da ciò che diranno quando usciranno da quella porta grigia col finestrino opacizzato, e dalla faccia che avranno mentre spingeranno il bambino in barella.

Prima di entrare, il piccolo Massimiliano aveva tirato fuori una manina dal lenzuolo e aveva preso quella ben più grossa di Davide. Pardo aveva avvertito quel calore, quella vita che ancora scorreva sotto la pelle morbida. L'aveva guardato, terrorizzato da quel tocco, terrorizzato dall'emozione che avrebbe ricevuto, terrorizzato dall'imminenza di un altro ricordo difficile da cancellare. Aveva trovato quel sorriso dolcissimo e sfibrato, il meglio che il bambino riusciva a esibire, e l'aveva udito sussurrare:

«Non avere paura, zio Dado. Io non ho paura».

Quella frase lo aveva costretto a correre in bagno, per sentirsi singhiozzare come un fesso. Io sì, avrebbe detto, io ho paura. Ho paura di te in quel tubo, e ancora di più ho paura di quello che la macchina vedrà crescere dentro di te.

Eccome, se ho paura. Ma più di tutto ho paura di queste maledette sedie verdi, del dolore che hanno assorbito da migliaia di corpi in attesa di sentenza.

La porta si aprì. Le due donne schizzarono in piedi. La barella, l'infermiere che la spingeva, impassibile, l'abitudine alla sofferenza altrui. E Massimiliano, che cercava Pardo per rassicurarlo. Arrivò gioviale l'infermiera Maria, che disse, sbrigativa:

«Me lo piglio io, 'sto giovanotto. Ci dobbiamo fare una bella lavata con l'acqua calda, così ci togliamo di dosso tutte le schifezze, giusto? Saluta la mamma, ci vediamo in stanza. A dopo».

Sara, Viola e Pardo capirono l'antifona e rimasero lì. Dopo un po' uscì la primaria, la dottoressa Castellini.

Sara lesse sul suo viso emozioni contrastanti, e questo la colse alla sprovvista. Si era aspettata l'alternativa tra una sentenza definitiva, per la percentuale maggiore, e l'euforia per un'insperata, miracolosa regressione della malattia.

Invece trovava un dubbio, tra una bocca con gli angoli in giù, una fronte corrugata e un muscolo che guizzava sulla guancia a segnalare il precipizio prossimo venturo, e una luce di inquietudine negli occhi a contrastarlo.

La primaria si avvicinò ai tre con in mano un referto.

«Vi sarete chiesti il perché di questa risonanza magnetica fuori dai tempi previsti. In effetti l'ultimo giro di analisi non ha avuto buoni esiti, i valori si sono dati alla pazza gioia e sono schizzati tutti fuori range. Questo mi ha fatto temere il peggio e ho prescritto un accertamento urgente.»

Viola sentì venir meno le gambe. Pardo se ne accorse, le mise un braccio attorno alle spalle e la sostenne. Sara non aveva lasciato gli occhi della primaria, continuando a inseguire quella scintilla.

«Non vi mentirò. La risonanza ha dato il risultato che purtroppo immaginavo. Il tumore è cresciuto e manca ormai pochissimo all'irreversibilità della situazione. Massimiliano è condannato, fra poco dovremo addormentarlo per non svegliarlo più. Mi dispiace. Non so dirvi quanto.»

Viola emise un suono sordo, come di vetro su una lavagna. Pardo sembrava un pezzo di legno.

Sara disse, piatta:

«Che manchi pochissimo all'irreversibilità non significa che la situazione sia irreversibile, vero? Perché ha usato questi termini, dottoressa?».

Castellini la fissò, come un'insegnante sorpresa dalla perspicacia di un alunno. Poi disse:

«Penso che la mamma e lo zio possano andare dal piccolo, l'infermiera avrà già finito con le pulizie. Noi possiamo scambiare due chiacchiere, signora?».

Sara le andò dietro come un automa fino alla stanza riservata alla primaria. Le pareva di camminare su una nuvola, e sperò di morire prima di ascoltare ulteriori terribili notizie. Sulla soglia la donna si fermò, senza aprire la porta. Si girò verso Sara, l'espressione indecifrabile.

«Una decina di giorni fa, signora, nel parcheggio, lei mi ha estorto un'informazione che io nemmeno sapevo di possedere. Non so come abbia fatto, in virtù di quale magia nera, ma ha letto un pensiero che stava così in fondo alla mia mente che non credevo alle mie orecchie quando gliene ho parlato.»

Sara fece per rispondere, ma si accorse di non avere voce. La primaria continuò:

«Ieri sera ho ricevuto una chiamata. La persona al telefono ha dovuto ripetermi diverse volte chi era, ha avuto il mio numero da un professore che mi è davvero caro. Un realista, uno che nemmeno immaginerebbe l'esistenza di miracoli. Abbiamo parlato. Mi ha descritto un'idea, e io ho capito che questa persona e quest'idea venivano dritte dall'inferno, perché corrispondevano al pensiero folle che lei, signora, mi ha estorto nel parcheggio dieci giorni fa».

Tacque di nuovo, e sul viso comparve il disorientamento di una donna che si trovava di fronte a qualcosa che non riusciva a comprendere.

«Io non entrerò, signora. E non lo farò perché la medicina, tutte le nostre conoscenze e le terapie, le indagini e i controlli, non vanno oltre questa porta. Io, noi abbiamo fatto tutto quello che potevamo e dovevamo, e il destino di Massimiliano, per noi, è irrimediabilmente segnato. Mi ha capito, signora? Irrimediabilmente. Ma poi, non so come e non so perché, c'è questa porta. E la persona che troverà in questa stanza.»

Sara fece per allungare le dita verso la maniglia, ma la primaria le bloccò il braccio:

«Un'ultima cosa, signora. Io non potrò consigliarle un intervento, perché nessun chirurgo al mondo prenderebbe il bisturi davanti a un quadro come quello di Massimiliano. Non è soltanto possibile che muoia durante l'operazione: è addirittura certo. Devo dirglielo con chiarezza. E se la madre firmerà per l'intervento, dovrà esserne informata. Ma, e le devo dire anche questo, se fosse il mio nipotino io supplicherei la madre di autorizzare. Perché altrimenti la fine sarà atroce, e rapida».

Le lasciò il braccio e si avviò lungo il corridoio.

Sara abbassò la maniglia ed entrò.

XLVI

Vieni. Siediti pure. Quella gentilissima dottoressa ha detto di fare come se la stanza fosse mia: mentre io, come puoi capire, non vedo l'ora di andarmene.

Mi manca l'aria, qui. La odio, questa città. E sai bene come mai.

È strano, perché è l'ultimo posto in cui sono stato felice. Ci crederesti? Oltre trent'anni, un numero inverosimile di luoghi, tante facce da non poterle nemmeno immaginare, eppure quando il treno è entrato in stazione ho avvertito una frustata sulla pelle. L'ultimo posto in cui sono stato felice, proprio così.

Non credo di essere vecchio. Per gli standard attuali penso di essere considerabile addirittura come giovane, ho poco più di sessant'anni. Ma camminare per queste strade, fiutare l'odore dell'aria mi fa sentire di un'altra epoca. E forse lo sono davvero.

Guardami in faccia, per favore. Non abbassare lo sguardo come fai quando non vuoi essere vista e invece, chissà per quale arcano motivo, io ti vedo lo stesso. Gli occhi, i tuoi occhi sono il filo conduttore della mia esistenza.

Perché la prima volta che ho incrociato i tuoi occhi ero un uomo felice. Innamorato della vita, di quello che facevo, delle prospettive che avevo. E innamorato della donna che mi stava al fianco.

Mi sono chiesto all'infinito come sarebbe andata, se non avessi incrociato i tuoi occhi. Non ho dubbi che avrei avuto la cattedra, ero già a uno stadio avanzato. Forse avrei sposato Ana, parlavamo di casa, di bambini.

Saremmo rimasti qui? Probabile. Lei era inserita, stimata, felice; io pure. Certo, la professione avrebbe offerto delle opportunità, ma avremmo soppesato vantaggi e svantaggi e saremmo restati. Invece no. Invece, arrivarono i tuoi occhi.

Per tutto questo tempo mi sono chiesto come ti chiamassi. Mi pareva impossibile che la persona che aveva determinato il mio destino, che aveva spaccato la mia vita in due non avesse un nome. E quando me lo hai detto, a Ginevra, la scorsa settimana, mi è parso impossibile che lo avessi, un nome. Da allora, ho trascorso ogni notte a rigirarmelo in bocca come una caramella: Sara. Sara. Nemmeno pensavo fosse vero, ero convinto fosse un'altra bugia. Mica era la prima, no? Potevi benissimo avermi mentito ancora, magari per abitudine, magari per il gusto di mentire.

Perché sono persuaso che quelli come te mentano sempre. Per principio. Forse vi scelgono così: chi è capace di mentire meglio salga a bordo.

Sai, credo di essere qui per il tuo nome. E per i tuoi occhi. Per le contraddizioni che vengono dalla conoscenza di entrambi. Se avessi scoperto che il tuo nome era un'altra bugia, me ne sarei andato per la mia strada sollevato, consapevole di aver aver capito in tempo.

E invece no. Il nome è vero. Ho dovuto prendere contatto con l'ospedale, con questa dottoressa per capire che il nome è il tuo, e per scoprire il nome del bambino. Massimiliano Alberti, no? Il nipote di Sara.

Quindi non avevi mentito.

Devi sapere una cosa di me: io non sbaglio a valutare le persone.

Non lo dico come pregio, la maggior parte delle volte è doloroso, non è un vantaggio. L'ho sempre considerata una mia caratteristica, né più né meno. È la ragione per cui ti vedo, credo. In qualunque circostanza, io ti vedo. È questo il mistero dei tuoi occhi, Sara: perché mi sembrava di leggerli e mi hai ingannato? Non mi è successo mai prima di te, e mai dopo.

Come saprai, sono scappato. Quando mi sono reso conto dell'irreversibilità di quello che era successo, sono andato via. Ero certo che mi avrebbero preso, ero stato testimone diretto del modo di operare. Ero terrorizzato, folle di paura.

Avevo il passaporto con me, un po' di soldi. Non sono nemmeno passato da casa a prendere un cambio, dritto in aeroporto, guardandomi le spalle, sicuro di essere inghiottito da quelle tenebre. Ho sentito quel fiato sul collo per mesi, forse per anni.

Forse ancora lo sento.

Andai in Russia, da mia madre. Mi presentai in ospedale con altri documenti: in quei giorni un sacco di gente cambiava nome, c'era un mercato fiorente di identità, nessuno avrebbe controllato un medico con le mie capacità. Appena mi convincevo che il nome cominciava a girare, a essere citato, cambiavo posto.

Sono diventato abilissimo a cancellare le tracce. Certo, non potevo costruire niente, una continuità di carriera, una famiglia, dei figli. Ma nemmeno ne volevo. Ero perseguitato dal sorriso di Ana e dai tuoi occhi. Dall'aver creduto che fossi sincera.

Non negare, Sara. Non protestare verità, io lo so cosa è accaduto. Ho avuto tutto il tempo di ricostruire, e anche di capire, di spiegare a me stesso perché è successo quello che è successo, perché il 9 novembre 1990 io ho permesso alla mia vita di cambiare per sempre.

Tu non mentivi del tutto, in realtà. Era vero che quel pazzo fanatico del fratello di Ana voleva fare quell'assurda cosa, sì. Era vero che l'avevano assistito nell'organizzazione. Americani, inglesi, francesi, chi se ne importa, forse tutti insieme. Oppure i tuoi, i Servizi del tuo Paese.

Ed era vero che se tu non mi avessi avvisato l'avrebbero fatto, e magari Ana sarebbe morta insieme a centinaia di persone, chissà quanta di quella roba avevano caricato. Quindi non posso addebitarti le colpe per intero, sono obiettivo.

Ma perché mi hai detto che saresti venuta a salvarla? Per quale motivo mi hai detto che c'era la possibilità di mettere ciascun tassello a posto?

È questo, vedi, il punto. La domanda che ogni notte, prima di addormentarmi, mi sono fatto per trent'anni. Me lo hai detto, e io ti ho creduto. La mia innata capacità di valutazione quella volta ha sbagliato? Oppure, ed è anche possibile, tu ci credevi? Eri sincera, e così ingenua da immaginare che ti avrebbero lasciato fare? Tu, piccola e giovane agente di chissà quale branca di provincia dei Servizi, pensavi sul serio di poter salvare qualcuno; e io, ancora più stupido, mi sono fidato.

Col tempo mi sono convinto che io, chirurgo fantasma che va nelle sale operatorie altrui a vendere le proprie mani, faccio in fondo la stessa cosa: propongo speranze. A volte va bene, a volte no. Ma almeno ci provo. E nel corso dei miei interventi scelgo il male minore, sempre.

Talora mi capita di salvare vite pagando un prezzo, o meglio: di salvare la vita di qualcuno, facendogli pagare un prezzo. Perdono arti, facoltà, restano ciechi o su una sedia a rotelle, per sopravvivere. Chissà, magari mi maledicono quando si rendono conto che continuare a respirare non era poi la migliore delle soluzioni. Ma sul momento sta a me scegliere. E scelgo.

Tu forse all'epoca, consapevole o meno, hai fatto la stessa cosa. Hai pensato di salvare centinaia di persone, tutti quelli che si trovavano nel teatro quella sera; e anche il tizio in bianco, il santo, l'eroe che aveva contribuito ad abbattere il Grande Nemico aprendo il futuro a un mondo nuovo, che siamo tutti così sicuri sia migliore del vecchio. Ana, suo fratello e i suoi amici erano il danno collaterale, no? L'arto da amputare, che poi si getta via tra i rifiuti speciali.

Vasile aveva due fratelli più piccoli, a Bucarest. Li manteneva mandando soldi guadagnati con le traduzioni. Costi aveva un padre invalido, che poi è stato arrestato mentre cercava di rubare del pane, ci pensi? Del pane. È morto in galera. Mihaela metteva da parte i soldi per andare in Cina, dove c'erano gli ultimi comunisti. Chissà che fine hanno fatto, quei soldi.

Ho cercato di sapere di loro in Romania, non qui. Svaniti nel nulla quello stesso giorno. Come Ion. Evaporati. Quasi non fossero mai esistiti. Arti amputati, no?

Danni collaterali.

Perché sono qua, allora? Perché ho obbligato Cicci a mandarmi tutta la documentazione e me la sono studiata? Perché ho preso contatto con i massimi luminari di qui e ho fatto imporre la mia presenza a questa gentile primaria che non credeva alle proprie orecchie?

Perché io non sono come te, Sara. Io sono nato per salvare vite, non per farle svanire nel nulla, *puff*, aria fresca dove prima c'erano persone, un appartamento vuoto dove prima abitavano in cinque, nessuna traccia, tutto cancellato.

Io sono qui per provarci. Ma anche per il gusto immenso di pensare a te fuori della porta, che dipendi da me, dalla mia mano. Che non saprai mai se il tuo innocente nipote è vivo e salvo, o se invece è morto o è rimasto menomato a causa tua, di quello che hai fatto o di quello che non hai fatto trent'anni fa.

La tua pena, la tua condanna sarà aspettare seduta fuori della sala operatoria. Sospesa al mio bisturi.

O, in alternativa, attendere l'arrivo della morte.

Che in fondo, è quello che faccio io dalla sera del 9 novembre 1990.

XLVII

9 novembre 1990, sera

Per trovare la forza, Ana pensava alla gita a Costanza.

Ion le aveva parlato a lungo, ma non c'era niente da fare: le motivazioni erano diverse. Il fratello era focalizzato sul bene del mondo, sulla bontà dell'ideale comunista, sulla sofferenza degli ultimi; lei aveva bisogno di un sano, univoco sentimento di vendetta.

Si era resa conto solo di recente di quanto si fossero allontanati, lei e Ion, negli ultimi anni. Di come avessero percorso direzioni diverse, pur vivendo insieme e incontrandosi ogni giorno, pur non smettendo di parlare e di confrontarsi, pur amandosi e riconoscendo le radici che li accomunavano. Lui a quelle radici era rimasto legato, e aveva sempre pensato di rientrare a casa per aiutare il proprio Paese a migliorare; mentre lei, in realtà, era andata via per non tornare mai più.

Nelle notti che aveva passato sveglia, e che la collocavano in una allucinata atmosfera da incubo perenne, si era chiesta soprattutto perché non avesse la forza di voltare le spalle al passato.

L'idea di denunciare il fratello e gli amici, fosse anche per proteggerli dagli insani propositi che avevano, non l'aveva neanche sfiorata, la delazione era orribile e ingiustificabile; ma se avesse solo preso le distanze, se avesse detto ascolta, Ion, fratello mio, non dirmi niente, non mettermi al corrente di nulla, neppure di un particolare, perché io non sarò con voi, io ho una vita, un amore, una professione e soprattutto un futuro da vivere, e quindi meno so meglio è, credeva che l'avrebbero lasciata andare. Con disgusto, certo; con riprovazione, ma l'avrebbero lasciata andare.

Lei però non era riuscita a farlo, e questo era un fatto. Quando Ion le aveva detto della morte del padre, tutto era cambiato. E Ana aveva capito che quella situazione la riguardava, eccome se la riguardava.

Per Ion, il padre era stato un modello. Per il prestigio della carica, il ruolo, la figura marziale, il rispetto venato di timore che riscuoteva, forse; e forse per la durezza, il senso del dovere che veniva dalla necessità di un'educazione militare da impartire al figlio. O forse e soprattutto, pensava Ana, per quella rivalità maschile che si infiltrava all'interno del rapporto paterno e filiale, stabilendo dei limiti oltre i quali non si poteva andare.

Con Ana il rapporto era stato invece di una tenerezza profonda. Sentimentale e fisico, fatto di carezze e moine e regali. Il padre era innamorato della figlia, e la figlia del padre. Ridevano e si commuovevano per un'intesa che era esclusiva, che non comprendeva nessun altro.

Agli inizi degli anni Ottanta, una domenica, il padre aveva detto all'autista di prendersi una giornata di libertà. Aveva caricato la famiglia a bordo e aveva portato tutti a Costanza, sul mar Nero, perché c'era il sole, perché aveva voglia di *tocana*, lo stufato con funghi che, come lo cucinava il ristorantino vicino alla moschea, da nessun'altra parte al mondo.

Nel momento in cui la bocca di Ion ne aveva articolato l'uccisione, davanti ad Ana era comparso il suo viso allegro dai capelli scompigliati dal vento, in quella domenica di primavera in cui avevano deciso di viaggiare per due ore fino al mare. La sua risata, l'avambraccio nudo con le maniche della camicia arrotolate, le canzoni cantate in coro insieme all'autoradio, un lusso di cui godevano in pochissimi. Il suo papà. Ammazzato come un cane.

Canticchiando una di quelle canzoni, di cui scopriva adesso di ricordare a memoria ogni parola, si era vestita in maniera sobria ed elegante. Aveva raccolto i capelli in una coda, consapevole di quanto fosse appariscente col mantello nero sciolto sulle spalle. Si era truccata, perché la sciatteria non era plausibile in quell'occasione e perché voleva coprire le occhiaie delle notti senza sonno, passate a cercare le ragioni di quello che doveva fare e trovando soltanto il viso allegro di un uomo che cantava a squarciagola una domenica.

Si era seduta a fumare, aspettando l'alba. Che era venuta, come poi il mezzogiorno.

Gli altri la fissavano inquieti. Non piaceva a nessuno che tutto dipendesse da lei, ne era cosciente. Vasile avrebbe voluto la gloria di chi premeva il grilletto; Costi temeva che Ana non fosse in grado di posizionarsi correttamente; Mihaela pensava che quella occidentale mancata, priva di ideali e di coraggio, se la sarebbe data a gambe rendendo inutile tanta fatica.

Eppure era stata Mihaela, minuta e in apparenza inoffensiva, a piazzare i quindici chili di tritolo sotto il palcoscenico, prendendoli un po' alla volta all'esterno del teatro dove erano stati sistemati da ignote mani amiche, come un uccello femmina che prepara il nido. Eppure era stato Costi a studiare il modo di creare e collegare i circuiti necessari perché la bomba esplodesse appena Ana avesse premuto il pulsante del telecomando, che doveva tenere in tasca ed era simile a una radiolina. Eppure era stato Vasile a spiegarle dove avrebbe dovuto mettersi perché il telecomando funzionasse e lei non rimanesse uccisa dalla devastante esplosione.

Ma doveva andare Ana. Perché l'ingresso era riservato al personale docente delle università. Perché la conoscevano e non avrebbe attirato l'attenzione. Perché era abbastanza stimata da ricevere l'invito, ma non abbastanza importante da ottenere un posto vicino al palcoscenico.

Ion l'abbracciò rigido, il viso pallido intagliato nella pietra e un'assoluta determinazione negli occhi, quando Ana uscì di casa per andare al San Carlo. Lui e gli altri sarebbero stati lì, ad accoglierla una volta finito tutto.

E tutto sarebbe andato bene, come era stato assicurato.

Tutto sarebbe andato bene. Bastava premere un pulsante.

Hai studiato per salvare vite, le disse nella mente la voce di Nico. Tu non uccidi: tu guarisci. È vero, amore mio. Ma non eri con me nella nostra auto, mentre il vento gli scompigliava i capelli e lui cantava *M-am nascut intre Carpati*, imitando la voce di una ragazza e facendomi morire dal ridere. Non eri con me, quando allungava la mano e mi accarezzava la testa, figlia mia perfetta, così diceva, perfetta, amore mio, tu non c'eri.

Era entrata, mostrando credenziali e invito. Lui, l'uomo che doveva morire, stava ancora ricevendo gli applausi della piazza davanti a un oceano di occidentali adoranti, come un generale romano che celebrava una vittoria, e così era, Ion gliel'aveva detto un milione di volte, è semplice, c'è una guerra e quello è il nemico. Ma per lei, per Ana che percorreva la guida blu fra le transenne dov'era assiepata la folla per intravederlo un istante, si trattava di vendicare quell'uomo che rideva nel vento.

Scale, scale e ancora scale. Donne impellicciate, uomini che cercavano di incrociare sguardi altrui, ragazzi con videocamere per riprendere chi c'era. Nel salire verso l'ordine di palchi dove avrebbe dovuto sedere e decidere il destino dell'umanità, incontrò un paio di colleghi che non stavano nella pelle, quasi fossero consapevoli di vivere un evento fondamentale della storia contemporanea. Ci pensi?, le dissero. Lo vedremo, in carne e ossa! Carne e ossa, rispose allucinata.

Carne e ossa.

Sedette. Il palco era occupato da sei sedie oltre alla sua, giovani assistenti universitari accompagnati da mogli cinguettanti. Non si preoccupò, Vasile era stato chiaro: tutti sarebbero stati concentrati sull'uomo vestito di bianco, che avrebbe parlato da una specie di trono su una pedana di tre gradini al centro del palcoscenico. Tu dovrai tirare fuori il telecomando, alzare l'antenna e premere il pulsante. Poi lo lascerai cadere dall'alto, mentre il mondo sarà rivoluzionato, e uscirai con calma, perché l'unico rischio sarà essere travolta dalla gente in fuga. Semplice. Non guardare, non parlare, non fare niente. Vattene e basta.

Attese. Platea e palchi erano già pieni, ma nell'ora successiva si riempirono ancora, era la città dell'imbucata, del permesso fasullo, degli amici degli amici. Era prevedibile che ci fosse assai più gente di quanto dovesse. Meglio così, aveva detto Ion. Più confusione c'è, più sarà facile sparire.

Sparire? Solo per stasera, aveva detto lui. Poi, anzi, sarà necessario fare una vita normale, commentando con stupito dolore l'accaduto, leggendo i giornali e ascoltando la radio. Assistendo all'evoluzione delle cose. Ma stasera, meglio sparire.

Ana fissava la folla, una quindicina di metri più sotto. Teste assiepate, non persone. Non pensarci come persone, si disse. Tu salvi le persone. Quelle non sono persone, è una massa senza individualità, la cui sorte è un evento necessario. *M-am nascut intre Carpati*, le cantò il papà nella mente. Ammazzato con un colpo alla testa. La mano accarezzò il telecomando nella tasca del soprabito.

La folla si mosse come un mare sotto il vento, ed entrò l'uomo in bianco. Era visibile come un faro nella nebbia. Attorno, un nugolo di uomini in nero, uno in rosso, tutti urlavano e applaudivano. Una ragazza, di fianco a lei, emise un urletto come a un concerto rock. Ana non si era mai sentita così aliena da quel mondo, così distante da quel posto e da quella città. Non sarebbe stato difficile come pensava, forse. Forse sarebbe stata una soddisfazione. *M-am nascut intre Carpati*, pensò. Sono nata nei Carpazi. Povero papà mio.

L'uomo sedette sul trono, a fatica. Un vecchio stanco, e ferito. Ana si figurò sotto di lui il pacco di esplosivo, il nido dell'uccello Mihaela, in attesa dell'ordine che il suo dito avrebbe impartito. Tutti nel palco erano in piedi, impegnati nello stesso frenetico applauso. Un uomo si voltò verso di lei, cercando la condivisione dell'entusiasmo. Gli sorrise, fingendo commozione.

Prese il telecomando. Alzò la minuscola antenna telescopica. Guardò di sotto, disobbedendo al consiglio di Vasile. Una parte di lei misurò quanti in platea sarebbero rimasti coinvolti nell'esplosione. Tutti, di certo quelli più vicini al palcoscenico. Costi alla domanda diretta aveva risposto con un'alzata di spalle, credo fino a metà sala, aveva detto.

Tu sei nata per guarire, non per ammazzare.

M-am nascut intre Carpati.

Il pollice si collocò sul tasto. L'uomo in bianco disse: signor rettore magnifico, illustri docenti. Un'ultima occhiata, e l'attenzione fu attirata da un viso rivolto verso di lei. Fra tante teste nere che costituivano una massa amorfa, la fissava.

Il pollice fremette. *Iubita mea*, sillabò la bocca in quel viso. Amore mio. Nico, che ci fai lì?

Era a non più di otto metri dal trono sul quale l'uomo in bianco parlava. E dal nido nascosto dell'uccello

Mihaela. Fino a metà sala, aveva detto Costi. Sei nata per guarire, sentì nel cuore. *Iubita mea*, ripeterono le labbra.

Il cuore nelle orecchie, gli occhi chiusi. Vide svanire il volto sorridente, i capelli mossi dal vento e la canzoncina cantata in modo adorabile. Perdonami, papà. Perdonami.

Lasciò cadere il telecomando in un angolo oscuro del palco, e fuggì. Scese le scale deserte, mentre la massa amorfa applaudiva. Uscì in strada, affamata d'aria.

Nessuno la vide mai più.

XLVIII

Il primo a cedere fu Pardo, e c'era da aspettarselo.

Avvenne allo scoccare della quarta ora, e fu piuttosto spettacolare: cominciò con un tremito incontrollato della mano destra, che salì al braccio e si trasmise alla sinistra. Le gambe tremavano già da quando, passata l'ora iniziale, l'infermiera Maria gli aveva detto che Massimiliano era ancora in preanestesia e l'intervento non era stato avviato.

Scattò in piedi. Viola sobbalzò, tradendo una tensione resa palese dal solo fazzoletto che tormentava. Lui chiese scusa con un inchino e si precipitò nel bagno della sala d'aspetto, all'esterno del complesso operatorio. Viola guardò Sara, interrogativa, ma l'altra si limitò a stringersi nelle spalle e a fare un gesto vago con la mano.

La dottoressa Castellini aveva spiegato che sarebbero andati per le lunghe. Gli accertamenti avevano mostrato con precisione la situazione che Popov si sarebbe trovato davanti, una volta aperto; erano da escludersi sorprese, e il rischio che si recedesse dall'operare non c'era.

Del resto, ciò che col suo accento gutturale il medico aveva riferito a Viola, nell'unico incontro che avevano avuto alla presenza di Sara e Pardo, era piuttosto chiaro:

«Signora, le dico quello che dico sempre: suo figlio non è operabile. Il mio è un tentativo estremo, secondo un approccio chirurgico personale che a volte, soltanto a volte, funziona. La ringrazio per aver autorizzato l'intervento. Farò del mio meglio ma l'avverto che andrò comunque avanti, e il bambino potrebbe non farcela».

Viola aveva risposto con la serenità che, da qualche tempo, era il suo consueto atteggiamento:

«Dottore, io mi fido della nonna di Massimiliano. Le ho chiesto: tu cosa faresti? E lei ha detto che non avrebbe dubbi. Mi basta. D'altra parte ha deciso la dottoressa Castellini, quando mi ha detto quale destino aspetterebbe Massi senza questa operazione. Quella che ho davanti è solo una scelta apparente. Ci devo provare».

Quell'uomo strano dall'aria sciupata aveva annuito e se n'era andato.

Rimasti soli, Pardo aveva dato la stura alla lista dei dubbi: e se per miracolo dovessero scoprire una terapia? E se per miracolo la crescita del tumore si fermasse? E se per miracolo Massimiliano avesse la forza di reagire? E se per miracolo qualcuno trovasse una maniera meno invasiva di intervenire, magari con una serie di piccole operazioni che non mettano a rischio la vita del bambino?

Troppi "per miracolo", aveva detto Viola. Ormai ho deciso e ho firmato. Andiamo avanti.

Ora erano tutti e tre soli, su altre sedie verdi, a fronteggiare i propri fantasmi in un'attesa che poteva preludere a diversi inferni.

Pardo, mentre vomitava in bagno, pensava che non avrebbe potuto sopravvivere alla cancellazione di quel bambino dalla sua vita. Era il figlio che aveva voluto più di ogni altra cosa al mondo e che il destino non gli aveva concesso. Era il compagno di giochi, l'allievo al quale insegnare le inutili sciocchezze che sapeva e non sarebbero mai servite a niente. Era il tramite tra lui e Boris, che dormiva ignaro a casa e non gli avrebbe mai perdonato di non vedere più il loro giovane amico. Fosse stato per Pardo, non l'avrebbe mai fatto passare per quella orribile porta in metallo, così da raccontargli della Tigre di Mompracem e convincerlo a mangiare un cucchiaio di pastina.

Viola, mentre stringeva il fazzoletto, pensava a come avrebbe convissuto con la consapevolezza di aver mandato il suo bimbo al patibolo. Pensava che non aveva voluto quel figlio, che al destino aveva chiesto tutt'altro, e invece lui adesso era l'unica ragione per la quale si svegliava al mattino. Voleva tornare a cercarlo e a riconoscerlo in mezzo agli altri bambini al parco, voleva tornare a lamentarsi per il piede che gli cresceva di mezzo numero a bimestre, voleva tornare a ridere per i versi buffi che faceva quando aveva paura di un brutto cartone animato. Era presto, Dio, così presto per perderlo. Non era naturale, era solo poco tempo prima che lo sentiva crescere come un alieno nella pancia. Non era pronta a vederselo portare via come un giocattolo rotto. Viola pensava che quell'atroce momento di terrore lo avrebbe forse ricordato come l'ultimo istante di felicità della sua intera esistenza.

Sara, mentre osservava la porta in metallo come potesse parlarle, pensava a Massimiliano. Non al bambino, non al nipotino che stava scoprendo di amare come mai aveva amato, non al furbo nanetto che si nascondeva i calzini dietro le spalle e le diceva trova, trova, nonna, e poi si girava inavvertitamente e mostrava la refurtiva, e tutti e due a sghignazzare facendo l'identico suono, ma guarda che scherzi fa la genetica. Non a lui.

Pensava all'altro Massimiliano. All'uomo che aveva amato perdutamente, che magari, non si poteva mai dire, stava da qualche parte e poteva aiutarla a salvare quella minuscola vita e quel futuro che altrimenti sarebbe andato sprecato. Pensava anche a quella clausura di due giorni, all'inizio di un novembre di trent'anni prima, che le aveva impedito di salvare una ragazza la quale, alla prova dei fatti, non aveva commesso niente di male e chissà da quale abisso era stata inghiottita. Pensava che, nonostante le sollecitazioni, nei lunghi anni che avevano trascorso insieme, non aveva mai voluto raccontare perché l'aveva fatto, chi glielo aveva chiesto e chi aveva gestito l'operazione affinché l'attentato non avvenisse.

E pensava, Sara, all'ultima parte del dialogo con l'uomo che era stato Nicolae Popescu e adesso era Nikolaj Popov, chirurgo senza sede e senza fissa dimora. A quando gli aveva detto che non era stata colpa sua, che lei mai avrebbe mancato a quella promessa, che era stata rinchiusa e quando era uscita nessuno di loro c'era più, che erano stati cancellati come non fossero esistiti. Pensava a quando lo pregava, lo scongiurava di non credere alle sue parole, ma ai suoi occhi.

Lui l'aveva ascoltata in silenzio. E ora era al di là di quella porta, con un bisturi in mano e la vita di Massimiliano in pugno, e Sara non sapeva se aveva affidato il nipotino innocente a un mostro folle affamato di vendetta, oppure a un uomo disturbato e triste inseguito da una morte antica in procinto di raggiungerlo, di cui non conosceva le effettive capacità se non per alcune leggende che ne circondavano il falso nome.

Il punto adesso, pensava Sara rivolta alla porta, non è più se tu mi credi; ma per quale motivo io dovrei crederti.

Le ore diventarono cinque, poi sei, infine sette. La notte si appropriò della finestra, Pardo entrò e uscì dal bagno altre quattro volte, sempre più simile a uno strofinaccio troppo usato. A un certo punto Viola sembrò sul punto di svenire: un pallore mortale la invase, seguito da un pericoloso inclinarsi verso destra; se ne accorse Sara, e risolsero con un bicchiere d'acqua e zucchero. La ragazza rifiutò di andare a riposare. Quello era il suo posto, là sarebbe rimasta.

Allo scadere dell'ottava ora, la porta in metallo che sembrava ormai un muro si aprì. Ne emerse la dottoressa Castellini in camice azzurro e cuffia a fiori, la mascherina sul collo. Il viso esprimeva una forte stanchezza; le rughe solcavano la pelle, i segni della protezione appena abbassata parevano tatuati. Sara le guardò gli occhi, augurandosi di rinascere senza alcun talento per riconoscere le parole dietro gesti ed espressioni.

Ma gli occhi della primaria luccicavano, e il cuore di Sara si alzò in volo.

La donna mormorò:

«Non ho mai assistito a niente del genere. Mai. E credo che non potrò più nemmeno operare, dopo quello che ho visto».

L'ispettore Pardo, uomo concreto ma assai poco intuitivo, squittì:

«Come, come... com'è andata, cioè, come sta adesso, cioè voglio dire, dottoressa, come starà? Cioè, adesso lui... è vivo, sì?».

La dottoressa Castellini andò da Viola, che non era riuscita ad alzarsi.

«Stia serena, Viola. Massimiliano la accudirà da vecchia. Glielo garantisco.»

Quando uscì all'aperto, col cappotto scuro e la cartella in pelle, sentì subito che c'era.

Si fermò, come un cane che fiuta una pista. Poi si girò verso di lei.

«Troppo futuro, quel bambino. Troppe cose da fare e da dire. Non era ora, tutto qui.»

Sara lo guardava. Nella notte e nel riverbero della luce sulla porta d'ingresso, sembrava un felino.

«Non ti ho mai mentito, Nico. Mai. E lo so che sei tornato perché volevi fare i conti con uno dei tuoi fantasmi, magari l'unico ancora reperibile, ma io non ti ho mai mentito. Grazie per averlo capito. Grazie per aver salvato la vita di mio nipote.»

Nico annusò l'aria frizzante, l'odore degli alberi del parco, quello del mare distante. Sorrise, e parve più giovane.

«Mica è detto che io gli abbia fatto un favore. Il destino magari esiste: ma si scrive all'indietro.»

A qualche chilometro, nel buio profondo di una stanza in cui la luce era inutile, un uomo sedeva su una poltrona in pelle, le cuffie alle orecchie.

Ascoltava se stesso dire, una vita prima:

«Perché hai voluto essere sicuro che partisse e si rifugiasse altrove, capo? Perché hai chiesto informazioni proprio su di lui e non sugli altri? Perché ti interessava il dottore? Era esterno al gruppo, non aveva rapporti che con Ana. Perché hai voluto sapere di lui?».

Una voce calda, profonda e a lui molto cara rispose dal passato:

«Perché li ho visti guardarsi, Andrea. Da lontano, dal punto di osservazione che avevo, li ho visti guardarsi. Ho visto vibrare l'aria tra loro, ho visto quella tensione elettrica. E non lo potevo sopportare. Mi capisci, Andrea?».

Il cieco spense il registratore, trovando il tasto come lo vedesse alla perfezione. E disse, a fior di labbra:

«Ti capisco, capo. Ti capisco».

Fine

I PERSONAGGI

La squadra

SARA MOROZZI

Il corpo non mente. Lo sa bene Sara Morozzi che vede quello che non si vede, legge le labbra e interpreta il linguaggio non verbale: per lei gli altri non hanno segreti. Smorfie ed espressioni del viso, posture e impercettibili gesti compongono i segni di un alfabeto che gli occhi di Sara decifrano. Ma un talento simile non può passare inosservato, tanto più se colei che lo possiede è un'agente di polizia. E così, alla fine degli anni Ottanta, viene reclutata dalla più riservata unità dei Servizi, una struttura impegnata in attività non autorizzate di intercettazione e dossieraggio. Il tempo delle scelte incombe e Sara – detta Mora – compie quelle più dolorose. Insieme alle pratiche altamente confidenziali e all'amicizia della collega-rivale Teresa Pandolfi, il nuovo lavoro le regala il più irresistibile degli amori: quello per Massimiliano Tamburi, il suo capo, l'enigmatico fondatore dell'unità, più grande di lei. Una passione travolgente al punto da spingerla a lasciare il marito e il figlio piccolo.

Trent'anni dopo, Sara ha sofferto troppo e pagato tutto. Trascorre notti insonni, visitate dai fantasmi di chi se n'è andato: quello di Massimiliano stroncato da una malattia incurabile e quello del figlio Giorgio deceduto in un misterioso incidente. Dopo una vita passata a svelare menzogne e bugie, le maschere sono diventate sue nemiche. Perciò Sara Morozzi non si trucca, non porta scarpe col tacco, veste in modo ordinario e non colora il grigio dei suoi capelli. È una donna che vuole passare inosservata. È una donna capace di celare un'occulta bellezza. È la donna invisibile.

VIOLA

Il destino non è stato tenero con Viola. Da ragazzina ha perso il padre a cui era legata da un rapporto speciale. Poi è toccato al compagno Giorgio, il figlio di Sara, morto quando lei era incinta. Invece a essere ben presente nella vita della giovane è la madre, una donna petulante, collerica, egocentrica e attaccata al denaro. Sola e con un bambino in arrivo, Viola ha dovuto rinunciare al sogno di diventare una fotoreporter, anche se con la macchina fotografica è un asso e con l'obiettivo cattura i dettagli che Sara coglie con gli occhi. Insieme alla donna invisibile e a Davide Pardo compone un trio di detective tanto improbabile quanto formidabile. Dopo la nascita del piccolo Massimiliano, dovrà rintuzzare a botte di feroce sarcasmo l'invadente premura "materna" del poliziotto.

DAVIDE PARDO

All'ispettore Davide Pardo non ne va bene una. Sognava una famiglia numerosa, e non è riuscito a tenersi una donna. Credeva nella legge, ma la legge lo ha deluso. Ora che ha superato la cinquantina vorrebbe almeno preservare il sacro rito del caffè delle undici, ma succede che anche quello va in malora. Il destino può essere davvero crudele, e a Davide è capitata pure la disgrazia di possedere un cane. O meglio, al cane è capitato il colpo di fortuna di possedere Davide. L'animale in questione è un Bovaro del Bernese di sessanta chili e settanta centimetri d'altezza che ha trasformato l'esistenza del poliziotto in un inferno.

Tosto, semplice, dall'aspetto irsuto, Pardo vede il mondo in bianco e nero. Quando Sara Morozzi lo coinvolgerà nelle sue inchieste, scoprirà che esistono infinite sfumature di grigio.

BORIS

Se è vero che il cane è il migliore amico dell'uomo, non è sempre vero il contrario. Di sicuro non lo è per l'ispettore Davide Pardo che, il suo fedele quadrupede, lo detesta con tutta l'anima. Del resto Boris non ha le fattezze di una deliziosa bestiola, essendo una belva mastodontica con un chilo di lingua che non esita a spalmare sul viso di Davide. Ma ben più dell'incontenibile affetto a esasperare il poliziotto provvedono le imponenti deiezioni che l'animale è solito rilasciare, insieme alle furiose sessioni di sci nautico di terra a cui Boris costringe colui che dovrebbe tenerlo al guinzaglio. E visto che al peggio non c'è mai fine, Pardo deve anche subire l'onta della complicità che fin dal primo incontro s'instaura tra il gigantesco Bovaro del Bernese e Sara Morozzi.

L'unità

TERESA PANDOLFI

All'ostentazione della propria bellezza, Teresa Pandolfi non ha mai rinunciato: né da giovane recluta dell'unità, né da agente operativo e nemmeno dopo la morte di Massimiliano Tamburi, quando gli succederà ai vertici di uno dei più segreti e strategici apparati per la sicurezza dello Stato. Arruolata insieme a Sara, per tutti le due diventano semplicemente "Mora" e "Bionda". Diverse come il giorno e la notte, sono state amiche, colleghe, rivali. E Bionda è tutto ciò che Sara non è: vistosa e attraente, cinica e impermeabile all'amore a cui ha rinunciato, preferendo concedersi momenti di passione rapace rubati a uomini più giovani di lei. Sarà la fredda e calcolatrice Teresa a richiamare la donna invisibile sul campo. Ma nessuno è davvero immune all'amore e alle sue conseguenze, e Bionda lo scoprirà suo malgrado.

MASSIMILIANO TAMBURI

Solo in pochissimi conoscono davvero la storia segreta d'Italia: Massimiliano Tamburi è tra questi. Agente del servizio segreto militare, sostenitore visionario delle più moderne tecniche di intelligence, è l'enigmatico fondatore dell'unità e l'uomo per cui Sara rinuncia a tutto senza che lui le abbia mai chiesto niente. Neanche la morte scioglierà il vincolo dell'amore e il ricordo di Massi rimarrà una presenza costante per la donna invisibile, insieme al suo archivio tra i cui incartamenti sono custodite le verità più inconfessabili sui misteri della Repubblica: delitti, stragi e corruzione; rapporti tra politici e mafiosi; guerre occulte, vinte o perse all'insaputa dei più; attentati mascherati da incidenti e incidenti mascherati da attentati.

ANDREA CATAPANO

È un mondo immerso nel buio quello in cui vive Andrea Catapano da quando una malattia lo ha privato della vista. Le tenebre, però, possono essere anche un'occasione, se si sa come usarle. E così ha fatto Andrea, sfruttando la cecità per affinare l'acume e la potenza degli altri sensi. In particolare, dell'udito. Grazie a queste capacità, sviluppate al limite del soprannaturale, si è trasformato in una leggenda dell'intelligence e in uno degli analisti più brillanti dell'unità diventando il braccio destro di Tamburi. Legato a Massimiliano da un rapporto speciale, Catapano custodisce ricordi che fanno male e segreti inconfessabili.

nero

LA SERIE DI SARA MOROZZI

Sara che aspetta, in *Sbirre* (2018)
Sara al tramonto (2018)
Le parole di Sara (2019)
Una lettera per Sara (2020)

Finito di stampare nel mese di marzo 2021
presso Elcograf S.p.A. – Stabilimento di Cles (TN)
Printed in Italy